Wenn du jemandem auf die Brille trittst,
erinnere ihn: Man sieht nur mit dem Herzen gut.

Antoine de Saint-Exupéry

W0023705

1

AM BODEN

»Nimm deine dreckigen Pfoten von meinem Schwanz!«

Indy war fuchsteufelswild. In nur wenigen Sekunden hatten große Ratten sie im Chefbüro mit Blick auf die Spree umstellt. Sofort ging die bunt gescheckte Maine-Coon-Katze in Angriffsposition. Sie musste aufpassen, der schneeweiße Marmorboden war spiegelglatt. Alles edel eingerichtet – viel Glas, moderne Kunst an den Wänden und schweineteure Designersessel. Allein der unaufgeräumte Schreibtisch störte das Bild. Dahinter eine Reihe von Podesten mit Architektur-Modellen, die von Deckenspots punkterleuchtet wurden.

Im Finanzministerium für Liegenschaften und offizielle Prachtbauten, kurz FLoP genannt, war alles nur vom Feinsten.

Die Ratten rückten näher. Hier auf dem Boden stand die Katzenagentin wie auf dem Präsentierteller. Sie brauchte Rückendeckung. Die größten unter den Nagern hatten bereits zugepackt und versuchten, sie am Schwanz festzunageln. Indy fauchte, drehte sich im Kreis und schnappte nach ihnen. Der Erste, der sie ansprang, wurde noch in der Luft zu ihrer Beute. Wie ein trockener Zweig brach sein Genick in ihrem Maul.

Das hatte er davon! Befriedigt schleuderte sie den Leichnam in hohem Bogen an die blütenweiße Kalkputzwand. Ihr Nahkampf-Ausbilder beim Katzengeheimbund – sprich KGB – wäre stolz auf sie.

Sie nutzte die Schrecksekunde unter den Angreifern und sprang elegant aus dem Stand heraus auf den Schreibtisch. Schnell suchte sie sich oben Munition zusammen. Hier lagen mehrere frisch gespitzte Bleistifte. Perfekt. Präzise schleuderte sie ihre Holzspeere mit Karacho von oben auf die an den glatten Schreibtischbeinen hochkletternden Angreifer. Durchbohrt fielen sie zu Boden und rissen die Nachfolgenden mit sich.

Keine Gnade.

Es tobte ein schlimmes Gemetzel mit schweren Lochern, Geheimakten, Flitschegummis und abgestandenem Kaffee aus einer verwaisten Tasse. Als abgebrühte Geheimagentin konnte Indy alles zur Waffe machen, was ihr in die Pfoten kam. Aber sie konnte nicht an vier Fronten gleichzeitig kämpfen.

Als die Nager schließlich die Platte eroberten, sprang sie weiter auf das nächstgelegene Podest. Nun stand sie weithin sichtbar, voll im Rampenlicht, inmitten weiterer Säulen mit Miniaturen auf dem Modell vom Flughafen BER. Immerhin hatte sie dafür eine ungehinderte Rundumsicht.

Mehr und mehr Ratten strömten aus dem Lüftungsschacht ins Büro und sahen grimmig zu ihr herauf. So viele. Die Bodenfarbe wechselte von Weiß zu Mausgrau. Einige hielten etwas in den Pfoten, das wie ein Blasrohr aus einer Filzstifthülle aussah. Es schienen noch Jungtiere zu sein. Die Katzengeheimbund-Agentin schenkte ihnen keine Beachtung. Zu sehr war sie damit beschäftigt, die großen Angreifer auf Abstand zu halten. Mit kräftigen Bissen riss sie die festgeklebten Flugzeuge von den Landefingern des Gebäudes und nutzte sie als todbringende Bumerangs.

Zack! Und ex. Die Boeing A380 aus solidem Metall hatte gesessen. Guter Flieger. So konnte sie lange weitermachen.

»Miautsch!«

Verdammt, sie hatte nicht aufgepasst. Etwas Spitzes hatte sie in die Flanke gestochen. Doch außer einer feuchten Papierkugel, gespickt mit kleinen Stacheln, sah sie nichts. Sie schnaufte verächtlich. Ein kleiner Piks im Bein war halb so wild. Kinderkram. Schnell zog sie das Ding mit den Zähnen raus und tackerte den nächsten Attentäter, der die Säule hochkam, mit ihren scharfen Krallen am Terminal B fest. Ein riesiger Kerl. »Wage es …«, zischte sie und schnappte zu.

Das heißt, sie wollte zuschnappen. Komisch. Die Ratte war ganz weich im Maul. Wie Watte. Sie bekam den Kiefer nicht richtig zu, um den Nager zu zerbeißen. Ein Sabberfaden lief ihr aus dem Maulwinkel. War die Stachelkugel doch nicht so harmlos gewesen?

Ihr Opfer wand sich frei und griff an. Das war anscheinend das Signal für die anderen, die unter dem Schreibtisch versteckt abgewartet hatten und nun geschlossen nach oben drängten. Unter dem geballten Ansturm der Rattenarmee fing Indys Säule an zu schwanken und kippte.

Dang. Dang. Dang. Dang. Wie Dominosteine fielen die Säulen mit den Modellen ineinander und krachten auf den harten Untergrund. Im letzten Moment sprang Indy ab, machte eine Judorolle und kam, wenn auch wacklig, auf ihren Pfoten zum Stehen. Pech. Nun befand sie sich mitten im Heer des Feindes – ungeschützt.

Sofort nutzten die Angreifer ihren Schwachpunkt: Das lange, ungepflegte Fell der KGB-Agentin wurde ihr zum Verhängnis. Die Ratten sprangen daran hoch und klammerten sich an den verfilzten Strähnen fest. Erst nur ein paar. Dann mehr und mehr. Bis die schlanken Beine der Katze das Gewicht kaum noch tragen konnten.

Doch Indy würde sich nicht unterkriegen lassen. Nicht von diesen dreckigen Ratten! Erhobenen Hauptes stand sie, steifbeinig und stolz, gleich einem kätzischen Ehrendenkmal da. Ihre Beine zitterten, sie wankte immer stärker. Um nicht zu fallen, suchte sie sich einen Fixpunkt: die kläglichen Reste des Flughafens. Sie hatte den Grund für das Scheitern des Projektes gefunden. Und für die Probleme der vielen anderen Großbauvorhaben, die in Deutschland Ärger machten. Doch sie hatte gestümpert und einen Moment lang nicht aufgepasst. Dadurch hatten die Ratten die Oberhand gewonnen. Konnte sie ihr Wissen je weitergeben?

Sie wusste: Wenn sie nicht heimkam, würde sich ihr kleiner Bruder Sorgen machen. Fand er den versteckten Hinweis? Doch. Sicher fand er ihn! Ian war schlauer als alle, die sie kannte – auch wenn er ziemlich durch den Wind war. Traurig dachte sie an das Handicap ihres Bruders. Ian lebte als Hauskater, weil er sich nicht mehr unter seinesgleichen traute. Er brauchte ihre Hilfe. Was würde mit ihm passieren, wenn sie verschwand? Sie beide waren die einzige Familie, die sie noch hatten.

Der Gedanke daran raubte ihre letzte Kraft. Indys Pfoten knickten weg. Wie in Zeitlupe brach sie zusammen. Es machte ihr Angst, dass diese grauen Aasfresser jetzt frei und ungehindert über sie hinwegliefen. Doch sie konnte nichts dagegen tun. Sie hatte ihre Kampfkraft und Klugheit überschätzt.

Hilflos wie Gulliver in Liliput lag sie auf dem kalten Steinboden, an ihren eigenen Haaren von Ratten niedergerungen und festgezurrt. Sie wollte sich aufbäumen, aber sie hatte keine Kontrolle mehr über ihre Glieder.

Zig kleine Pfoten zerrten ihren schlaffen Katzenkörper über den polierten Marmor in Richtung Ausgang. Die übrigen Ratten entsorgten ihre gefallenen Kumpane und wischten fieberhaft alles sauber. Die Säulen wurden wieder aufgerichtet, die Modelle notdürftig zusammengeklebt und an ihren alten Platz gestellt. Profis. In ein paar Minuten würde nichts mehr an den Kampf erinnern, der heute hier stattgefunden hatte.

Die Sieger tanzten hämisch vor Indys Nase herum und wetzten drohend ihre langen gelben Schneidezähne. Säbelrasseln vor dem Feind.

»Das war's für dich, meine Hübsche«, flüsterte ihr der Anführer ins Ohr, der dem Tod zuvor nur knapp entronnen war. »Schöne Grüße von Professor Sumo. Du hättest dich nicht mit ihm anlegen sollen, Dummchen. Jetzt kommst du an einen Ort ohne Wiederkehr!«

»Geh weg!«, wehrte sie geschwächt ab. Es klang wie ein Seufzen. Irgendjemand musste das Licht ausgemacht haben.

So dunkel.

Sie glitt ins Nichts.

TOTENTANZ

Kalt. Ian schüttelte die rotblonde Löwenmähne. Herbstbeginn in Berlin. Draußen vor dem Fenster herrschte fahles Zwielicht. Es wurde bereits früher dunkel, und die Temperaturen sanken. Langsam machte er sich wirklich Sorgen.

Im Stillen verfluchte er seine Schwester. Das ganze Haus hatte er schon abgesucht. Dies war der letzte Platz, den er noch nicht schnurrhaarklein überprüft hatte. Wenn Indy hier nicht war, wusste er nicht mehr weiter. Dann war Schluss für ihn. Der Maine-Coon-Kater wollte nur noch schlafen gehen.

Müde schlich er unter dem Glasschreibtisch seines Menschen entlang. Er blickte hoch in das der Wohnung angeschlossene Großraumbüro. Überall das ganz normale Chaos, wie immer um diese Zeit. Keiner nahm sich die Muße, seine Unordnung zu beseitigen. Die Zweibeine waren eilig abgerauscht. Alles verlassen, Totentanz. Inmitten der von gelben Haftnotizen übersäten Papierwüste standen riesige Monitore. Sie wirkten kalt und leblos. Aber an den Kopfleisten befanden sich winzige Kameras. Leuchtdioden signalisierten die Bereitschaft, bei der kleinsten Mausbewegung hochzufahren.

Ian fühlte sich beobachtet und zog den Kopf zwischen die Schultern. Konnten die ihn sehen? Er kannte sie, diese Fenster zur schönen bunten Welt mit ihren Versprechungen und all den tollen Dingen, die man kaufen sollte. Eins neuer, besser und großartiger als das andere. Dinge, die aber am Ende alle nichts bedeuteten. Stattdessen lauerte dahinter die permanente Erinnerung, das elektronische Gedächtnis. Das System merkte sich, was dir gefiel. Es verkaufte den Firmen dein Fell so billig. Bald wusste jeder, wer und wo du warst.

Das abgewetzte Parkett knackte laut. Ian zuckte zusammen und gefror mitten in der Bewegung. Kam da jemand? Unheimlich. Mit erhobener Schnauze schnupperte er, öffnete leicht das Maul und atmete mit seinen Extra-Sinneszellen tief durch.

Der Geruch! Ein Mief nach altem Menschenstress und neuer Technik. Aber ... da war noch etwas. Etwas Schlechtes.

Ian war einfach zu müde, er konnte sich nicht mehr konzentrieren. Zeit zum Abbruch der Suchaktion. Er drehte seine Ohren mit den kleinen Luchspinseln ein letztes Mal in alle Richtungen und hörte durch die geschlossenen Fenster leise, gedämpfte Verkehrsgeräusche. Daneben gemahnte ein unerbittliches Ticken nahezu ohrenbetäubend laut an die Vergänglichkeit allen Seins.

Tick. Tack. Tick. Tack.

An der hohen weiß gekalkten Wand hing eine moderne Kuckucksuhr, deren Dach von kleinen Megafonen überwuchert war. So was von scheußlich. Zweibein-Bling-Bling.

Kurz vor sieben, und noch immer keine Spur von Indy. Sie war nicht hier. Ganz hinten registrierte er noch etwas Leben: Der Rechnerpark gab Wärme ab. Die Computer liefen den ganzen Tag und waren erst vor Kurzem heruntergefahren worden. Ausgepowert, so wie er. Fahrig glitt sein Blick weiter.

Da! Da war etwas! Direkt hinter dem Server ragte eine steife Pfote hervor. Ian blieb fast das Herz stehen. *Das* war der Geruch: Es roch nach altem Tod! Er wollte nicht näher herangehen und der Wahrheit ins Auge blicken, doch er brauchte Gewissheit. So sank er tiefer und aktivierte den lautlosen Schleichmodus. Wie ein Schatten pirschte sich der Kater an den Rechner heran. Ihn quälten die schlimmsten Befürchtungen. Sein Herz raste. Er spähte um die Ecke und ...

»Mauuuh!« Ein Stoßseufzer entwich seiner Kehle. Mit der Kralle machte er drei Kreuze ins Parkett. Das war nur Indys Lieblingsspielzeug, eine abgewetzte Hasenpfote, die sie ständig mit sich herumschleppte. Passte überhaupt nicht zu seiner sonst so toughen Schwester. Sie bestand darauf, die schäbige Pfote brächte Glück.

Hmm. Nachdenklich musterte er das Ding. Irgendwas war merkwürdig an der Art, wie es dort lag.

Stopp! Sein Puls war trotz der Erschöpfung zu hoch. *Ruhig atmen und putzen.* Das heilige Mantra.

Ian versuchte zu entspannen. *Beruhige dich.* Keinesfalls durfte er sich noch mehr aufregen. Er wusste nur zu gut, wo das bei seinem Gesundheitszustand endete.

Der kranke Kater war fix und fertig. Er sollte die Suche wirklich abbrechen! Nur noch eben prüfen, wohin die Pfote zeigte, bevor sie der Putzfrau zum Opfer fiel.

Er stellte sich hinter den Glücksbringer und peilte die Richtung, in die er wies.

Der Papierkorb! Ian lief näher, stellte sich auf die Hinterbeine und schaute hinein. Mist. Gerade geleert. Falls sich darin eine Botschaft befunden hatte, war sie jetzt Geschichte. Aber seine Schwester war clever. Sie hätte etwas Bleibendes hinterlassen. *Denk nach, Sherlock!*, befahl er sich. Was blieb, auch wenn der Papierkorb geleert wurde? Natürlich, der Behälter!

Ian umschlich den weißen Plastikeimer in Knitteroptik und scannte ihn von oben bis unten. Da durchschnitt aus heiterem Himmel ein trötender Fanfarenstoß die Stille im Büro. Vor Schreck sprang er mit allen vieren gleichzeitig in die Luft und prallte dabei mit dem Hintern gegen den Papierkorb, der polternd umfiel.

»Kuckuck!«

Ians Herz schlug Purzelbäume. Er hatte die verdammte Uhr vergessen. Das Plastikvögelchen plärrte weitere sechsmal »Kuckuck«. Dann verstummte es. Immerhin war der Kater jetzt wieder voll da.

Und da sah er es, auf dem Boden des Plastikeimers, eingeritzt in uralter Katzenkeilschrift. Die hatten sie als Rassekätzchen auf Wunsch ihrer strengen Mutter lernen müssen. Sie entstammte einem kanadischen Adelsgeschlecht mit beeindruckendem Stammbaum und hatte großen Wert auf eine klassische Ausbildung ihrer Kitten gelegt. Was hatten sie gemurrt, dass sie das staubtrockene Zeug lernen mussten! Keilschrift war so ewig gestrig. Keine moderne Katze brauchte das – und niemand beherrschte sie mehr außer den alten Gelehrten. Und ihnen natürlich.

Mühsam entsann sich Ian seiner eingerosteten Fertigkeiten und entzifferte die Symbole. Ständig fielen ihm dabei die Augen zu. Mit überkätzischer Anstrengung riss er sie immer wieder auf.

Da stand …

Da stand …

Vorbei. Die Linien verschwammen vor seinen Augen. Er fiel in ein schwarzes Loch und war weg. Wie im Traum schwebte er durch einen düsteren Tunnel und hörte von Weitem das aufgebrachte Knurren seiner Schwester: »Lass mich los, verdammter Abschaum, ich geh da nicht rein!«

Wütendes Fauchen und entfernte Kampfgeräusche.

Dann herrschte Stille.

Ian wusste nicht, wo er war. Unendlich lange irrte er umher. Er sah nichts, fühlte sich fremd und einsam ohne die Stimme seiner Schwester. Die Kälte kroch ihm bis in die Knochen. Es roch nach … Medizin. Ein unangenehmer Geruch nach schweren Chemikalien und Blut biss ihn in die Nase, und etwas Großes, Gemeines ganz in Weiß kam drohend auf ihn zu. Ian schlug wild mit den Pfoten um sich. Er wollte weg! Nur weg!

Strampelnd kämpfte er sich zurück ins Bewusstsein und

hatte Probleme, sich zurechtzufinden. Er lag noch immer auf den alten Eichendielen neben dem umgekippten Papierkorb, doch inzwischen dämmerte der Morgen. Stunden waren vergangen. Ein sehr langer Blackout. Schon wieder. Das passierte zu oft in letzter Zeit. Exakt seit Anfang des Monats. Da fehlten ihm gleich mehrere Tage. Vorher hatte er nur Abseits-Phasen von höchstens zehn Minuten gekannt.

Auch diesmal fehlte ihm jede Erinnerung an die Zeit der Ohnmacht. Er blickte auf Indys Botschaft. Nicht nur Katzen-keilschrift. Nein, dahinter verbarg sich zu allem Überfluss ein Code. Der KGB ließ grüßen. Ians fotografisches Gedächtnis speicherte die Buchstabenfolge automatisch ab. Er würde die Bedeutung entziffern, sobald er klar im Kopf war.

Der Kater stemmte sich hoch und sah in die aufgehende Sonne über den Dächern von Berlin. Scharf gezeichnete Rauten aus Licht fielen durch die Scheiben der Fensterkreuze und eroberten langsam den Raum. Über Nacht war es wieder wärmer geworden, fast zu warm für diese Jahreszeit. Staub-körnchen flimmerten wie Goldflitter in der Luft und reizten ihn zum Niesen. Einpfotig putzte er sich die Nase. Draußen zwitscherten die ersten Vögel. Eine genervte Zweibein-Mutter schimpfte mit ihrem heulenden Nachwuchs.

Ian riss sich zusammen. Er durfte keine Zeit mehr verlieren. Nüchtern betrachtete er die Lage: Laut innerer Uhr vermisste er Indy seit mehr als achtundzwanzig Stunden. Er musste davon ausgehen, dass ihr etwas passiert war. Sonst hätte sie sich gemeldet. Das tat sie selbst dann, wenn sie in geheimer Mission unterwegs war. Denn bei all ihrer Abenteuerlust war seine Schwester überaus zuverlässig. Sicher wurde sie irgendwo festgehalten. Das bedeutete, er musste raus, um sie zu finden. Raus in die Stadt. Dabei hatte er sich geschworen, sie nie mehr zu betreten. Draußen würde er auf Spötter treffen. Auf Freigänger, die ihn für sein Problem verlachten. Die ihn trotz seiner antrainierten Selbstbeherrschung wütend machen würden. Und die er dafür nicht mal hassen durfte.

Er machte sich nichts vor. Als reinrassiger Wohnungskater war er trotz seiner stattlichen Erscheinung nicht straßentauglich. Auch wenn er sich durch tägliches Klickertraining in Topform hielt – das Hängebäuchlein blieb.

Okay, er war schlau. Seine analytische Kombinationsgabe konnte sich sehen lassen. Indy nannte ihn Sherlock, wenn sie ihn aufziehen wollte, und das nicht ohne Grund. Er hatte schon als Kätzchen immer alles ganz genau wissen müssen. Doch bei Ermittlungen hielt er nicht mehr lange durch.

Es sei denn … Er dachte an das Notfallgeschirr. Eine sinnvolle Vorsichtsmaßnahme, wenn er auf die Dachterrasse ging. Bestückt mit Vitaminpasten, Medikamenten und Riechsalz.

Vielleicht. Vielleicht ginge es. Mit Vollausrüstung und einem starken Kameraden. Zumindest für eine gewisse Zeit. Er hatte aber keine Freunde außer seiner Schwester. Indy hingegen schon. Unwiderstehlich zog sie unzählige Bewunderer an. Obwohl sie sich schlecht pflegte, war sie auf eine wilde Art wunderschön. Durch ihren intensiven Blick hatte sie schon viele Zweibeine das Fürchten und diverse Kater das Schmachten gelehrt. Ian ging die Verehrer einen nach dem anderen durch. Dann hatte er die Lösung: Maxim!

Erstens war der athletische Norweger riesig und womöglich stärker als er selbst. Er könnte ihn im Ernstfall tragen. Zweitens war der Kater seit Langem schwer in Indy verliebt. Und drittens galt er in Berlin als der »Assange« der Katzenszene. In Sachen Internetrecherche machte ihm so schnell niemand etwas vor.

Der Albino konnte ihm bei der Suche nach Indy sicher helfen. Allerdings munkelte man, sein weißer Pelz ziehe das Unglück an wie Pech und Schwefel den Teufel …

EIN GROSSER FAN

Je länger Ian darüber nachdachte, desto einleuchtender erschien ihm seine Wahl. Norweger Waldkatzen waren die größte bekannte Hauskatzenrasse. Noch vor seiner Familie, den Maine Coons. Und obwohl der Straßenkampexperte mit den vielen Narben extrem gefährlich aussah und gern den starken Kater markierte, wusste Ian um Maxims weiches Herz. Er musste das große Raubein nur ins Boot holen. Wenn er richtiglag, reichte dafür ein Zauberwort: Indy.

Er legte das vollgepackte Geschirr an, hebelte mit der Pfote die schwere Balkonschiebetür auf und zwängte sich durch das Geländer über dem Carport. Zweieinhalb Meter bis aufs Dach. Das war zu schaffen. Dann auf die Mülltonnen und weiter runter auf die Straße.

Das Kopfsteinpflaster fühlte sich feucht an und dampfte leicht in der Sonne. In der Nacht musste es geregnet haben. Alles sah sauber und neu aus. Straßen und Bürgersteige lagen vor ihm wie leer gefegt.

Nun war er also zurück in freier Wildbahn. Fühlte sich gar nicht so schlecht an. Verwirrt nahm Ian gleich mehrere Dutzend Gerüche gleichzeitig wahr. Nach der langen Zeit im Haus musste er seine Sinne für die Natur erst wieder trainieren. Vorsichtig trabte er an.

Das Notfallgeschirr scheuerte beim Laufen leicht an der Achsel. Egal. Er lief weiter. Sein creme-rot gestreiftes Fell glänzte wie Bronze in der Sonne. Er war ein Tiger. Na gut, ein Stubentiger. Doch er beherrschte die Straße. Ian wagte es, ließ los. Vergaß alle Einschränkungen und gab Gas. Er rannte, was das Zeug hielt. Wind umwehte seine Schnauze. Der Asphalt flog unter seinen Pfoten dahin. Er fühlte sich so frei und leicht wie nie zuvor. Wie eine Kater-Morgana tauchte das Revier des Norwegers vor ihm auf: Kreuzberg.

Maxim war nicht zu übersehen und überall zu riechen.

Sein weißes Fell strahlte pieksauber in der Sonne, während er einen Stromkasten markierte. Ian bremste in leichten Trab ab. Verunsichert fragte er sich, wie er sein Anliegen am besten vorbringen sollte. Seit ihrem letzten Treffen war eine lange Zeit vergangen. Damals war er auch noch jünger und gesund gewesen.

Schließlich versuchte er es einfach mit dem, was er für Straßensprache hielt: »He, Meister Proper.«

Maxim hielt inne.

Ian bleckte die Zähne zu einem Grinsen. »Hält dein Zweibein dich immer noch für ein Mädchen?«

Autsch, der wunde Punkt. Der große Weiße war kastriert worden, bevor er zu seinem Menschen kam. Dieser meinte bis heute, es handele sich bei Maxim um eine – wenn auch sehr hässliche – *weibliche* Katze. Sehr zum Leidwesen des Macho-Katers.

Dem riesigen Norweger entfuhr ein leises, aber tiefes, grollendes Schnurren. Er sah aus wie eine Hyäne kurz vor dem Zubeißen. »Wer bist *du* denn? Mir scheint, du möchtest dein Aussehen neu überdenken, Plüschpfote. Da bist du bei mir aber genau richtig!« Drohend erhob er die Tatze und machte einen Buckel, was ihn noch größer wirken ließ.

Ian merkte, dass er sich im Ton vergriffen hatte. Kleinlaut ruderte er zurück. »'tschuldigung. Ist mir so rausgerutscht. Ich bin's, Ian, der Bruder von Indy.«

»Der kleine Ian, na, so was.« Maxim ließ die Pfote sinken, als er Indys Namen hörte. »Du bist nicht oft auf der Straße, oder? Ich hätte dich fast nicht erkannt in dem Aufzug. Ist schon wieder Karneval?« Interessiert musterte er Ians Geschirr mit dem Military-Muster.

»Das trägt man jetzt.« Ian hatte keine Lust, Maxim gleich das Bauchfell zu zeigen. »Ist der letzte Schrei.«

»So, so.« Der Norweger sah ihn zweifelnd an. »Sag mal … wie geht es eigentlich deiner Schwester?«, schob er möglichst beiläufig nach.

»Deshalb bin ich hier. Ich glaube, gar nicht gut. Sie ist verschwunden. Normalerweise hätte sie sich längst bei mir gemeldet. Stattdessen hat sie mir einen rätselhaften Hinweis hinterlassen, einen Code. Ich brauche deine Unterstützung.«

Der Ehrgeiz des weißen Riesen war sofort geweckt. »Indy in Schwierigkeiten? Was stehen wir hier noch rum? Komm mit zu mir. Das müssen wir nicht auf der Straße besprechen. Daheim habe ich alle Möglichkeiten.« Mit hochgerecktem Schwanz machte er auf der Pfote kehrt, lief los und überließ es Ian, mit ihm Schritt zu halten.

In einem übel heruntergekommenen Hinterhofeingang erklomm Maxim behände die steile Treppe in den dritten Stock. Ian keuchte hinterher, setzte sich neben einen Stapel Pakete und hielt sich die Seite, als er oben war. Er musste dringend sein Klickertraining verschärfen.

Maxim feixte. »Warte hier, ich muss eben die Alarmanlage ausschalten.« Er verschwand durch eine chipgesteuerte Katzenklappe. Kurz darauf wurde die alte Holztür von innen knarzend aufgezogen. »Sorry wegen der Umstände. Aber mein Zweibein ist Programmierer und etwas neurotisch, seit er als Hausbesetzer zweimal zwangsgeräumt wurde.«

Ian besah sich misstrauisch die Überwachungstechnik im Eingang. Neueste Kamerageneration mit Nachtsicht-Optimierung.

Der Albino bemerkte seinen Blick und lächelte bescheiden. »Wunder dich nicht, mein Mensch steckt jeden Cent, den er *nicht* hat, in die Technik. Dafür holt er sich die Möbel von der Straße. Besserer Sperrmüll, wie man sieht.«

Tatsächlich. Ian stellte fest, dass die Einrichtung aus einem wilden Stilmix bestand, der aber sehr gemütlich wirkte. Hier ließ es sich aushalten: Sämtliche Holz- und Polsterelemente waren von Maxim sauber markiert und ordentlich zerkratzt worden. Überall standen große, nicht ganz ausgetrunkene Kaffeebecher in unterschiedlichen Formen. Aus Kneipen gestohlene Ascher mit Werbeaufdruck und ausgedrückten Selbstgedrehten darin schienen sie zu umkreisen wie Satelliten die Sonne. Ergänzt wurde das Stillleben von kleinen Figürchen aus Überraschungseiern. Für eingeschworene Sammler vermutlich hochinteressant. Für alle anderen eine Flut von Plastikmüll.

Die Wände waren tapeziert mit Filmplakaten. Verknickte Star-Trek-Poster zeugten von Forscherdrang und der Faszination für fremde Zivilisationen. Dieser Mensch war ein Trekkie. Ian warf einen kurzen Blick in die Küche. Sie glänzte durch halb leere Colaflaschen neben unordentlich gestapelten Tellern mit angetrockneten Essensresten und Türmen aus fettigen Pizzakartons. Überall auf dem Boden lag Beschäftigungs-Spielzeug für den Norweger herum.

»Das Paradies auf Erden«, bekannte Ian staunend. »Hier wird's einem so schnell nicht langweilig.«

»Tja, und das ist erst der Anfang. Die wirklich spannenden Sachen findest du auf meinem Tab.«

»Du hast deinen eigenen Tablet-PC?«

»Sicher, wir haben vier davon. Mein Zweibein ist als App-Entwickler immer auf dem neuesten Stand. Seiner hat sogar Spracherkennung.«

Ian war wider Willen beeindruckt. »Nicht schlecht. Du kennst dich damit aus?«

»Sicher, wenn du etwas wissen willst, frag mich nur. Ich finde es im Nullkommanichts für dich raus.«

Ian zögerte. »Ich nenne dir den Code, den Indy hinterlassen hat. Aber den gibst du niemandem weiter! Verstanden?«

»Alles klar. Leg los.« Maxim lief zu seinem Tablet, aktivierte es per Pfotendruck und tippte ein Passwort ein. »Also: Wonach müssen wir suchen?«

Ian buchstabierte ihm die Formel.

PR OF SB HH KS ?

»Kannst du damit was anfangen?«

»Mal schauen. Klingt einfach. Ist aber gerade deshalb schwer zu knacken.« Maxim tippte rasend schnell auf dem Tablet-Computer herum. »Das könnten Abkürzungen für alles Mögliche sein. ›Public Relations‹ für PR, gefolgt von OF, das englische Wort für ›von‹. Oder OF ist einfach das Kürzel für ›Offenbach‹.«

Ian dachte nicht lange nach. »HH ist jedenfalls das Kennzeichen der Hansestadt Hamburg.«

»Korrekt ermittelt.« Maxim kam in Schwung. »Dann bedeuten SB und KS folgerichtig Saarbrücken und Kassel.«

»Oder Stuttgart, Berlin und Köln«, widersprach Ian. »Meine Schwester hat die Codierung paarweise vorgenommen. Was jedoch nicht heißen muss, dass die Buchstaben tatsächlich zusammengehören.« Er schlug erregt mit seinem langen Schwanz, obwohl er ansonsten äußerlich völlig ruhig wirkte. »Allerdings würde dann auf Stuttgart, Berlin und Köln noch mal Stuttgart folgen. Das scheint mir auch unwahrscheinlich. Zumal das Fragezeichen ungeklärt ist. Es muss noch eine andere Lösung geben.«

Maxim nickte. »Ich suche mal nach Hinweisen, ob und wie die Städte miteinander in Verbindung stehen.«

Er recherchierte auf dem Tablet nach Zusammenhängen und wurde rasch fündig: »Kamaunz, Volltreffer! Da gibt es Gemeinsamkeiten. Hör zu! Hier: ›Sicherheit war gestern. Verzehnfachung der Kosten beim Bau der Hamburger Elbphilharmonie. Justiz ermittelt unter reger Anteilnahme der Politiker.‹ Oder hier: ›Finanzministerium für Liegenschaften und offizielle Prachtbauten setzt Millionen in den Sand. Erneuter Baustopp für Katastrophenprojekt Flughafen Berlin-Brandenburg.‹ Und hier: ›Skandal bei Bauvorhaben Stuttgart 21. Wütende Bürger fordern Transparenz von der Regierung. Kosten ohne Ende. Steuerzahler investieren in ein schwarzes Loch.‹«

Der Kater wischte mit der Pfote über das Tablet und überflog weitere Einträge. »Was Offenbach, Saarbrücken und Kassel angeht, ist fast nichts in der Richtung zu finden. Aber hier: ›Zerfall der Kölner U-Bahn. Endloses Chaos bei der Unfallklärung am Stadtarchiv. Wird der Dom die nächste Fallgrube? Sand im Getriebe der Bauträger. Politiker schaufeln sich ihr eigenes Grab.‹«

Ian kalkulierte messerscharf. »Maxim, das sind alles gescheiterte Bauprojekte der Regierung, um die es in den Berichten geht. Wie passt das zu Indys Verschwinden? Und was hat das mit Public Relations zu tun? Oder bedeutet PR was anderes? Ich weiß nur, dass sie einer ganz großen Sache auf der Spur war. Nachdem meine Schwester eine Ratte erwischt hatte, war sie total aufgedreht. Nuschelte was von Regierungsskandalen, Drogen und verschwundenen Agenten. Einer hieß Bondy oder so. Indy wollte über die Details der Mission nicht reden. Anscheinend war das Ganze topsecret. Die Antwort steckt vielleicht im ersten Teil des Rätsels.«

Mit seiner Vorderkralle ritzte Ian nachlässig die ersten Buchstaben des Codes in den schmuddeligen Holzfußboden.

PR OF S

Schlagartig war er hellwach. Natürlich, das war die Lösung: Ihr alter Bekannter war aus der Versenkung aufgetaucht!

VISIONEN IM MÜLL

»Maxim, ich hab's: PROF ist die Abkürzung für Professor, und ich kenne nur einen, der mit S anfängt. Indy war an Professor Sumo dran, dem König der Unterwelt und meistgesuchten Verbrecher Deutschlands.«

»Typisch! Mit Kleinigkeiten gibt sich das Mädchen nicht

ab.« Der bewundernde Unterton in Maxims Stimme sprach Bände. »Sucht sich beim KGB immer die gefährlichsten Aufgaben aus, bei denen andere den Schwanz einkneifen. Aber diesmal hat sie es wohl übertrieben.« Er dachte einen Moment lang nach und sah Ian dann forschend an. »Du willst zu Sumo?«

Ian nickte widerstrebend. »Ich muss wohl. Und du kommst mit. Ich brauche dich.«

Nachdenklich kratzte sich Maxim mit der Hinterpfote am Ohr. »Vor so einem Höllentrip muss ich das Orakel befragen. Ich kann dir nur helfen, wenn es uns grünes Licht gibt.«

Ian biss die Zähne zusammen. Dieser gefährlich aussehende Megakater war allen Ernstes abergläubisch bis in die Schnurrhaarspitzen. Doch er sah ein, dass Vernunft fehl am Platze war, wollte er ihn zur Mitarbeit überreden. Da er Maxims Hilfe brauchte, musste er wohl oder übel dessen Macken akzeptieren. »Was schlägst du vor?«, fragte er beherrscht.

»Kennst du Schlucki und Koma, die siamesischen Fischzwillinge?«

»Du meinst das Orakel des Ostens?« Ian erinnerte sich.

Die Fischbrüder stammten ursprünglich aus Sachsen und lebten im Tümpel einer abgelegenen Autobahnraststätte. Dort entsorgten vorbeifahrende Rowdys ihren Müll und Schlimmeres. Gefährliche Substanzen ließen das Wasser in allen Regenbogenfarben schillern. Das erklärte auch den Zustand der Zwillinge, die in der Mitte zusammengewachsen waren und über insgesamt drei Augen verfügten.

Schlucki litt zeitlebens unter einem bösen Schluckauf. Der entkräftete die beiden dermaßen, dass sein einäugiger Bruder als der Schwächere des Gespanns häufig bewusstlos wurde. Natürlich konnte dabei auch Komas Neugier eine Rolle spielen. Der siamesische Fischzwilling fraß so ziemlich alles, was bunt genug war, um Vergnügen zu versprechen. Sehr zum Ärger seines Bruders, der die zugedröhnte schlechtere Hälfte dann an der Hüfte durch die Gegend schleifen durfte.

Ein besonderer Nebeneffekt ihrer ungesunden Lebensweise war die Synchronisation der Brüder mit dem Universum. In hellen Momenten sahen sie Vergangenheit, Gegenwart und Zukunft im gesamten Raum als Einheit. Das machte sie als Visionäre für viele Ratsuchende unentbehrlich.

Um den Zustrom der Bittsteller in Grenzen zu halten, bediente sich das Gespann allerdings sehr rabiater Umgangsformen. Es kam nicht selten vor, dass man wüst beschimpft und bespuckt wurde, wenn man die falsche Frage stellte. Aber immerhin, man durfte fragen. Und Indy war es wert, dieses vergleichsweise harmlose Risiko einzugehen.

»Lass uns gehen, wenn es für dich wichtig ist.« Ian hatte seine Entscheidung getroffen. »Wir werden die Prophezeiung des Orakels hören. Jetzt sofort. Unsere Mission duldet keinen Aufschub.«

Maxim betrachtete ihn mit einer Mischung aus Überraschung und Respekt. »Oooookay. Was ist dir lieber? DPD oder UPS?«

Verständnislos blickte Ian dem Albino ins Gesicht.

Maxim lachte. »Siehst du den Haufen Pakete da im Flur?«

Ian sah zur Eingangstür. »*Das* ist unser Transportmittel?«, fragte er ungläubig.

»Riiiiichtiiiich. Mein Dosenöffner bestellt ständig elektronische Geräte im Internet und schickt die Hälfte davon wieder zurück. Kostenfrei, versteht sich. Wir ändern einfach den Adressaufkleber eines Paketes. Und zack, bringt uns der Kurier direkt zu Schlucki und Koma.«

»Du meinst, wir beide zusammen in so einer winzigen Kiste eingesperrt?«, fragte Ian entgeistert. »Du und ich?«

Maxim taxierte ihn mit zusammengekniffenen Augen. »Hast du vielleicht eine bessere Idee?«

»Laufen«, meinte Ian.

»Traumtänzer. Hin und zurück sind es über siebzig Kilometer. Das dauert viel zu lange. Denk an deine Schwester.«

»Du hast recht«, gab Ian zu. »Aber dann nehmen wir den

Kurierdienst.« Er deutete auf den Paketstapel im Treppen-
flur. »Eilsendungen!« Durch die transparente Katzenklappe
spähte er hinaus. »Auf dem da steht, Abholung ist in einer
Viertelstunde.«

Maxim nickte, öffnete die Tür und schubste das Paket
hinein. »Mein Dosenöffner wird toben. Das ist eine Kun-
denlieferung auf Termin. Vorkonfiguriertes Sicherheitssystem. Wird verdammten Ärger geben, wenn das Zeug nicht
rechtzeitig ankommt.« Er streckte sich. »Egal, was tut man
nicht alles fürs schwache Geschlecht.«

Der weiße Kater druckte den neuen Adressaufkleber aus,
während Ian mit chirurgischer Präzision das Paketklebeband
an einer Seitenkante mit der Kralle auftrennte. Den schweren
Kartoninhalt zerrte er in eine vermüllte Flurecke. Gemeinsam
schoben sie das leere Paket vor die Haustür.

Fachkätzisch überklebte Maxim die alte Adresse. »Augen
zu und rein«, befahl er. »Ich hol nur noch fix meinen Glücksbringer.«

Mit einer Kette um den Hals kam er zurück. Daran hingen eine Erkennungsmarke, ein USB-Stick mit der Auf-
schrift ›Supertalent‹ und eine versilberte Engelsflügel-Muschel. Klimpernd zwängte sich der Riese dicht hinter Ian in
die Kiste und trat dem Maine Coon dabei kräftig auf den
Schwanz. Ian nahm es schweigend hin und versuchte, sich
in der stickigen Enge einzurichten. Wenigstens roch es sehr
angenehm nach Pappe. Er schnupperte an der Wand: beste
B-Welle mit beidseitiger Kraftliner-Kaschierung. Ein Traum
für jede Katze. Er hätte den Karton nur gern für sich allein
gehabt.

Es schellte bei mehreren Wohnungen, gefolgt von einem
langen Summton. Ein Nachbar hatte den Öffner aktiviert.
Unten ging die Haustür auf. Der Kurier polterte herein. Laut
rief er den Namen seiner Firma das Treppenhaus hinauf. Als
keine Antwort kam, schleppte er sich grummelnd in die dritte
Etage. Die Holzstufen ächzten unter seinem Gewicht.

Vor der Wohnungstür legte das anscheinend recht füllige Zweibein kurzatmig eine Pause ein und klingelte schließlich Sturm. Ian und Maxim verhielten sich mucksmäuschenstill. Als keiner aufmachte, fluchte der Kurier, entfernte sich aber nicht. Sicher betrachtete er das Paket. Las den Aufkleber.

Ein piependes Geräusch ertönte, als er die Lieferung mit seinem Handlesegerät einscannte. Dann wuchtete er die schwere Fracht mit Ach und Krach die Treppe runter. Unsanft warf er den Karton ins Kurierauto, das mit laufendem Motor in zweiter Reihe stand, und legte einen Kavaliersstart hin.

Zu Beginn der Fahrt wurden die Kater ordentlich durchgeschüttelt, doch als sie die Autobahn erreichten, kehrte etwas Ruhe ein. Lange lauschten sie dem monotonen Dröhnen des Motors, das von der Pappe nur mäßig gedämpft wurde.

»Wir sollten eigentlich bald da sein.« Maxim wurde langsam ungeduldig. Der schweigsame Ian war ein langweiliger Reisegefährte. Er hob den Deckel an und lugte durch den Schlitz hinaus.

Das Kurierfahrzeug bog gerade von der Autobahn ab. Mit einer scharfen Bremsung blieb es an der Raststätte stehen. Der Fahrer stieg aus und spuckte auf den Boden, als er den gottverlassenen Ort sah. Hier war niemand, dem er das Paket in die Hand drücken konnte.

»Schnell raus«, befahl Maxim, »bevor er kehrtmacht.« Er knuffte Ian in die Seite, zwängte sich aus dem Karton und sprang durch das halb offene Seitenfenster in die heruntergekommenen Rabatten. Ian folgte ihm tattrig auf der Pfote.

»Wo lang?«, fragte er schläfrig. Das gleichmäßige Schaukeln des Wagens hatte ihn eingelullt.

Maxim deutete in Richtung eines überquellenden Mülleimers. »Geh schon vor, ich muss mal das Revier markieren.«

Der Maine Coon verstand. »Kein Problem. Ich erkunde die Gegend, während du deinen Geschäften nachgehst.«

»Tritt nicht in farbige Pfützen und achte auf den Boden.

Man weiß nie, was hier alles kreucht und fleucht«, rief ihm Maxim warnend hinterher, als Ian losdackelte.

Unheimlich. Ian schlich auf leisen Pfoten und mit vor angespannter Wachsamkeit zitternden Schnurrhaaren durch die abgestorbene graubraune Vegetation. Es roch nach einer Mischung aus Faulgas und Altöl. Dunkle Lachen glänzten auf der Erde. Ein scharfer Wind pfiff ihm um die Ohren, und er meinte, eine klagende Stimme herauszuhören: »Geeeh niiiicht. Versuuuucher des Schicksaaaals.« Sofort bekam er eine Gänsehaut. Sein Fell stellte sich auf. Der buschige Schwanz sah aus wie eine Flaschenbürste. »Bleiiiib hiiieer«, zischelte es in seinem Nacken.

Ian machte eine blitzschnelle Kehrtwendung und schaute direkt in die grinsende Visage von Maxim, der gerade wieder dazu übergegangen war, pfeifende Windgeräusche zu imitieren.

»Merkwürdige Art, um Schläge zu betteln«, schnaufte er und gab ihm feste eins auf die Nase.

Maxim zuckte nicht mit dem Schnurrhaar. Als Straßenkater war er Haue gewohnt. »Fühlst du dich jetzt besser?«, fragte er.

Ian zog es vor, nicht darauf einzugehen. »Geh vor, Maxim, du kennst dich hier ja bestens aus, nehme ich an.« Verhalten niesend ergänzte er: »Orakeljunkie.«

Maxim reckte seinen Schwanz steil in die Höhe, streckte die Beine durch und plusterte sich auf. Trittsicher lief er mit federndem Schritt vorneweg. Am Rand eines mit spärlichem Schilf bewachsenen Tümpels ragten trostlos die schwarzen Silhouetten verbogener Gerätschaften aus dem Wasser. Zerfetzte Plastiktüten und alte Kanister schwammen verstreut herum. Dazwischen waberten in unendlicher Langsamkeit farbige Schlieren auf der trägen Teichoberfläche. Ian blickte gebannt hinein. Ihm wurde ganz anders.

»Sieh nicht hin«, ermahnte ihn Maxim. »Hier ist schon

manch einer verrückt geworden und nie wieder zu sich gekommen. Beobachte und lerne vom Meister.«

Er schloss die Augen, warf sich in die Brust und fing an zu deklamieren:

>»Manta, Manta, Tümpel, Tee,
Schlucki, Koma in dem See,
kommt jetzt raus zum Feiern
und fangt nicht an zu reihern.«

»Was ist das denn für ein Blödsinn?«, empörte sich Ian. »Als Nächstes kommt vermutlich noch ›Ich hab euch bei den Eiern‹ oder was?«

»Schht«, zischte Maxim. »Der Wurm muss dem Fisch schmecken, nicht dem Kater. Nie gehört? Die Zwillinge stehen auf Poesie. Sie reagieren nicht auf normale Lockrufe. Weil jeder Depp sie Tag und Nacht anruft und etwas über seine Zukunft wissen will.«

Das faulige Wasser fing an, unheilvoll zu brodeln. Langsam erhoben sich zwei kapitale Köpfe aus der stinkenden Brühe.

»Nu gugge ma da. Ei verbibbsch, zwee Barg-blads-wech-dor. Was bab-beld ihr hior für nen Stuss?« Dem Schluckauf nach musste der Redner Schlucki sein.

Ian hielt die Luft an und wies mit der Pfote auf Maxim. Der beugte sich erfreut vor. »Na und, hat doch geklappt. Ihr seid ja aufgetaucht, oder?«

»Dis iss waa! Un mihr sin oochen-blicklich wie-da wech, wennde dich nich aus-märsd.« Drohend entblößte Schlucki ein paar krumm und schief stehende Hauer in seinem Maul.

»Okay.« Maxim kramte ein paar Minzhäppchen hervor. »Ich habe gehört, ihr steht auf so was?«

Das Interesse von Koma war geweckt. »Wasn dis?«, lallte er.

»Probier mal.« Maxim warf ihm eins direkt ins Maul. Koma schluckte gierig. Was folgte, war pure Enttäuschung.

»Gemuddeltes Zeich. Hasde keene härdern Drogn?«

Maxim schaute auffordernd zu Ian, der sich im Ohr rumbohrte, als ob es dort schlimm juckte. Sächsisch war für ihn gewöhnungsbedürftig. Seufzend opferte er eine Amphetamintablette aus seinem Notfallgeschirr.

Koma war begeistert. »Pervitin, voll guud! Schmegg ich aus neunzich Drogn naus.«

»Al-so was wolldn ihr?«, hakte Schlucki nach. Er blickte strafend auf seinen Bruder. »Mach hinne, mihr hamm nisch e-wich Zeid.«

Maxim schilderte ihr Anliegen im Express-Tempo und fragte, ob seine Sterne für die Mission günstig stünden.

»Genuch!«

Koma begann sich in Zuckungen zu winden und die Augen zu verdrehen, bis sie wie gekocht aussahen. Dann griff das Delirium auch auf Schlucki über, und beide singsangten:

»Im Schlossbark Bellevue
währded ihr Freindä findhn.
Achded uff Zerberus,
wohnd Under den Linden.

Seid am Uffor des Hades
wennde ›Tadord‹ beginnd.
Schaffd ihr es nich
Indys Läbn verrinnd.

Gäkige Gaddse schbichld mit'm Feiorr.
Vorrgoofd ihr Fell irre deier.
Am Ändä fälld een Schuss,
nu is aus und Schluss.

Ob du Glick hasd oder nich,
sachd dir glei die Funnsl.«

Mit den letzten Worten versanken die Zwillinge gurgelnd, umgeben von giftgrünem Licht, in der stinkigen Brühe.

»Wartet!«, schrie Maxim. »Was für 'ne kränkliche Katze spielt mit dem Feuer? Wie, ›Aus und Schluss‹? Aus wie ›Aus die Maus?‹ Verdammt, kommt noch mal zurück!«

»Was war *das* denn?« Ian rieb sich beide Ohren und kratzte sich verwirrt am Kopf. Nachdenklich blickte er auf die blubbernde Oberfläche. »Schau doch.« Er wies auf das letzte Glimmen unter Wasser. »Du hast grünes Licht.«

Maxim maunzte verhalten. Er wirkte skeptisch.

Für Ian ergab die Reimerei allerdings nach und nach durchaus einen Sinn. »Die haben gesagt, wir sollen zum Ufer des Hades. Das ist die Unterwelt. Achte auf die Wortwahl: ›Ufer‹. Der Einstieg liegt also am Rande eines Gewässers.« Er war selbst überrascht, wie logisch er auf einmal alles fand. »Im Park hinter dem Schloss Bellevue gibt es einen großen Teich. Dort muss es sein. Und wo sonst sollten wir Zerberus, dem Höllenhund, begegnen, wenn nicht am Eingang zur Unterwelt? Das Schloss ist außerdem der Sitz des Bundespräsidenten, und Indy sagte was von Regierungsskandalen. Der ›Tatort‹ läuft immer sonntags um zwanzig Uhr fünfzehn. Also in genau dreiundvierzig Minuten. Dann müssen wir vor Ort sein.« Er erhob sich. »Hör auf zu grübeln und schwing die Pfoten. Vielleicht haben wir ja Glück, und der Kurier ist noch da«, drängte er den unschlüssigen Maxim. »Der fährt bestimmt direkt wieder zurück in die City.«

Maxim sah auf seine Glücksbringer und küsste die silberne Muschel. »Wird schon stimmen …«, sagte er zögernd. Dann straffte er die Schultern und richtete sich auf. »Okay, gehen wir Indy retten.«

Die beiden legten den Turbo ein. Der Kurier, der eben seine Zigarette austrat, stutzte, als er in ihre Richtung sah. Schnell stieg er in den Wagen und orgelte den Motor hoch. Mit durchdrehenden Reifen fuhr er an. Im letzten Moment hechteten die Kater durch das offene hintere Seitenfenster und schlüpften zurück in den Karton.

»Puh, das war knapp.« Ian machte es sich bequem und sah auf seinen Kumpel. »Setz dich, Sonnenschein. Der Fahrer hat dich gesehen. Du müsstest echt mal was tun wegen deiner Fellfarbe. Weiß ist zu auffällig. Das wird dir eines Tages noch zum Verhängnis werden.«

Er ahnte nicht, wie schrecklich recht er mit seiner Prophezeiung behalten sollte.

KÖNIG DER UNTERWELT

Rücksichtslos rechts überholend rauschte der Kurier die Autobahn entlang und schnitt die Fahrzeuge auf der Überholspur. Die Katzen wurden im glatten Karton hin und her geworfen. Ian merkte, dass es Maxim immer mulmiger wurde. Um ihn abzulenken, sah er den Norweger im Dunkeln mit seinen leuchtend grünen Katzenaugen an.

»Du weißt nichts über Sumos Herkunft, oder?«

Maxim schüttelte mit dicken Backen den Kopf.

»Angefangen hat er als ehrgeiziger junger Maulwurf in unserem Garten«, erzählte Ian, »doch der wurde ihm schnell zu eng. Er liebte gutes Essen und wurde fett und fetter. Bald passte er nicht mehr durch seine eigenen Gänge. Also expandierte er in die Kanalisation. Unterwarf dort die überraschte Rattenbrut mit einer Mischung aus brutaler Gewalt und großen Versprechungen. Ihre Anführer hat er einen nach dem anderen ausgeschaltet. Er warf sich einfach auf sie, machte sie mit seiner Körpermasse platt, bis sie keinen Piep mehr sagten. Jimmy, der Kuschelkiller. Kein-Zahn-Patrick. Ed, der Flüsterer. Irgendwann hörte ich auf, mir die Namen seiner Opfer zu merken. Er trieb dieses Mörderspiel so lange, bis sich ihm der führungslose Rattenmob aus Angst, Gier und Schwäche unterwarf.«

Maxim wurde noch blasser. »Und den wollen wir angreifen?«, fragte er gepresst. »In der Kanalisation, auf seinem eigenen Grund und Boden?«

Ungerührt erzählte Ian weiter. »Sumo ist seither der unangefochtene König der Unterwelt und im Vergleich zu seinen Untergebenen ein Genie, daher der Name Professor. Er befehligt eine riesige Armee von Ratten. Die Begabtesten hat er zur Elitetruppe geformt. Ehemalige Laborratten sind jetzt seine wissenschaftlichen Mitarbeiter. Niemand weiß genau, an was die forschen. Ich vermute aber, dass es sich um eine Art Hightech-Schwadron handelt. Sumos Reich zieht sich durch den gesamten Berliner Untergrund. Ja, es geht sogar weit darüber hinaus. Luftschutzbunker, Brauereikeller, U-Bahn-Stationen, Abwasserkanäle – selbst die alten Fluchttunnel unter dem Grenzstreifen zwischen Ost und West gehören ihm. Man munkelt, er habe sein Hauptquartier im Führerbunker aufgeschlagen. Passen würde es. Mich fasziniert er irgendwie. Durch seine Leibesfülle ist er längst in unsere Kampfklasse aufgestiegen. Du müsstest mal seine Klauen sehen. Ein echtes Waffenarsenal. Und wenn ihm deine Nase nicht gefällt, macht er kurzen Prozess, egal, was war. Er hat mehr als einmal Verbündete über Nacht verschwinden lassen.«

»Ich glaub, ich muss kotzen.« Maxim hatte seine Warnung noch nicht vollständig ausgesprochen, da ging es auch schon los. Er spuckte Ian quer über die gepflegte Flanke.

Der Maine Coon sprang auf. Keine Sekunde länger konnte er in dieser kontaminierten Kiste verbringen!

Er zwängte sich durch die Öffnung, spürte, wie der Wagen im selben Moment eine Vollbremsung machte, und wurde förmlich aus dem Karton geschleudert. Mit einem Satz war er aus dem Seitenfenster gesprungen. Dicht gefolgt von Maxim.

»'tschuldige, Kumpel. Tut mir echt leid. Aber du kannst

mir doch keine Horrorstorys von Godzillawurf erzählen, wenn mir eh schon schlecht ist.«

»Mach das weg! Schnell«, rief Ian angeekelt.

Maxim sah sich auf dem Bürgersteig um und griff nach einem weggeworfenen Papiertaschentuch. Damit rubbelte er ihm eilig die Flanke ab.

Ian hasste es wie die Pest, wenn man ihn grob anfasste, doch in Anbetracht seiner Notlage ließ er es geschehen. Neben der grünen erschien nun jedoch eine braune Stelle. Und es fing deutlich schlimmer an zu stinken … nach Hundekacke!

Der Vorbesitzer hatte das Tempo wohl benutzt, um sein Schuhwerk von Hundepfui zu reinigen.

Ian musste sich setzen. »Nicht aufregen. Nich aufregn. Sezn un putz…«, stammelte er.

»Ich kann nichts dafür«, verteidigte sich Maxim, als er erkannte, dass das Taschentuch nicht die beste Lösung für Ians Problem gewesen war. Dann murmelte er: »Scheiße, der ist umgekippt.«

Der Norweger wusste nicht, was er jetzt tun sollte. Was hatte denn die Mimose? So schlimm war das ja nun auch wieder nicht. Ein kleines Missgeschick. Sonst nichts. Dieses Weichei war einfach mit offenen Augen zusammengeklappt. Tat keinen Mucks mehr. Mitten auf dem Bürgersteig. Ein paar Zweibeine schauten schon misstrauisch, ob hier nicht ein Tollwutopfer lag.

Maxim fasste Ian kurz entschlossen unter die Pfote und zog dessen Oberkörper im Rettungsgriff über seine Schultern. Schwer wie ein nasser Sack hing Indys Bruder auf seinem Rücken. Aber Maxim war kräftig. Problemlos schleifte er den Kater unter einen Treppenaufgang. Nach kurzer Suche fand er Riechsalz im Notfallgeschirr. Das hielt er Ian direkt unter die Nase, bis der sich wieder regte.

»Alter, so kurz vor dem Ziel kannst du doch nicht abkacken! Wir sind fast da.«

33

Ian schnaufte tief ein und kam langsam zu sich. »Was? …
Was ist los?« Er wirkte verwirrt.

Maxim erkannte seine Chance. »Du bist beim Aussteigen
gestolpert und in einen Hundehaufen gefallen«, log er drauf-
los. »Da hast du dann ganz plötzlich abgebaut.«

Ian erschrak und wälzte sich ausgiebig im kargen Gras des
Grünstreifens, bis das Schlimmste bereinigt war.

»Danke, Maxim. Für die Erste Hilfe. Das passiert, wenn
ich mich aufrege. Den Hintergrund erzähle ich dir mal bei
Gelegenheit.«

»Klar. Mach das.« Da war Maxim großzügig. »Jetzt lass
uns los. Wir sind nicht mehr weit vom Schloss des Bundespräsidenten entfernt. Und uns bleibt nur noch wenig Zeit bis
zum ›Tatort‹.«

2

LUFTAUFKLÄRUNG

Kilo Foxtrott hatte es brandeilig: direkte Mission von BND-Chef Alpha. Der Luftaufklärer flog mit maximaler Geschwindigkeit. Flugfläche sieben. Sicht ausgezeichnet. Fünfundzwanzig Knoten Rückenwind beschleunigten das Tempo noch. Sein inneres Navi arbeitete präziser als jeder Computer. Keine drei Kilometer mehr bis zum Atelier von Agent Honeyball. Dort angekommen, brauchte er dringend einen kleinen Snack, um die verbrannten Kalorien wieder aufzufüllen.

Der Hausspatz hatte eigentlich immer das Gefühl, nicht genug Futter zu kriegen. Denn er war in der schlimmsten Krisenregion Afrikas aufgewachsen. Aus Nahrungsmangel hatte er die Heimat verlassen müssen, um für seine Küken Futter zu besorgen. Als er zurückkam, fand er das zerstörte Nest. Fünf Meter weiter eine blutige Flaumfeder. Mehr nicht. Überall hatte er seine Kinder gesucht, doch sie blieben verschwunden. Am Boden zerstört, hatte er den schrecklichen Ort für immer verlassen. Seither war er ein Heimatloser und fühlte sich überall und nirgends zu Hause.

In der großen, weiten Welt fiel er nicht auf. Spatzen gab es wie Sand am Meer. *Die* Voraussetzung für einen Agenten des BND.

Foxtrott grinste. Ursprünglich war der Bund Neugieriger Dobermänner ein reiner Hundeclub, bestehend aus den besten Schnüfflern der CIA-Suchhundstaffel, gewesen, gegründet in der Besatzerzeit der fünfziger Jahre. Mit den Jahren hatte man jedoch festgestellt, dass eine Monokultur aus männlichen Muskelpaketen an gewisse Grenzen stieß. Wittern, Bellen und Wegbeißen war eben nicht alles. So hatte man Kilo Foxtrott und einige andere Exoten für den Auslandseinsatz rekrutiert. Keiner beim BND ahnte, dass der Spatz eigentlich eine Spätzin war. Das konnten Unwissende bei kleinen Vögeln wie ihm meist nicht unterscheiden. Sein Glück. Hennen waren im BND nicht gern gesehen. Nach Meinung der Rüden waren sie zu weich und tratschten zu viel. Also hatte Kilo Foxtrott es beim Er belassen.

Die wichtigsten für den Job erforderlichen Sprachen hatte Foxtrott sich schon in jungen Jahren selbst beigebracht. Einschließlich Hündi, Miaui und Regenworm. Zusätzlich beherrschte er das Morsealphabet. Unfassbare Steinzeit, aber es hatte ihm schon oft den gefiederten Kragen gerettet.

Ganz anders Zielhund Honeyball. Der Spezialagent wurde gerade durch seine Auffälligkeit unsichtbar. Keiner traute einem Popanz wie ihm den Einsatz fürs Vaterland zu. Schließlich residierte der winzige Pinscher der Papillon-Rasse in einem riesigen Penthouse direkt Unter den Linden. Das sagte doch schon alles! Er stand auf die Show. Blond gefärbte Zweibein-Models in hautengem Leder machten als weibliche Bodyguards ein Riesentrara um seine Sicherheit, wenn der Meister vor die Tür Gassi ging.

Schoßhund Honeyball nannte sie alle »Paris«.

Am liebsten ließ er sich von denen tragen. Er wollte auf Augenhöhe mit seinen menschlichen Anbellpartnern sein. Trotzdem wurde er nie wirklich ernst genommen.

Das war es, was Honeyball und ihn verband. Typen wie sie wurden durch das niedliche Äußere und die winzige Größe gern unterschätzt. Dabei leitete Honeyball mit eiserner Pfote ein weltweit operierendes Modeimperium. Niemand außer seinen wenigen echten Freunden wusste das.

Das Ziel kam in Sicht, und der Spatz konzentrierte sich auf den Landeanflug zum Atelier. Schreck, lass nach! Kilo Foxtrott grauste es. Full House beim Hund. Was jetzt? Abwarten und Tee trinken? Nein, die Mission drängte. Ein schräger Vogel mehr oder weniger fiel hier vermutlich gar nicht auf …

Doch Vorsicht war geboten: Bei diesem Kurs wehte Seiten-
wind mit drohenden Turbulenzen.

Foxtrott ging zur Landung über. Da gellte ein marker-
schütternder Schrei aus dem Appartement. Dem Fliegerass
stellten sich vor Entsetzen sämtliche Federn auf. Grandios
vermasselte er das Manöver und rauschte abseits der sauber
angepeilten Landebahn ins offene Fenster. Durch die Brems-
wirkung des gesträubten Gefieders trat ein Strömungsabriss
ein. Jeglicher Auftrieb war futsch. Er verlor die Kontrolle,
schmierte ab und krachte in ein Fabergé-Ei, das auf einer
neobarocken Kommode stand. Das Kleinod bremste seinen
Absturz und zerschellte scheppernd auf dem Boden. Gut,
dass da kein Nachwuchs drin war. War aber sicher nicht billig.

Kaum dass er sich wieder aufgerappelt und seine Federn
sortiert hatte, ging der Spatz zum zweiten Mal vor Schreck
in die Knie. Hysterisches Kreischgeheul tönte in ohrenbetäu-
bender Lautstärke aus dem Nebenzimmer zu ihm herüber.
Was zum Geier war da los? Vorsichtig trippelte er an die Ecke
und riskierte einen Blick in den riesigen Salon, überfrachtet
mit kitschigen Möbeln. Überall sah man Gold, Kristall und
Glitzer. Bling-Bling. Hier fand sich der Ursprung der un-
tierischen Laute: Eine weibliche Zweibein-Meute belagerte
Honeyballs Alibi-Designer und tickte schier aus angesichts
dessen Präsentation der neuen Taschenkollektion.

»Aaaiiiii, sind das Swarovskis auf dem Büffelleder?«

»Neeiiiiiieenn, Friederike, das ist meine Tasche, ich habe
sie zuerst gesehen.«

»Oh, Meiiiister, ich sterbe für Ihr göttliches Design. Wo
hat dieser Mann nur seine sen-sa-tio-nellen Ideen her?«

»Foxtrott, Schätzchen«, rief Honeyball, als er den Vogel entdeckte. »Was machst du denn hier?« Er verließ sein
purpurfarbenes Samtkörbchen mit den goldenen Paspeln
und Troddeln. Von dort aus pflegte er die Reaktionen der
Testkäuferinnen zu beobachten. Schwanzwedelnd lief er auf
seinen BND-Kollegen zu. »Ich dachte, du fliegst in geheimer

Mission durch Syrien? Du musst entschuldigen. Ich bin momentan nicht auf dem Laufenden.«

»Honey, wenn *du* nicht weißt, was in der Welt vor sich geht, will ich ab sofort laut Fliegeralphabet Tango Bravo heißen«, gab Kilo Foxtrott zurück. »Mit deiner feinen Spürnase bist du den Ereignissen doch immer weit voraus.«

Der Papillon senkte gespielt verschämt den Blick und betrachtete ausgiebig seine Pfote mit den korallenrot lackierten Krallen. »Das ist der Nachteil an alten Freunden. Einem Aufklärer wie dir kann ich einfach nichts vormachen«, erklärte er und lächelte kokett. »Aber sag, was treibt dich her?«

»Dringender Auftrag von Alpha. Der neuen BND-Zentrale droht ein gewaltiger Skandal. Wir sollen uns kümmern. Hast du einen abhörsicheren Raum? Und vielleicht was zu essen? Ich hoffe, du bestellst immer noch diese leckeren Snacks vom Feinkostladen mit dem Insektenlogo nach Hause.«

Honeyball nickte. »Sicher. Ich wollte sowieso gerade ein Häppchen essen. Komm mit, wir gehen in meine Privatgemächer, da haben wir Ruhe vor den zweibeinigen Sirenen.«

Kilo Foxtrott war das nur recht. Er folgte Honeyball durch die unscheinbare Hundeklappe und stand gleich darauf in einer völlig anderen Welt: Der lichtdurchflutete Raum, der durch Minimalismus überzeugte, gewährte einen phantastischen Panoramablick auf das Regierungsviertel. Hier war es absolut still und friedlich. Großformatige, pastellig verschwommene Bilder dämmten als Schallschutzelemente alle Geräusche weg. Kilo Foxtrott sank bis zum Bauch in den teuren Berberteppich ein. Darauf lagen gemusterte Sitzkissen in ausgewählten, dezenten Grautönen. Sie waren um einen niedrigen japanischen Schleiflacktisch arrangiert. Der war für zwei gedeckt: stilvoll mit weißem Leinen und Chinaporzellan. In der Mitte standen in kleinen Schälchen gesalzene Sonnenblumen- und Kürbiskerne bereit. Foxtrotts Lieblingsspeise. Nachtigall, ick hör dir trapsen, dachte der Spatz, du warst also der Meinung, ich sei in Syrien, na klar.

»Setz dich, mein Lieber. Ich lasse gleich auftragen.« Honeyball läutete ein winziges Silberglöckchen. Sofort kam ein Zweibein in weißer Livree hinter einer verborgenen Tür hervor. Auf den erstaunten Blick des Spatzen erklärte Honeyball: »Das mit der Glocke habe ich mir von Pawlows Hundeversuchen abgeschaut. Funktioniert prima. Das Zweibein reagiert auf verschiedene Glockentöne und -rhythmen. Ich bestelle ein Mittagessen für uns beide. Dazu zwei Pellegrino Frizzante und vorab den Gruß aus der Küche.«

Der Bedienstete horchte angestrengt auf die Glocke, verbeugte sich und verschwand so lautlos, wie er gekommen war.

»Ich bin beeindruckt. Sieht fast aus, als hättest du mich erwartet.« Kilo Foxtrott nahm sich von den salzigen Kernen und sah Honeyball scharf in die Augen. »Wissen die eigentlich, was du in deinem zweiten Leben als Spezialagent so treibst?«

»Natürlich nicht! Wofür hältst du mich?« Honeyball trank geziert aus einer silbernen Wasserschale. »Das A und O ist eine perfekte Tarnung. Das brauche ich dir doch wohl nicht zu erzählen. Niemand hier käme auf die Idee, dass ich für den Dienst an der Gesellschaft auch nur eine Pfote rühren würde. Das ist ja gerade der Witz dabei.«

»Trotzdem, ich könnte das nicht. Wie hältst du dieses Leben aus? In ständiger Maskerade und immer an der Grenze der Erträglichkeit«, entgegnete Kilo Foxtrott in Anspielung auf die Taschenkäuferinnen.

Honeyball schaute ihn nachdenklich an. »Ein Teil von mir liebt das kreative Chaos. Andernfalls hätte ich es in der Modebranche wohl kaum so weit gebracht. Glaub mir. Diese Verrückten können ganz amüsant sein. Wenn mir der Rummel zu viel wird, ziehe ich mich einfach hierher zurück und rede in Ruhe mit einem Freund über die wichtigsten Neuigkeiten. Womit wir beim Thema wären: Was genau hast du für mich?«

Foxtrott sammelte sich. »Wir haben eine Doppelmission:

Unser geheimnisvoller Chef Alpha wünscht, dass wir endlich die undichte Stelle in der BND-Zentrale finden. Wer zum Kuckuck hat damals die Baupläne gestohlen? Der Dieb hat dem Feind jetzt vermutlich die Information verkauft, wo sich unsere zentrale Abhöreinrichtung befindet. Außerdem haben wir Hinweise auf weitere Entführungsopfer in Regierungskreisen erhalten. Der Tipp kam von unserer alten Freundin Indy aus dem KGB. Sie war auf der Suche nach einem vermissten Kollegen. Du kennst sie, die Kleine ist unangenehmer als ein Pitbull, der sich an etwas festgebissen hat.«

Der Spatz plusterte die Federn auf, gönnte sich noch einen Sonnenblumenkern und sprach dann mit ernster Miene weiter. »Anscheinend kam sie bis zum FLoP. Das Finanzministerium für Liegenschaften und offizielle Prachtbauten war auch für unser Bauprojekt zuständig. Daher die Doppelmission. Die clevere Katze scheint dort auf etwas Wichtiges gestoßen zu sein. Das Dumme ist nur, dass sie jetzt selbst verschwunden ist. Genau wie ihr Vorgänger Bondy. Dem Katzengeheimbund gehen langsam die Agenten aus. Die bitten uns um Amtshilfe. Da du die besten Kontakte nach oben hast, sollst du dich mal unauffällig umhören.«

Honeyball nahm sich eins der Häppchen und fragte interessiert: »Wo wurde sie zuletzt gesehen?«

»Meines Wissens im Garten von Schloss Bellevue, beim Eingang in die Katakomben«, meinte Kilo Foxtrott. »Du weißt, ich kann auf ein engmaschiges Netz von Fliegerkollegen zugreifen. Eine Taube sah dort etwas, als sie im Park von einem alten Zweibein gefüttert wurde. Mehrere Ratten zerrten eine große Maine-Coon-Katze in die Kanalisation. Das war die letzte Meldung. Danach ist Schicht im Schacht.«

»Berlins Unterwelt? Ich gestehe, das ist ein blinder Fleck auf meiner Landkarte«, sagte Honeyball. »Kennst du dich da aus?«

Der Spatz schüttelte den Kopf. »Ich bin Flieger, keine Wühlmaus.«

»Dann brauchen wir Unterstützung. Hast du noch Kontakt zu Big Leader, deinem radikalen Informanten aus dem Untergrund? Vielleicht weiß der, wo es langgeht. Treibt sich mit seinem Guerilla-Team doch immer unter Tage rum. Die hören das Gras wachsen.«

Foxtrott steckte sich den letzten Snack in den Schnabel und tupfte selbigen anschließend mit der blütenweißen Leinenserviette ab. Hastig nahm er einen Schluck Wasser und sprang auf. »Okay. Verstanden. Dann mach ich mal kein langes Federlesen und zisch ab. Ich finde Big Leader und bitte ihn um Hilfe. Wir treffen uns um acht am Eingang von Schloss Bellevue. Bis dahin weiß ich mehr.« Er streckte die Flügel aus.

»Nicht wieder durch den Einbauventilator«, wollte Honeyball ihm gerade noch zurufen, da war der Spatz auch schon mit der Präzision eines Starfighters im Kunstflugmodus durch die Rotoren gezischt und weg. »Verdammter Teufelskerl«, murmelte der Papillon mit einem Hauch von Bewunderung. »Pass auf, dass du keinen Habicht triffst!«, bellte er ihm zum Abschied hinterher.

UNTERGRUND-GUERILLA

Kilo Foxtrott ahnte, wo er den Regenwurmchef Big Leader samt seiner Truppe finden konnte. Es gab aktuell ein neues Bauprojekt am Prenzlauer Berg. Mitten auf einer der wenigen dort verbliebenen Grünflächen. Er wusste, dass die Grundsteinlegung die Guerillakämpfer tierisch aufregen würde. Schließlich hatten sich die eingeschworenen Ökoaktivisten auf die Fahnen geschrieben, in Berlin um jeden Zentimeter Grün zu kämpfen, der noch zu retten war. Vor Kurzem erst hatten sie im Grunewald den Erbauern einer Millionärsvilla gründlich in die Suppe gespuckt. Die Zweibeine hatten Stararchitekten angeheuert und ließen Bodengutachten erstellen. Denn Berlin war auf Sumpfland gebaut. Das spielte Big Leader und seiner Truppe in die Wurmfortsätze: Wie einen Schweizer Käse hatten sie die dünne, tragende Oberfläche mit ihren Gängen durchsiebt. Danach hielt kein Stein mehr auf dem anderen. Auch kein Beton. Der Flüssigzement für das Villenfundament dürfte jetzt den äußeren Erdkern verstärken. Weg mit Schaden.

Er überflog den Prenzlauer Berg in enger werdenden Kreisen. Und richtig, da waren sie. Mit seinen scharfen Augen entdeckte er Big Leader von Weitem auf einem Stein. Mit dem Kopf haute er im Takt gegen den Findling. Konnte ein uraltes Regenwurmritual sein. Oder das Zeichen geistiger Umnachtung. Foxtrott grinste. Er wusste, in Wahrheit rief der Chef seine verstreute Truppe zusammen. Die Erde übertrug die Vibrationen über zig Meter hinweg. Seine Guerilla-Fighter würden ihn hören und ihm folgen.

Seine Streiter hatte der Leitwurm einfach durchnummeriert. Von Guerilla Eins bis Guerilla Sechs. Bis sich die übermotivierte Nummer Drei bei einer Grundsteinlegung heldenhaft vor den Spaten geworfen hatte und zweigeteilt worden war. Weshalb man in Gegenwart der neuen Nummer Dreipunkteins nun sehr deutlich und langsam sprechen musste, damit er alles mitbekam. War er doch zuvor das hintere Ende von Drei gewesen.

Wenn man vom Wurm sprach: Der Boden brach auf, und die unsanft gekürzte Nummer Drei schnellte wie eine Rakete vor Big Leader in die Höhe. Von dessen Mitstreitern war er schon immer der eifrigste gewesen. Kurz darauf folgten die restlichen Guerillas. Nur Dreipunkteins ließ auf sich warten. Gerade als Big Leader die Sitzung eröffnen wollte, stieß Kilo Foxtrott nach unten und senkte sich als dunkler Schatten auf die Versammlung. Dem Anführer gelang es noch »Alarm, Feind im Anflug!« zu brüllen. Seine Mitstreiter buddelten sich schnurstracks wieder ein. Aber er selbst hatte zu viel Zeit verloren. Ein krallenbewehrter Fuß umfasste seine Mitte und nagelte ihn fest. Big Leader bäumte sich auf und versuchte, dem Vogel mit dem Kopf die Augen auszustoßen … Moment! Das Federvieh kannte er doch?

»Verdammt, Kilo Foxtrott. Mach das nie wieder! Ich hätte fast 'nen Segment-Kollaps bekommen«, röchelte er verärgert. »Das nächste Mal erwürge ich dich ohne Gnade!«

»Ich weiß, großer Krieger.« Der Spatz schaute ihn reumütig an. »Verzeih meinen plumpen Auftritt. Aber ich komme in einer überaus wichtigen Mission.«

Big Leaders Neugier war geweckt. Sein Team war wieder an der Oberfläche erschienen, um den alten Bekannten zu begrüßen. Sie hatten ihm schon früher sehr geholfen. Danach hatte Foxtrott feierlich geschworen, nie wieder einen Wurm zu fressen. Big wartete, bis sich die Aufregung gelegt hatte. »Aha. Ich hoffe, es handelt sich um ein Ereignis von ökologischer Bedeutung«, sagte er dann. »Andernfalls interessiert es uns nicht.«

»Natürlich«, bestätigte Kilo Foxtrott sogleich. »Es geht um ein Riesen-Bauvorhaben.« Stimmte ja, Indy ermittelte schließlich zuletzt im Finanzamt für Liegenschaften und offizielle Prachtbauten. Munter spann er den Faden weiter. »Ein Skandal, dem sogar die Top-Agentin des Katzengeheimbundes auf der Spur war. So brisant, dass sie abtauchen musste. Ich dachte, ihr könntet mir bei den Nachforschungen helfen.«

»Bauvorhaben? Bauvorhaben?« Die Wurmmeute flippte förmlich aus und begann, sich in Rage zu winden. Zuckungen schüttelten ihre langen, schlanken Körper. Zusätzlich erschien nun auch noch Dreipunkteins auf der Bildfläche und sah sich verwirrt um.

»Das bedeutet Krieg«, zischte Big Leader.

»Krieg, Krieg, Krieg«, skandierte die Truppe. »Krieg den Palästen!«

»Dennoch«, der Leitwurm erhob seine Stimme zu einem Donnern und bewies einmal mehr weitreichenden Intellekt und Voraussicht: »Um welches Projekt geht es hier eigentlich?«

Kilo Foxtrott zögerte kurz. Er brauchte ein Reizthema.

»Um den neuen Flughafen selbstverständlich. In Berlin-Schönefeld steht eine Menge Beton bereit, um weitere wunderschöne Grünflächen zu vernichten. Ihr wisst schon: für Landebahnen, Abfertigungsgebäude, Parkplätze und so. Man sagt, gerade hätten sie dort eine hundertjährige Eiche gefällt.«

Er hatte noch nicht zu Ende gesprochen, da stieß die Wurmmeute unisono einen durchdringenden Schlachtruf aus. »Krrrriiiiiiiieeeeg! Verderben den Umweltfrevlern!« Sie stürzten aufeinander zu und wanden sich im wilden Wahnsinn umeinander. Kilo Foxtrott wartete geduldig am Rand und inspizierte derweil die Steuerfedern an seinen Flügelenden.

Big Leader fasste sich als Erster, nachdem die heftigste Gruppenekstase abgeklungen war. »Wir sollten unsere Aktionen abstimmen. Was gedenkst *du* zu tun?«

Kilo Foxtrott dachte scheinbar angestrengt nach. »Zuerst müssten wir Indy finden. Das Mädchen besitzt unter Garantie Detailinformationen zu Drahtziehern und Hintergründen. Habt ihr nicht irgendwas gehört? Angeblich ist sie im Präsidentengarten unter der Erde verschwunden.«

Big Leader bildete mit seinen Brüdern einen Kreis. »Was wissen wir?«

Nach Sekunden des Schweigens meldete sich Dreipunkteins zu Wort. Er sprach abgehackt, spuckte die einzelnen Silben förmlich aus.

»Ich ge.hört Su.mo. Ganz nah. Schimpft In.dy. Bö.se. Will sie weg und Schwei.gen brin.gen.«

Kilo Foxtrott musste schlucken. Konnte man dem tumben Wurm glauben? Andererseits fehlte ihm wohl die Phantasie, so etwas zu erfinden. Und nach seiner einschneidenden

44

Erfahrung, der Trennung von Drei, vermutlich auch der Wunsch, sich erneut ins Rampenlicht zu stellen.

»Dreipunkteins, was hat Sumo noch gesagt?«

Der Wurm ging eine Weile in sich. Dann überzog jähes Erinnern erhellend seine Züge. »Will ganz ho.hes Tier wer.den.«

»Verdammte Hacke.« Big Leader sah seinen jüngsten Gefolgsmann strafend an. »Warum hast du uns das nicht längst erzählt?«

»Kei.ner fragt«, erwiderte der Wurm stoisch.

Kilo Foxtrott raufte sich die Federn. »Fassen wir also zusammen: Indy ist von Sumo gecatnappt und in die Unterwelt verschleppt worden. Vermutlich, weil sie zu viel wusste. Dreipunkteins hat das beobachtet und so nebenbei des Maulwurfs Ziel zur Machtergreifung belauscht. Richtig?«

»Richtig!« Die Guerilla-Fighter schauten ihn grimmig an.

»Aber was hat das mit dem Flughafen zu tun?«, wandte Big Leader nachdenklich ein.

»Das eben müssen wir rausfinden«, entgegnete Kilo Foxtrott flink. »Der Erdverschieber ist bekannt für große Bauvorhaben. Wir müssen in die Unterwelt, in die Schaltzentrale von Sumos Macht, und das Schlimmste verhindern. Sicher hält er Indy gefangen. Darum sollten wir umgehend ihre Spur aufnehmen. Am Eingang zu den Katakomben im Park von Bellevue.« Ganz nebenbei kam er schließlich zum Kern der Sache: »Honeyball, mein Kollege vom Nachrichtendienst, ist zur Unterstützung schon auf dem Weg dorthin. Es gibt nur ein Problem. Ich kenne mich bestens in der Luft aus. Mein Kamerad ist Spezialist für Regierungsaktivitäten. Von der Berliner Unterwelt haben wir aber beide keine Ahnung. Und wie man hört, hat Sumo in seinem Reich ein perfektes Sicherheitssystem. Wie sollen wir also dort eindringen, ohne aufzufallen? Es wird auf jeden Fall gefährlich. Ohne die Unterstützung von fähigen Untergrundexperten können wir allerdings gleich einpacken. Irgendeine Idee?«

Der Appell von Kilo Foxtrott verhallte nicht ungehört. Schweigend krochen die Würmer aufeinander zu und bildeten ein Knäuel, das sanft pulsierte. Schließlich schob sich ein kurzes Ende heraus und robbte auf den Spatz zu. »Ich füh. re. Viel si.cher.«

Ganz allein stand Dreipunkteins aufrecht und tapfer vor Foxtrott. Der Rest der Meute hatte sich in den Boden gebohrt und war spurlos verschwunden.

Spatz und Wurm sahen sich forschend an.

»Vertraust du mir?«, fragte Kilo Foxtrott die halbe Portion.

Dreipunkteins schwieg. Dann kam als Antwort ein leises: »Jein.«

»Schade«, entgegnete Foxtrott. »Ich muss dich transportieren. Wir fliegen zum Präsidentenpalast. Du kannst nicht kriechen, das dauert zu lange.«

Dreipunkteins nickte ergeben und kroch direkt hinein in den einladend aufgesperrten Schnabel.

TRUPPENVERSTÄRKUNG

Foxtrott kam just in dem Moment in Sicht, als Honeyballs gepanzerte Limousine mit den abgedunkelten Scheiben vor dem Schloss Bellevue hielt. Hier wimmelte es nur so von Zweibeinen, die aufgeregt mit bunten Karten wedelten und nicht wussten, an welcher der vielen Schlangen sie sich anstellen sollten.

»Hey, Kilo«, grüßte er seufzend, als der Spatz gelandet war. »Fast vergessen. Heute findet eine riesige Spendengala des Bundespräsidenten statt. Eine rauschende Feier mit bekannten Musikbands und vielen Promis, um die Gäste in Geberlaune zu versetzen. Sehen, spenden und gesehen werden. Nur für die mit Macht und Geld. Wir haben die Regenschirme geliefert. Mit Strass am Griff. Ich sage dir: Das ist *der* Renner unter den Zweibeinen. Am besten, ich gehe durch den Lieferanteneingang rein. Die kennen mich. Zu viel Security entlang der Absperrung, um mal eben rüberzumachen.«

»Warte mal.« Kilo Foxtrott räusperte sich und zog etwas hoch. »Cchhrrrptui!«

Etwas eklig Schleimiges landete auf dem Boden direkt vor Honeyballs Vorderpfoten und fing an, sich schwach zu winden.

»Darf ich vorstellen: Honeyball, das ist Dreipunkteins. Dreipunkteins: Honeyball.«

»Pfui, bah!« Der Papillon wich einen Schritt zurück. Dann erinnerte er sich an seine Manieren. »Entschuldige, Dreipunkteins. Ich bin sehr erfreut, deine Bekanntschaft zu machen.«

Der Wurm nickte nur.

»Dreipunkteins kann bestätigen, dass Sumo Indy in seiner Gewalt hat. Er wird uns zeigen, wo er die beiden belauscht hat. Durch seine kompakte Länge ist er sehr wendig, leicht zu transportieren und verdammt lecker …«

Honeyball sah Kilo mit hochgezogenen Brauen an und machte dem Vogel so seinen Ausrutscher bewusst.

»Sorry. Ein dummer Versprecher.«

»Klar.«

Das blieb Dreipunkteins' einziger Kommentar. Eine der Eigenschaften, die seine Gefährten an ihm schätzten. Der Wurm machte nicht viele Worte und kam direkt zum Wesentlichen.

»Ge.hen Teich zu Su.mo.«

Der Papillon besah sich den Regenwurm etwas genauer. »Ein Vorschlag, Kurzer: Steig in meinen Halsbandanhänger. Das Teil ist innen hohl, es bietet dir genug Platz und eine gute Sicht.«

Skeptisch musterte der Wurm den mit Glitzersteinen verzierten Totenschädel, kroch durch eine Augenhöhle hinein und brummte: »Bes.ser Kopf von Hund als Bauch von Spatz.«

»Ich hätte ihn schon nicht verschluckt!«, verteidigte sich Foxtrott beleidigt. »Macht, was ihr wollt. Ich fliege rein und erkunde die Lage.«

Er gab einen Senkrechtstart zum Besten und zischte mit einem gekonnten Looping ab in den Park. Aus dem Totenkopfanhänger brummte es dumpf: »An.ge.ber.«

Honeyball setzte sich ebenfalls in Bewegung. »Dreipunkteins, was machen deine Guerilla-Kollegen?«, erkundigte er sich, während er auf das Schloss zutippelte.

Der Wurm überlegte eine angemessene Weile und sagte bedächtig: »Sa.bo.ta.ge.« Als keine Reaktion kam, ergänzte er: »Big Lea.der auf Weg zu Flug.bau.«

Sie erreichten den Lieferanteneingang, und Honeyball legte die Pfote auf den Sensor-Scanner. Ein grünes Licht blinkte auf. Nach einem beiläufigen Scherz in Richtung des diensthabenden Wachhundes waren sie drin.

Am Westflügel des Schlosses drängten sich Ian und Maxim durch die Zweibein-Schlangen. Als sie den Eingang zum Park erreichten, übernahm der Norweger die Führung und prahlte: »Keine Bange, ich komme auf jeder Party rein. Warte mal, einen der Typen da kenne ich. Der kauft sein Security-Equipment bei meinem Dosenöffner. Den kann ich mit einem simplen Trick um die Pfote wickeln. Folge mir und lerne.«

Mit aufgestelltem Schwanz, das obere Ende abgeknickt, lief er federnd auf einen bulligen Kerl zu, der ziemlich finster aussah. Ein Schrank mit Glatze und Tätowierung, die am Hals rauslugte. Maxim stellte sich vor ihm auf die Hinterbeine und machte in niedlicher Hundemanier Bitte-Bitte. Wie peinlich, dachte Ian, zum Fremdschämen.

Der Securitymann jedoch beugte sich zu dem weißen Kater hinunter. »Maxim, was machst du denn hier? Willst wohl mit deinem Kumpel den Präsidenten besuchen, was?« Er sah unauffällig nach rechts und links. »Okay, flitzt rein. Aber baut ja keinen Scheiß, sonst bin ich dran.«

Er kraulte den Kater noch kurz hinterm Ohr, was Maxim ihm wohlig schnurrend dankte, indem er sich – für Ians Geschmack total distanzlos – am Bein des Wachmanns rieb. Der wandte sich auf Zuruf mit grimmiger Miene dem drängelnden Besucher hinter ihnen zu. Maxim und Ian waren durch.

»Der Zweck heiligt die Mittel«, rechtfertigte sich der Norweger, als er Ians Blick sah. »Schließlich sind wir ratzkatz drin gewesen und haben sogar noch einige Minuten Zeit bis zum ›Tatort‹. Sieh mal, da vorne läuft ein kleiner Kläffer in Richtung See. Mein Instinkt sagt mir, wir sollten ihm folgen. Zur Not können wir ihm ja immer noch eine reinhauen, wenn sich das als Trugschluss erweist.«

Für den Straßenkater waren Hunde zum Vermöbeln da, und insgeheim hoffte er auf eine kleine Abwechslung. Ian zuckte die Schultern und folgte ihm. Nicht sein Ding. Er war Pazifist.

Am Seeufer holten sie den Hund schließlich ein.

»Och neee, ein Papillon«, spottete Maxim ohne Umschweife. »Hast du aber niedliche Fransen an den Ohren. Suchst du was? Vielleicht Ärger?« Der Albino provozierte den kleinen Beller nur zu gern.

»Der nicht, aber ich«, pfiff es aus der Luft, und der Kater kassierte von einem etwas mollig geratenen Spatz einen fetten Schnabelhieb auf den Allerwertesten. »Niemand beleidigt meine Freunde!«

Wütend rieb sich Maxim das Hinterteil. »Ganz schön dreist für Beute. Komm runter, du Opfer, und ich zeige dir, wo es hinter meinen Zähnen langgeht.«

»Nee, lass mal. Je länger ich mir deine Schnauze ansehe, umso besser gefällt mir dein Hintern«, lästerte der Vogel und hackte noch einmal voll zu. Maxim sprang hoch und versuchte mit ausgefahrenen Krallen, ihn zu erwischen. Aber der Spatz war zu schnell. Er spielte mit ihm.

Ian wurde es zu bunt, die Zeit drängte. »Schluss jetzt. Alle beide! Wir sind nicht zum Spaß hier. Habt ihr in der Nähe vielleicht andere Katzen oder einen mordsgefährlich aussehenden Hund gesehen?«

»Schätzchen, wir sind eben erst eingetroffen. Dein Freund ist etwas gewöhnlich, aber gut gebaut.« Interessiert betrachtete der Papillon den muskulösen Maxim. »Ich könnte so einen attraktiven Burschen in meiner Crew gut gebrauchen.«

Ian sah, wie sich bei seinem Kumpel ein neuer Sturm zusammenbraute. Schnell entgegnete er: »Danke, kein Interesse. Darf ich vorstellen: Maxim, ein Freund meiner Schwester Indy. Und ich bin Ian.«

Honeyball stand da wie vom Donner gerührt. *Der Schläfer*, dachte er. *Dass ich ihn nicht sofort erkannt habe …* Er besah sich den Kater von oben bis unten. »Weißt du, wo deine Schwester ist?«, fragte er ihn.

»Nein. Ich suche sie. Warum?«

»Der KGB hat uns ihretwegen um Amtshilfe gebeten. Ich bin Honeyball, langjähriger Agent des BND, und das«, er deutete auf den Spatz, »ist unser Luftaufklärer Kilo Foxtrott. Wir suchen sie ebenfalls. Und da wir schon oft mit Indy zusammengearbeitet haben, ist sie nicht nur eine Kollegin, sondern auch eine Freundin von Kilo Foxtrott und mir.«

Maxim tippte Ian auf die Schulter. »Junge, du brauchst nicht länger nach dem Höllenhund zu suchen, mir scheint, wir haben ihn gefunden. Das da ist der vom Orakel prophezeite Zerberus!« Er kicherte hinter vorgehaltener Pfote. »Miow, ich hab voll Angst. Wohnst du etwa Unter den Linden? Ganz schön nobel, Fiffi. Jetzt sind wir schon vier gegen Sumo.«

»Fünf«, brüllte Dreipunkteins und streckte den Kopf aus der Augenhöhle des Totenschädels.

»Viereinhalb«, schränkte Honeyball ein und stellte ihren Untergrundexperten als das hintere Ende von Big Leaders Regenwurm Nummer Drei vor. Dann hielt er Ian, der gebannt auf den kurzen Wurm stierte, die Pfote hin. »Partner?«

Ian zögerte und sah Maxim an.

»Ich zweifle nicht an der Weitsicht der Zwillinge«, meinte der, und Ian musste zugeben, dass es ihm ebenso ging.

Die beiden Katzen schlugen gleichzeitig ein.

»Partner!«

»Eins noch«, meinte Ian. »Bevor wir untertauchen, sollten wir uns gegenseitig auf den Stand der Dinge bringen. Wenn wir drinnen sind, müssen wir still sein, um nicht entdeckt zu werden.«

Honeyball nickte beifällig. »Da ist was dran. Ich erzähle euch, was wir herausgefunden haben.«

Gebannt hörten die Katzen zu, was der Hund zu berichten hatte. Als sie ihrerseits ergänzten, was sie wussten, wurde das Bild Stück für Stück immer klarer.

»Die Berliner BND-Zentrale und der Flughafen, die Hamburger Elbphilharmonie, Stuttgart 21 und die U-Bahn und das Stadtarchiv in Köln sind allesamt vom Finanzministerium für Liegenschaften und offizielle Prachtbauten gesteuerte Regierungsprojekte«, fasste Ian zusammen. »Das FLoP finanziert die fettesten Bauvorhaben. Doch überall sind die Kosten explodiert. Die meisten Arbeiten sind gescheitert oder stagnieren. Und den Auftraggebern läuft die Zeit davon. Wieso?, frage ich euch. Was ist der Grund dafür? Genau da liegt der Hund begraben!«

Er warf Honeyball einen entschuldigenden Blick zu. »Nichts für ungut. Ich will damit auf Folgendes hinaus: Sumo ist Spezialist für Untertagebau. Sein Quartier liegt unter dem Sitz des Bundespräsidenten. Und das strategische Genie plant die Machtergreifung. Was wir nur dank Dreipunkteins wissen.« Er nickte anerkennend in des Wurmes Richtung, der sich verlegen krümmte. »Was, wenn Sumo klauentief im Bau-Chaos mit drinsteckt? Ich bin mir fast sicher, der alte Gängebuddler hat seine schmutzigen Pfoten in all diesen Bauprojekten.«

»Zuzutrauen wäre es ihm«, bestätigte Honeyball.

Maxim setzte erregt einen drauf: »Und was ist, wenn Indy das herausgefunden hat und dadurch zu einer ernsten Bedrohung für seine finsteren Pläne wurde?«

»Dann schwebt sie in höchster Gefahr«, entgegnete Kilo Foxtrott bedrückt. »Sumo wird sie verhören, bis er das letzte Miau aus ihr herausgepresst hat. Danach lässt er sie unauffällig verschwinden. Ex und hopp!«

»In.dy sieht Gras von un.ten«, sprach Dreipunkteins aus, was alle insgeheim befürchteten.

»Verdammt, das wird knapp«, meinte Foxtrott. Alle sahen ihn an und nickten.

»Zusammen schaffen wir das.« Ian hob die Pfote zum Schwur. »Wir sind die iCats, meine Schwester und ich von Geburt an, Maxim hier, weil er ein ausgewiesener IT-Experte ist. Wir würden uns glücklich schätzen, wenn ihr euch unserer Sache anschließt. Für Indy. Für die Freundschaft. Für das Gute.«

Maxim, Kilo Foxtrott und Honeyball taten es ihm nach. Sie schworen sich, nicht aufzugeben, bis sie Indy gefunden hatten. Tot oder lebendig.

»Was stehen wir dann noch rum?« Maxim war nun nicht mehr zu bremsen. »Wir müssen ihr sofort zu Hilfe eilen!« Er lief zu dem vergitterten Abwasserschacht, der, hinter Gebüsch verborgen, in den See mündete, und bog mit reiner Muskelkraft zwei dicke Stäbe auseinander. »Wenn dieser Emporkömmling meiner Indy etwas getan hat, wird er es bis zum letzten Schnaufer bereuen.«

Be...reuen! Be...reuen! Be...reuen!, echoten die Worte im Tunnel nach, als er in der modrigen Dunkelheit verschwunden war.

3

CATNAPPING

Indy verbiss sich wütend in das Drahtgittergeflecht, das ihr Gefängnis umgab. Und wenn es hundert Jahre dauerte, sie würde hier rauskommen. Sie könnte sich täglich dreimal ohrfeigen, dass sie sich von diesen nichtsnutzigen Ratten wie eine blutige Anfängerin hatte gefangen nehmen lassen. Sie, die Top-Agentin. Die Superwaffe des Katzengeheimbundes. Es war zum Fellrausreißen. Ihr mühsam aufgebautes Image als smarteste KGB-Agentin Deutschlands war nun eindeutig auf den Hund gekommen. Sie konnte nur beten, dass nicht allzu viele Wind davon bekamen.

Ihre rechte Pfote tat weh. Die Zweibeine in den weißen Kitteln waren schon zweimal da gewesen und hatten sie mit Injektionsnadeln gestochen. Besonders der Kleine mit der runden Brille machte einen bösartigen Eindruck. Vielleicht hatte er Tollwut. Oder etwas ähnlich Hässliches, das ihn verrückt machte. Der Zwerg konnte nur noch flüstern, weil seine Fistelstimme durch das ständige Rumbrüllen ihren Dienst versagte. Nächstes Mal wenn er sie holen kam, würde sie ihm mit ihren Krallen beidseitige Rallyestreifen in die Visage ritzen.

Verdammt, sie musste weg und die Regierung vor ihrem Erzfeind warnen. Professor Sumo strebte die Herrschaft über Deutschland an. Und wie es derzeit aussah, würde er sie mit seiner hinterhältigen Strategie auch erlangen. Sie musste hier raus, raus, raus!

Stumm warf sie sich mit voller Kraft gegen die Käfigtür, die keinen Millimeter nachgab. Es schien vergebens, doch sie wollte sich nicht beruhigen. Das Blut floss heiß wie flüssige Lava durch ihre Adern. Ihr Leben lief mit Volldampf. Wenn man sie nur nicht so mit Medikamenten vollgepumpt hätte!

Die meisten ihrer Leidensgefährten machten längst keinen Mucks mehr und dämmerten vor sich hin. Nur im Käfig neben ihr rappelte sich das hässlichste Katzenjunge, das sie je gesehen hatte, von Zeit zu Zeit mühsam auf. Es nagte an der Türangel, schnaufte und wurde wieder still. Immerhin, die Vorgehensweise ließ Potenzial erkennen. Sie sollte sich mal kurz zusammenreißen, dann würde ihr brillantes Gehirn einen eleganten Ausweg finden. Wie immer.

Okay. Indy sah sich um. Was hatte sie zur Verfügung? Zwei Plastiknäpfe. Einer mit Trockenfutter von der billigen Sorte, der andere mit abgestandenem Wasser. Im hinteren Teil ihres Gefängnisses ein Bereich mit Katzenstreu. Das war's.

Der triefnasige kleine Kater regte sich wieder. Er hob den Kopf, sah sie kurzsichtig mit unglaublich strahlenden blauen Augen an und murmelte leise: »Mama.«

»Ich bin nicht deine Mama, ich bin ein wichtiges KGB-Mitglied«, korrigierte sie ihn. »Aber du darfst mich Indy nennen.«

»Mama!«, erwiderte der Welpe bockig und schniefte.

»Sag mal, ist deine Nase taub? Rieche ich vielleicht wie du oder wie jemand aus deiner Sippe? Wie heißt du überhaupt?«

»Der Weißkittel nennt mich ›Der, dem der Rotz aus der Nase läuft‹, ›Mutant‹ oder ›Wechselbalg‹.«

»Jetzt wird mir einiges klar.« Indy seufzte. »Und mit dem Gucken ist es auch nicht so doll, oder, Schneuzi?«

Zur Antwort zog er einmal kräftig die Nase hoch. »Stimmt – Mama.«

»Indy«, verbesserte die Superkatze.

»Indy«, wiederholte der Welpe. »Komischer Name.«

»Ich entstamme einer berühmten Maine-Coon-Katzenfamilie. Aus einem I-Wurf, falls dir das was sagt. Alle meine Geschwister haben ebenfalls Namen, die mit einem I anfangen. Wie mein Bruder Ian. Mutter wusste nicht, ob ich mehr so die Unabhängige oder eine Individualistin werden würde. Indy steht für beides. Ist aber natürlich viel zu hoch für einen Frischling wie dich.«

In diesem Moment öffnete sich die Tür, und das bebrillte Zweibein trat ein. Sofort ließ Schneuzi den Kopf sinken und stellte sich schlafend.

»Na, meine Hübschen, wer möchte denn heute unser neues Serum ausprobieren?«

Indy fuhr ihre Krallen aus. Der Mensch sollte es nur wagen, ihr zu nahe zu kommen.

»Aaahhh, das Prachtexemplar!« Mit diesen Worten trat der Weißkittel an ihren Käfig und holte die Hand hinter dem Rücken hervor. Er würde, wenn es nach Indy ging, als Zweifinger-Doktor in die Annalen eingehen. Den abgetrennten Rest konnte er in Alkohol einlegen. Aber was war das für ein seltsames Ding, das er da an den Mund hob? Eine Flöte? Wollte der Knilch sie etwa wie eine Schlange hypnotisieren? Sie fauchte hämisch ob seiner Blödheit, als es »ffftt« machte und sie einen stechenden Schmerz in der Flanke verspürte. Ein Blasrohr mit Injektionspfeil. Schon wieder. Katzheimerdemenz noch mal, wo waren nur ihre Alarmglocken geblieben?

Das Stechen ging in höllisches Brennen über. Die Hinterbeine versagten ihren Dienst. Hitze wallte durch Indys Körper. Mit letzter Kraft streckte sie zwei Vorderkrallen nach dem Zweibein-Teufel aus. Sie zischte ihm einen alten Katzenfluch entgegen, der etwas mit elendigem Krepieren und schlecht geratenem Nachwuchs zu tun hatte. Dann sah sie bunte Kreise – und danach nichts mehr.

DER WELPE

Indy wachte auf und stöhnte. Ihr Schädel schien auf das Zehnfache angewachsen zu sein. Neben sich hörte sie ein Schniefen, das sie nicht zuordnen konnte. Himmel, gleich platzte ihr der Kopf.

»Mama, bist du wach?«, tönte es in Megafonlautstärke durch den Raum.

Ach du Schande, sie war im Käfig neben der kleinen Nervensäge!

»Ssshhhht, sei leise«, zischte sie. »Oder willst du, dass dich der Onkel Laborleiter holt?«

»So wie dich vorhin? Was hat er denn mit dir gemacht? Gab es was Leckeres zu fressen?«

»Ja, kleine Rotznase«, erwiderte Indy. »Es gab junge Kätzchen, noch ganz zart und knusprig. Und jetzt sei still. Ich muss nachdenken.«

Sie hatte nicht die leiseste Idee, was nach der Injektion passiert war. Doch seither mussten mehrere Stunden vergangen sein.

Die Pause währte exakt zwanzig Sekunden.

»Maamaaa?«

Indy seufzte. »*Was?*«

»Meine Tür ist auf.«

»Du hast Mamas volle Aufmerksamkeit. Bitte wiederhole das.«

»Meine Käfigtür ist auf.«

War das denkbar? Der kleine Fellkacker, ein Ausbrechergenie? Ihr brummte das Hirn. Was bedeutete das für sie? Dieser Vorteil musste sofort genutzt werden.

»Kannst du meine Tür auch aufmachen, Rotzi?«

»Ich heiße doch Schneuzi, Mama!«

»Ja, ja, Schnoddersauger – ich werde es mir merken. Also, kannst du?«

»Tut mir leid, Mama. Mein Schloss war nicht richtig zu. Deins sieht sehr zu aus. Ist eins mit Nummern.«

Das wurde ja immer besser. Mit Zahlencodes kannte sie sich aus. »Na los, worauf wartest du? Wie viele Stellen hat das Ding?«

»Ähm, weiß nicht. Ich kann nicht rechnen. So viele, wie ich Pfoten habe?«

Indy seufzte. Das würde ein harter Brocken werden. »Okay. Fang an mit 0001.«

Schneuzi machte sich umständlich am Schloss zu schaffen. »Mama, was ist eine Null?«

»Guck in den Spiegel, dann weißt du es!«, fauchte Indy ungehalten. Der Kleine ließ die Ohren hängen.

»Du bist gar nicht nett zu mir. Immer schnauzt du mich an!«

Die große Katze besah sich den kleinen Kater genauer. Da stimmte eindeutig was nicht mit seinem Aussehen. Das Fell beutelte am Körper. Die Pfoten waren viel zu groß. Auch Schnauze und Schwanz wirkten für ein Katzenjunges zu lang. Fast wie bei einem Wolf. Dazu die abstehenden Ohren mit der überdimensionierten Marke. Schön war anders.

Indy riss sich zusammen. »Mami meint es nicht so. Sie hat nur ganz, ganz schlimme Kopfschmerzen. Und jetzt mach weiter. Die Null sieht aus wie der Napf. Ganz rund und in der Mitte ein Loch.«

Etliche Zeit später fummelte Schneuzi immer noch an der ersten Einstellung.

»Was ist denn nun?«, erkundigte sich Indy mühsam beherrscht.

»Ich kann so schlecht gucken. Alles verschwimmt vor meinen Augen«, jammerte er.

Indy stellte sich dicht an die Käfigtür, um ihm zu assistieren. Ständig musste sie ihre Position verändern, weil sein großer Schädel ihr die Sicht versperrte. Dabei stellte sie fest, dass auf seiner Ohrmarke ein seltsames Kürzel abgedruckt war: »MaSK«. In die Rückseite war eine kurze ID-Nummer eingeprägt.

MaSK, MaSK – am Unterbewusstsein der Agentin kratzte etwas. Wo hatte sie das schon mal gehört?

DAS EXPERIMENT

Indy wurde heiß. Nein. Sie *war* heiß. Verdammt heiß. Prüfend hob sie ein Augenlid, um ihre Umgebung zu checken. Eben war sie doch noch eingesperrt gewesen, und die Rotznase hatte versucht, den Zahlencode zu knacken. Jetzt lag sie frei im Scheinwerferlicht, auf einer drehbaren Plattform, um die vergitterte Käfige kreisförmig angeordnet waren. Geblendet von grellem Licht, kniff sie die Augen zusammen. Das hier war nicht der Raum, in dem sie vorhin gewesen war. Hinter den Käfigen zu ihrer Linken sah sie ein menschenleeres Labor, von diesem durch eine riesige Glasscheibe getrennt. Verständnislos schaute sie auf komplizierte Versuchsanordnungen, Kanister mit Chemikalien und eine weiße Tafel mit Formeln. Es roch nach Chemie, gepaart mit tierischen Ausdünstungen.

Sie streckte sich vorsichtig und hörte ein leises Stöhnen aus mehreren Kehlen. Was war das? Weitere Leidensgefährten? Sie war anscheinend immer noch restbetäubt. Um den Kopf klar zu kriegen, putzte sie sich zart über die Brust. Das Stöhnen ging in ein Wimmern über. Nach kurzem Stocken ignorierte sie es.

Seltsam. Waren ihre Läufe länger geworden? Ihr Fell war so seidig und weich. Die Pfoten zierlich und doch kraftvoll. Probehalber fuhr sie die Krallen aus. Scharfe Klingen kamen zum Vorschein. Das Gewimmer ging in einen mehrstimmigen Aufschrei über. »Komm her, Süße, du machst mich wahnsinnig!« – »Mieze, du bist die Mutter meiner zukünftigen Stammhalter!« – »Zuerst zu mir, Supercat!«, tönte es aus den umliegenden Käfigen.

Indy stand auf und ging wiegenden Schrittes auf den nächstgelegenen Gitterkasten zu. Ein stattlicher Kater klebte wie festgenagelt an den Stäben und flehmte zu ihr hin. Sie stolzierte noch etwas näher und machte einen Buckel. Er kreischte auf und wurde vor ihren Augen bewusstlos.

Das war ja ein Ding. War sie plötzlich ein Popstar?

Im nächsten Käfig lief einem Perserkater Sabber aus dem offenen Maul. Auch er konnte sich nicht von ihrem Anblick losreißen. »Heirate mich! Ich bin reich und leidenschaftlich. Ich werde dich abgöttisch lieben. Mein Leben liegt dir zu Pfoten«, säuselte er liebestrunken.

Indy lief dicht am Käfig vorbei. Stolz wie ein Samurai mit Fahne strich sie mit ihrem erhobenen Schwanz am Gitter entlang. Sie verharrte und ließ ihn erzittern.

»Aaaargh!« Auch dieses Exemplar war weg vom Fenster.

Der nächste Käfig beherbergte einen Pitbull-Terrier. Igitt. Indy sträubte ihr Nackenfell.

»Jaaaa, kratz mich, Süße. Du bist so wild und sexy«, konnte er noch ausstoßen, ehe er auf die Knie sank und aufgab.

So ging das reihum. Indy fühlte sich irgendwie … extrem gut. Warum auch nicht? Sie bekam schließlich nur die Anerkennung, die sie längst schon als angemessen erachtet hatte. Was für ein Mittel hatte man ihr verabreicht? Pheromone? Botox? Ein Anti-Age-Serum?

Obwohl, wenn sie recht überlegte, hatte sie auf Männer eigentlich immer diese Wirkung. Sie war so wie sonst auch. Das hier war wohl einfach eine teuflische Zweibein-Folter für männliche Käfiginsassen.

Zuzutrauen wäre es den Weißkitteln, sie und ihr phantastisches Aussehen als Werkzeug einzusetzen. Aber sie hatten die Rechnung ohne ihren überragenden Intellekt gemacht. Auf Anhieb fielen der Katzenagentin fünf Fluchtstrategien ein – alle von Erfolg gekrönt. Dumm nur, dass sämtliche unverzichtbaren Komplizen gerade in Ohnmacht gefallen waren.

Sie musste sich ab sofort in Sack und Asche hüllen, damit das nicht gleich wieder passierte.

Allerdings verspürte sie gerade einen unbezähmbaren Drang, sich noch ein wenig aufs Ohr zu legen. Ein kleiner Schönheitsschlaf konnte sicherlich nicht schaden. Anmutig sank sie auf der Drehscheibe zusammen. Der Himmel öffnete sich. Sie schwebte. Göttliche Hände trugen sie engelsgleich empor.

»Super, das Serum scheint gut zu wirken.« Der Laborleiter leuchtete mit einer kleinen Stablampe in Indys Pupille. »Wer hätte gedacht, dass die alte Wehrmachtsdroge noch so zu toppen ist? Größenwahn und sexuelle Gier, erzeugt durch Methamphetamine.«

Sein Kollege nickte beifällig. »Wer weiß, was die hier noch alles veranstaltet hätten, wenn wir nicht das Narkosegas eingeleitet hätten. Am schlimmsten scheint es die Mieze erwischt zu haben. Denkst du, dass sie sich davon erholen wird?«

»Mir doch egal. Hauptsache, der Wahn dauert später im Kampfeinsatz an. Hier geht's um die richtige Dosierung für den ewig starken, kampfbereiten Killersoldaten. Töten ohne Schwäche.« Er packte Indy am Nackenfell. »Besser, wir bringen die Kleine schleunigst zur Untersuchung. Wenn sie aufwacht und immer noch hier rumliegt, macht sie uns bloß Ärger. Selbst bei halber Dosis sind die Nachwirkungen nicht von Pappe! Randale im Drogenrausch, sag ich nur. 'ne Menge Soldaten haben sich außerdem nach dem Krieg umgebracht – wegen der Depressionen als Nebenwirkung.«

»Phhh, danach kräht doch heute kein Hahn mehr«, schnaufte der andere Weißkittel verächtlich. »Also muss es uns auch nicht kümmern.«

FLUCHT NACH VORN

Indy tat dermaßen der Schädel weh, dass es sie fast wahnsinnig machte. Das war nicht zu vergleichen mit einer Standard-Migräne. So etwas kannte sie. Für diesen Zustand müsste eine neue Bezeichnung erfunden werden. Irgendwas mit megacephalus raptus. Die kleinste Bewegung jagte ihr eine Horde Fleischermesser durchs Hirn.

Woher kam dieses gleißende Licht? Maua. Drei Sonnen nebeneinander. Nicht bewegen. Dann fand der Schmerz sie vielleicht nicht.

Sie hörte Stimmen. Verwaschen wie unter Wasser. Der Gesprächsinhalt hatte mit ihr zu tun. Das wusste sie instinktiv. Doch sie verstand die Worte nicht. Vorsichtig versuchte sie, sich zu bewegen. Es ging nicht. Die Gliedmaßen gehorchten ihr, aber sie schien an den Pfoten fixiert zu sein.

Zur Hölle auch. Sie gab ihre Bemühungen auf, stellte sich schlafend und versuchte, aus den nebelhaften Gesprächsfetzen schlau zu werden. »Schade um … scharfe Mieze.« Das konnte nur ihr gelten. »Kreislauf … total runter. Ich geb ihr … vielleicht … noch mal hoch.«

Indy rief sich in Erinnerung, wer sie war, und checkte ihre Optionen. Sie befand sich in der Gewalt von skrupellosen Zweibeinen, die irgendwelche Experimente an ihr durchführten. Gefesselt. Immerhin konnte sie den Schwanz frei bewegen, das war doch was. Diese Stümper hatten keinen Schimmer, was eine Agentin ihres Kalibers damit alles anstellen konnte. Nicht umsonst lautete ihr Deckname »Killerschwanz«. Wacher werdend musterte sie aus leicht geöffneten Augen die Umgebung. Ein OP-Saal. Gleißend hell. Doch immer wieder legte sich Dunkel über sie. Sie war der Ohnmacht nah.

Indy kniff die Augen zu. Jetzt. Musste. Sie. Bei. Bewusstsein. Bleiben. Oder es war aus mit ihr.

Was konnte ihr als Waffe dienen? Ein komplettes OP-Besteck lag links in Schwanzreichweite. Auf der rechten Seite stand eine braune Glasflasche, halb voll mit Flüssigkeit. Ein guter Anfang. Verstohlen musterte sie ihre Fesseln. Leder! An der rechten Vorderpfote ein Loch zu weit geschnallt. Diese Nachlässigkeit würden ihre Peiniger noch zutiefst bedauern. Reglos und voll konzentriert lag sie vor ihren Folterknechten – wie sie es einst bei ihrem Shaolin-Meister gelernt hatte.

Als sie den Einstich an der Vorderbeinvene spürte, ging sie hoch wie eine Splitterbombe. Mit ausgefahrenen Krallen zog sie kraftvoll ihre rechte Pfote durch die Lederfessel. Die fiel wie feuchte Pappe auseinander. Gleichzeitig peitschte ihr Schwanz das Skalpell vom Tisch. Mit der Klingenspitze voran flog es auf das linke Zweibein zu. Der Weißkittel heulte auf vor Schmerz. Indy schlug mit der frei gewordenen Pfote gegen die Glasflasche und katapultierte sie in Richtung ihres zweiten Peinigers, der vor Schreck wie erstarrt stand. Alles lief ab wie in Zeitlupe, obgleich sie in unfassbarer Geschwindigkeit agierte.

Die Flasche schlug präzise ein. Sie brauchte gar nicht hinzusehen. Ihr Körper war eine tödliche Waffe, die jetzt auf Touren kam. In rasendem Tempo befreite sie sich von den übrigen Fesseln. Sie sprang auf den Kachelboden, noch bevor die beiden Trottel »Aua« sagen konnten.

»Verdammt, was hast du der denn gegeben?«, keuchte der eine, der leider nicht von ätzender Schwefelsäure, sondern nur von Ringerlösung getroffen worden war. Das Skalpell immerhin steckte sauber in der Schulter des anderen, der mit seiner Ausweichbewegung stolpernd den Rollcontainer umgeworfen hatte und nun auf dem Boden saß.

»Fang das Biest, du Trottel. Sonst haut die uns noch ab und macht die ganze Versuchsreihe zunichte«, brüllte er mit sich überschlagender Stimme.

Abhauen. Klar. Indy musste sich vorher nur ganz kurz sammeln. Ihr Gehirn schien sich zu zersetzen, und der Boden kippte weg. Ohne dass sie es wollte, knickten ihre Vorderpfoten ein. Sie drohte umzufallen. Mit letzter Kraft und äußerster Disziplin riss sie sich zusammen. Die fähigste Agentin des Katzengeheimbundes würde sich keine Schwäche erlauben. Nicht jetzt.

Der unverletzte Kittelträger bückte sich und wollte sie packen. Blitzschnell zog sie ihm drei blutige Streifen über den Unterarm, dass er keuchend in die Knie ging. Sie mobilisierte all ihre Kräfte, sprang auf und biss dem auf dem Boden sitzenden Zweibein mit aller Kraft ins Gemächt. Befriedigt vernahm sie dessen gellenden – um nicht zu sagen kätzchenhaften – Schrei, so laut, dass er vermutlich bis in die nächsten Etagen hörbar war. Prompt ging die schwere Sicherheitstür auf, und ein dritter Weißkittel fragte: »Was zum Teufel ist hier los?« Missbilligend verfolgte er, wie die blutenden Kollegen sich auf dem Boden wälzten.

Schnell weg!, war der Master-Impuls von Indys Gehirn. Torkelnd floh sie durch zwei Beine und den Türspalt in einen Gang mit Neonbeleuchtung. Ein dumpfer Alarmton pulste der Flüchtenden hinterher, während sie sich mühsam weiterschleppte.

Eilige Schritte kamen von beiden Seiten auf sie zu.

»Zu spät, ihr Luschen«, hauchte sie, als sie durch einen Spalt zu ihrer Rechten in den dahinterliegenden grünlich dämmrigen Raum huschte. Schwer lehnte sie sich von innen gegen die Tür. Die fiel mit einem »Klick« ins Schloss. Raus aus der Gefahrenzone. Sie musste sich kurz ausruhen. Kräfte sammeln. Dann würde sie weitersehen.

Polierter Edelstahl überall erzeugte einen Eindruck von klinischer Sauberkeit. Der Raum war voller Schränke mit beschrifteten Schubladen, die bis an die Decke reichten. Auf Pfotendruck fuhr eine der unteren Schubladen heraus. Kälte schlug Indy entgegen. Die Schritte auf dem Flur wurden lauter. Sie machte sich ganz klein und zwängte sich in die hinterste Ecke. Dann holte sie Schwung und zog die Lade bis auf einen kleinen Spalt von innen zu.

Schon flammte das gleißende Deckenlicht auf, in dessen reflektierendem Widerschein sie die schreckliche Wahrheit erkannte: Sie war in der Leichenhalle. Und sie hatte sich hinter einen toten, halb sezierten Artgenossen gezwängt. Daher dieser scheußlich süße Geruch, den auch der Desinfektionsreiniger nicht ganz überdecken konnte.

Sie hörte hastiges Fußgetrappel und aufgeregte Stimmen.

Gefolgt von Schiebe- und Klappgeräuschen. Indy schob sich noch tiefer unter den Leichnam. Versuchte, mit ihm eins zu werden. Tatsächlich wurde ihre Schublade kurz darauf zur Hälfte aufgezogen und gleich wieder geschlossen. Man hatte sie nicht entdeckt. Jetzt hieß es warten, bis die Weißkittel verschwunden waren. Bis wieder Ruhe einkehrte und sich die Schritte entfernten, leiser wurden, immer leiser …

Irgendwann wachte sie wieder auf.

Winter, war ihr erster Gedanke. Kalt, kalt, kalt, kalt, kalt! Ihre Zähne klapperten wie Kastagnetten. Wo war sie? In einer schwarzen Eiswüste? Ihr einsetzender Geruchssinn ließ das Gehirn wieder anspringen. Der reißende Kopfschmerz war fast weg. Aber ihre tauben Glieder, der Verwesungsgeruch und der starre Körper mit dem weichen Fell unter ihren Pfoten machten ihr umgehend klar, dass sie kurz davor war, das Schicksal ihres Vorgängers zu teilen. Die Schublade des Kühlsystems war geschlossen! Panik stieg in ihr auf.

Lebendig begraben an der Seite einer Leiche. War das ihr Ende? Nein! Sie musste die Nerven behalten!

Mühsam robbte sie in der flachen Lade am Kadaver vorbei nach vorne. Kopf und Rücken gegen die Lade gepresst, stemmte sie ihre vier Pfoten gegen die Decke und stieß sich mit aller Kraft nach hinten ab. Der Mechanismus löste aus, und sie glitt samt der Lade heraus aus der Wand.

Totenstille empfing sie.

Der Alarm war beendet. Das Notausgangsschild mit dem laufenden Männchen verbreitete sein trübgrünes Licht in dem kahlen dunklen Raum aus Metall. Nach links ging es angeblich in die Freiheit. Ein schlechter Witz. Da kam sie schließlich her. Indy stellte ihre Augen auf Nachtsicht. Die matten Edelstahlfronten der Schubladen waren fein säuberlich beschriftet. Abwischbarer Marker. Auf ihrem Unterschlupf stand: »Bondy, Testserie K 2365-2, Felidae/m, mult. Organversagen«.

Indy schrak zusammen. Bondy, das war der Name ihres KGB-Kollegen, seinetwegen war sie hier. Ihr Befehl lautete, ihn aufzuspüren und zurückzubringen. Der Agent hatte entdeckt, dass Drogen unbekannter Herkunft ins FLoP geliefert wurden. Bei seinen Recherchen war er bis in die Chefetage vorgedrungen und verschwunden. Genau dort, wo auch Indy vom Rattenpack erwischt worden war.

Betroffen wandte sie sich erneut den sterblichen Überresten des Katers zu. Kein Zweifel. Das Grübchen im Kinn, die kleine Narbe neben der Nase, die Augen in tiefgründigem, jetzt gebrochenem Grün. Das war eindeutig Bondy. Seit sie ihn kannte, hatte er stets aufs Neue versucht, sie in die Kiste zu kriegen. Nun hatte sich sein Wunsch auf makabre Weise erfüllt.

Traurig senkte sie den Kopf und erwies ihm die letzte Ehre. Der Katzenagent hatte sich zu weit vorgewagt. Verdammter Sumo. Ein drohendes Knurren grollte ihre Kehle hinauf. Indy wurde von einer Welle schwarzen Hasses überrollt. Sie würde den Mörder damit nicht durchkommen lassen, sondern ihn ein für alle Mal ausschalten! Exekutieren! Kaltmachen! Umbringen! Töten!

Fast verlor die sonst so hartgesottene Agentin durch ihre wütenden Rachegedanken die Kontrolle. Tief atmete sie ein. Und ritzte sich selbst mit der Kralle, um durch den Schmerz wieder zu sich zu kommen. Es half. Zur Beruhigung machte sie direkt im Anschluss ein paar asiatische Dehn- und Aufwärmübungen.

Ihr messerscharfer Verstand kam jetzt langsam wieder auf Vorderkatze. Sie war das einzig Lebendige in diesem Raum, der zum Glück nicht allzu häufig besucht wurde. Die Tür sah verschlossen aus, hatte jedoch Klinke und Schlüsselloch von innen. Ein Kinderspiel für die Meisteragentin.

Beim Gedanken daran fiel ihr Schneuzi ein, der so glücklos versucht hatte, ihren Käfig zu öffnen. Merkwürdig. Sie spürte, wie ein warmes Gefühl ihren Körper durchströmte.

Sollte das der viel gerühmte Mutterinstinkt sein? Das konnte ihr, der mit allen Wassern gewaschenen Agentin, Katze von Welt, Schrecken der Unterwelt, doch wohl nicht passiert sein! Gefühle für ein halb blindes, hässliches Katzenjunges zu hegen, das sich in jeder Hinsicht als unbrauchbarer Ballast erweisen musste, war in dieser Situation untragbar.

Energisch schüttelte sie sich die Flausen aus dem Fell. Nur eine kleine, vorübergehende Schwäche, eine Nebenwirkung der verabreichten Mittel, redete sie sich ein und rief sich zur Ordnung.

Raus hier!

Indy stellte sich auf die langen Hinterbeine und zog an der Türklinke. Sie bewegte sich, doch die Tür war verschlossen. Auch gut. Mit einem eleganten Satz sprang sie auf die Klinke und fuhr Fersen- und eine Pfotenkralle aus. Nach drei Sekunden machte es »klick«.

Gelernt ist gelernt, dachte sie zufrieden. Und war ihrem Ausbilder beim KGB einmal mehr dankbar, dass er sie trotz ihres aufmüpfigen Wesens so exzellent unterrichtet hatte.

Mit einem Satz war sie wieder auf dem Boden. Vorsichtig schob sie die Pfote in den Türspalt und hebelte ihn auf, während sie die Ohren spitzte und in den Gang witterte. Die Luft schien rein. Also schlich sie los und bog lautlos um eine Ecke.

Da, ein Fahrstuhl! Sollte sie diesen riskanten, aber auch schnellen Weg wählen? Indy spähte die weiß getünchten Ziegelwände im Flur entlang. Kein Tageslicht, nur leise flirrende Neonlampen. An der gewölbten Decke Abluftröhren und Kabelstränge. Der Geruch nach schwarzem Schimmel. Aha. Sie war im Keller. Kein weiter Weg ins Erdgeschoss. Indy entschied sich: Risiko war ihr zweiter Vorname.

Zielstrebig preschte sie los, sprang geschickt an der Wand neben dem Fahrstuhl empor und haute mit der linken Pfote auf die Taste mit dem Pfeil nach oben.

Ja! Die Kabine hatte nur auf sie gewartet. Mit einem leisen »Pling« öffneten sich die Türen. Siegesgewiss tigerte die

Agentin mit schlagendem Schwanz hinein. Es ging aufwärts für sie. Das Zweibein, das eine Katze wie sie auf Dauer einlochen konnte, musste erst noch geboren werden.

Das zweite »Pling« riss Indy aus ihren Gedanken. Wie vorgesehen öffneten sich die Fahrstuhltüren im Erdgeschoss. Nicht vorgesehen war eine in Stellung gegangene Spezialeinheit, die mit Betäubungsgewehren auf sie zielte. Indy zögerte keine Sekunde. Aus dem Stand sprang sie an die Fahrstuhldecke, erwischte mit den Vorderpfoten das Lampengitter und machte einen bildschönen Unterschwung zur Revisionsklappe.

Der erste Betäubungspfeil traf in die Schulter. Weitere folgten Schlag auf Schlag. Bald sah die Katze aus wie ein kleines Stachelschwein. Nach dem sechsten Einschlag vernahm sie verschwommen: »Stopp! Wir brauchen sie lebend!« Dann wurde es zappenduster. Mit aller Macht krallte sie sich fest. Sie ließ nicht los. Nicht ums Verrecken!

Irgendwo musste ihr ein Denkfehler unterlaufen sein. Schließlich hatte sie im Flur weder Zweibeine noch Überwachungskameras entdeckt. Plötzlich wurde ihr klar, was das bedeutete: Man hatte ihr einen Mikrochip eingepflanzt, mit dem man sie jederzeit aufspüren konnte. Die Zweibeine verwendeten ein Ortungsgerät!

Der Weißkittel packte die verkrampfte Maine Coon am Nacken. Zog an den Schultern. Rüttelte wie wild an ihr herum. Und riss sie schließlich mitsamt dem Lampengitter herunter. Unsanft verfrachtete er alles zusammen in einen großen Transportbehälter, der nach Pipi stank.

»Zähes Luder«, knurrte der Typ. »Mit dir werden wir noch viel Spaß haben!«

FARBWECHSEL

Jeder tastende Schritt im stinkigen Abwasserkanal war eine Herausforderung. Die pfotenhohe brackige Brühe verbarg trügerische Untiefen und erwies sich als Tortur für empfindliche Katzennasen. Stellenweise war es stockdunkel. Honeyball hatte am Totenschädel an seinem Halsband die LED-Funktion aktiviert und leuchtete die nächste Umgebung mit einem weichen Lichtkegel für sie aus. Der Wurm hatte sich, um keinen Schatten zu werfen, in die hinterste Ecke verkrümelt. Hell oder dunkel, ihm war das wurst, er konnte sowieso kaum sehen. Dank seines Gravitations-Bodenradars war er selbst in tiefster Schwärze fähig, sich zu orientieren.

»Scheiße, Scheiße, Scheiße«, fluchte Maxim zum wiederholten Mal. »Ich hasse dieses widerliche Zeug. Den Dreck kriege ich nie wieder raus aus meinem schönen Fell.«

»Den alten Flokati kann eh nichts mehr entstellen. Hör auf mit dem Gejammer, Pussy!« Kilo Foxtrott hatte den Schnabel voll von dem Genöle.

Honeyball sah, dass der Kater den Spatz feindselig anstarrte, sich über die Lefze leckte und kurz vorm Zuschnappen war. »He, er meint es nicht so, Maxim«, verteidigte er seinen Späher. »Ihn ärgert, dass er hier unten nicht fliegen kann. Wir sind alle ziemlich runter mit den Nerven. Und nebenbei ... dein weißes Fell leuchtet wie eine Supernova. Du bist ein Sicherheitsrisiko. Selbst in der Dunkelheit kann man dich von Weitem locker erkennen. Hast du es mal mit einer pflegenden Farbtönung probiert? Kartäuser Blaugrau würde dir sicher wahnsinnig gut stehen ...«

»Spinnst du? Mein gepflegter Pelz ist das größte Kapital bei den Damen. Ich verbringe Stunden, ach, was sage ich, Tage damit, mein Fell so sauber und seidig zu kriegen«, konterte Maxim.

Honeyball knurrte verächtlich. »Kapital oder nicht, was den Moment angeht, ist eine ordentliche Tarnung allemal besser.« Auffordernd starrte er abwechselnd Maxim und den Modder zu seinen Pfoten an.

Als der Kater so gar nicht verstehen wollte, deutete er auf den Morast und änderte den Tonfall. »Hast du nicht gedient? Rein da und ordentlich drin gewälzt. Du bist ein Krieger und kein Kuscheltier. Hopp, hopp. Mach's gleich, oder es passiert was. Du willst doch nicht, dass die Truppe eingreifen muss.«

Honeyball, Ian und Foxtrott machten synchron einen Schritt auf den armen Kater zu und drängten ihn näher an die braune Brühe.

»Untersteht euch!«, konnte Maxim gerade noch rufen, bevor Ian ihm den Gnadenstoß verpasste. Mit einem satten Schmatzen fiel er auf seinen bepelzten Hintern und versank bis zu den Achseln im Dreck. »Das werdet ihr mir büügggluck ...«

Honeyball hatte ihn mitten im Satz untergetunkt. Das Ergebnis war grauenvoll. Ein schlammtriefendes, jämmerliches Wesen kroch prustend und schlitternd aus dem Morast, es war wie in einem Monsterfilm.

»Elende Verräter.« Er hustete und spuckte Schlamm. »Und ihr wollt meine Freunde sein? Da freue ich mich aber richtig auf die Feinde! Das merke ich mir!« Er schüttelte sich, dass die Schlammspritzer flogen.

Jetzt waren alle mehr oder weniger mit schlammfarbigen Sprenkeln getarnt.

Honeyball verwies sie mit Pfotenzeichen zurück auf ihre Positionen. Maxim brummelte beleidigt diverse Höflichkeiten über drohende Konsequenzen in seinen schlammigen Latz, während er breitbeinig hinter ihnen herzockelte. So wateten sie durch eintönig stinkende, verwinkelte Kanäle, die kein Ende zu nehmen schienen. Der Papillon lief mit

Dreipunkteins voran, der dank seiner geheimnisvollen Gabe bei Gabelungen die entscheidenden Richtungshinweise gab. Ohne den Wurm hätten sie sich rettungslos verirrt.

Die Zeit schien stillzustehen. Ein dunkler Gang sah aus wie der andere. Mit zum Zerreißen gespannten Schnurrhaaren kämpfte sich der kleine Trupp durch das feindliche Röhrenlabyrinth.

Wieder war es Maxim, der das verordnete Stillschweigen brach. »Ich stinke wie ʼn Frettchen unter der Achsel und habe einen Mordshunger. Machen wir doch mal ʼne Pause.«

Zu seinem Erstaunen stimmte Dreipunkteins dem Vorschlag zu. »Gleich Zu.flucht. Dann Pau.se und es.sen.«

»Das ist Musik in meinen Ohren. Dreipunkteins, du bist der beste Wurm, den ich kenne!« Maxim war sehr zufrieden. Und die anderen insgeheim auch.

Da hörten sie hinter sich das leise Trippeln vieler kleiner Füßchen.

»Still«, zischte Honeyball. »Wir sind nicht länger allein. Volle Deckung und absolute Ruhe jetzt. Vorbereiten auf Feindkontakt.«

Die iCats-Truppe verteilte sich. Glücklicherweise gab es in diesem von Trümmern übersäten Tunnel, dessen Decke zum Teil eingestürzt war, ausreichend Versteckmöglichkeiten. Hatten Sumos Wächter sie entdeckt?

KILLER-KIDS

Die Trippelgeräusche kamen näher. Erstarben. Kamen näher. Erstarben. Dann herrschte absolute Stille. Nichts regte sich mehr. Als aller Nerven bereits blank lagen, ertönte ein helles Stimmchen.

»Ergebt euch«, piepste es. »Widerstand ist zwecklos.« Der

kleine Umriss einer Jungratte richtete sich in der Tunnelmitte auf.

»Hau ab, du Winzling«, fauchte Maxim und erhob sich aus der Deckung. »Dich fresse ich zum Frühstück, du Wicht.«

Endlich konnte er seinen Frust abreagieren! Er spannte die Muskeln und machte einen großen Satz auf den Anführer zu. Kraftvoll sauste er durch die Luft.

»Zu.rück!«, brüllte Dreipunkteins, während Maxim sich auf den Gegner stürzte. »Das sind Kil.ler-Kids!«

Der Wurm kannte Sumos Mördernachwuchs besser, als ihm lieb war. Nicht wenige seiner Ökoaktivisten-Brüder waren diesen kleinen Kampfmaschinen bereits zum Opfer gefallen. Die ihrem Herrn treu ergebenen Rattenbabys waren darauf konditioniert zu töten. Der Maulwurf war ihr Gottvater. Nie stellten sie seine Wünsche in Frage. Zum Beweis trugen alle Killer-Kids von Geburt an kleine Maulwurf-Buddhas aus Jade um den Hals. Darüber hinaus bekam die tückische Brut zur Belohnung für ihre unbedingte Gefolgschaft alles, was sich eine kleine Killer-Ratte nur wünschen konnte. Insbesondere die begehrten Egoshooter-Computerspiele wie »Arena« und »Rattenstein 3D« hatten sich für ihr Training und die Charakterbildung als nützlich erwiesen. Neben der Schärfung von Killerinstinkt und Teamorientierung ließen sich so bei den Kids auch strategische Fähigkeiten schulen. Das und die Angst vor göttlicher Bestrafung machte sie extrem wirksam.

Etwas pfiff an Maxims Ohr vorbei. Eine Wand aus grün glänzenden Projektilen raste auf ihn zu. Riesige Glassplitter! Der Kater erkannte den Hinterhalt der mit Ohrhörern ausgestatteten Ratten zu spät, er drehte sich mitten im Sprung um hundertachtzig Grad und kam fauchend mit dem Hintern zuerst auf. Exakt neben der kleinen Gestalt, die geschmeidig zur Seite getreten war, wo sie nun ein paar Breakdance-Tanzschritte improvisierte. »DD zwo!«, zischelte sie in ein winziges Kehlkopfmikro.

Auf ihr Kommando erhoben sich mindestens zwanzig

weitere Mini-Schatten aus ihren Verstecken. Sie traktierten den Kater rhythmisch mit messerscharfen Glasscherben aus Kampfzwillen. Vermutlich hatten sie eine Menge Online-Kampferfahrung. Absolut eingespielt schossen sie synchron. Maxim jaulte erschrocken auf, als sich vier der grünen Scherben in seine Flanke gruben. Er wollte sich hinter einen schützenden Steinhaufen retten, doch als er Vollgas zurück gab, drehten seine Hinterpfoten auf dem glatten Boden durch.

»Aufpassen, die Blagen schießen scharf«, rief er den anderen in heldenhafter Nichtbeachtung weiterer Treffer zu. Treffer, die blutende Wunden hinterließen und sein schmuddelbraunes Fell allmählich rostrot färbten.

Ian hatte unter dem Schutt eine alte, verbogene Metallplatte entdeckt. Die nutzte er als Schild, um dem Norweger zu Hilfe zu eilen.

»Hierher, Maxim!«, schrie er und schubste den rettenden Blechwall vor sich her.

Sofort nahmen die Killer-Kids auch ihn unter Beschuss. Ein Großteil der Scherben schlug krachend tiefe Dellen ins Metall und sprang klirrend über den Boden davon.

Maxim konnte kaum noch laufen. Sein Hinterteil war mit Glasscherben gespickt wie ein Mettigel.

»Danke, Kumpel«, keuchte er, als er mit letzter Kraft hinter die Deckung humpelte.

»Rückzug«, hörten sie in diesem Moment Honeyball brüllen, der von Dreipunkteins die Anweisung erhalten hatte, in einen blinden Seitentunnel auszuweichen.

Ian stützte den Verletzten und brachte ihn zurück zum Team, woraufhin die Gefährten einer nach dem anderen ihre Deckung aufgaben und sich im Schutz der Metallplatte in den Schacht zurückzogen, der nach hinten immer enger wurde. Bis sie schließlich einzeln durch einen schmalen Kriechgang robben mussten, in dem Maxim beinahe stecken geblieben wäre, ehe er sich am Ende zu einem passablen Hohlraum weitete. Dort jedoch war Schluss.

»Wir sitzen hier ohne Deckung in der Falle wie auf dem Präsentierteller! Was hast du dir dabei gedacht?«, fragte Kilo Foxtrott den Wurm aufgebracht. »Bist du verrückt, oder hat sich jetzt auch deine letzte Gehirnzelle verabschiedet?«

Dreipunkteins hielt seinem wütenden Blick stand. »Du dumm, ich schlau«, sagte er und kroch aus dem Anhänger, als sich die ersten Killer-Kids durch den Engpass zwängten. Er sah zu Honeyball hinauf und deutete mit dem Kopf auf einen großen, glatten Stein, der aus der brüchigen Decke ragte. Der Papillon verstand. Mit einem bühnenreifen Sidekick trat er den Felsbrocken aus seiner Verankerung.

Der Tunnel vor ihnen erzitterte und begann unter großem Getöse einzustürzen. Innerhalb von Sekunden begrub er die kleinen Nager unter sich. Nur die Decke der Kaverne, in der die Freunde Schutz gesucht hatten, blieb stabil und wurde von der Verschüttung verschont.

Nachdem sich der Staub etwas gelegt hatte, kam wieder Leben in die Kameraden.

»Na prima, lebendig begraben sein ist doch schon viel besser, als von einer Horde Bonsairatten gedemütigt zu werden. Habe ich erwähnt, dass ich unter Platzangst leide?«, ächzte der angeschlagene Maxim.

»Das ist gerade dein kleinstes Problem«, meinte Kilo Foxtrott trocken. »Jetzt müssen erst mal alle Scherben aus deinem Hintern raus, bevor sich die Wunden entzünden.« Er hüpfte zu Maxims rückwärtigem Ende. »Das wird ein Spaß!«

»Wusstest du eigentlich, dass Vögel ganz oben auf dem Speiseplan von Katzen stehen?«, erkundigte sich Maxim säuerlich.

»Sicher, deshalb wird es mir ein besonderes Vergnügen sein, die Fremdkörper mit ausgesuchter Gründlichkeit aus deinem Hintern herauszuoperieren, während Ian und Honeyball dich festhalten«, erwiderte der Spatz vergnügt. »Mein Schnabel freut sich schon darauf, die Bekanntschaft mit deinem Flauschpöter zu erneuern.«

»Wage es nicht«, fauchte der Norweger, doch da war es bereits zu spät.

Einige Rangeleien und blutige Nasen später lag das Team erschöpft neben einem Haufen Glasscherben am Boden und japste nach Luft. Maxim wimmerte. Er nahm sich vor, dem Spatz bei nächster Gelegenheit die Federn einzeln auszureißen und zukünftig nur noch auf dem Bauch zu schlafen.

»Mal ehrlich, Dreipunkteins, wie kommen wir hier wieder raus?«, fragte Ian.

Als keine Antwort kam, schreckte die kleine Truppe hoch.

»Wo ist der Wurm?« Honeyball schüttelte verwundert seinen leeren Anhänger.

Gemeinsam suchten sie die übersichtliche Höhle ab. Schließlich mussten sie einsehen, dass der Wenigborster verschwunden war.

Sie würden dieser Falle allein entkommen müssen, bevor ihnen die Luft ausging. Wohin war ihr untreuer Scout entschwunden? Er hatte nicht wie sie den Eid geschworen, Indy zu finden und für das Gute und die Freundschaft zu kämpfen. Damit, dass er sie im Stich lassen würde, hatte dennoch keiner von ihnen gerechnet. Ohne ihn bestand wenig Hoffnung auf Bergung aus diesen Schuttmassen. Doch der kompetente Bodenspezialist blieb verschwunden.

Nervös fummelte Ian an seinem Notfallgeschirr herum. Er fand die Pervitin-Tablette aus Wehrmachtsbeständen und warf sie heimlich ein, aus Angst, dass ihm sonst in der größten Krise der Saft ausgehen könnte. Deutsche Zweibein-Soldaten hatten dank dieses Methamphetamins einst den Blitzkrieg gewonnen. Das Medikament machte Krieger furchtlos und leistungsfähig bis weit über ihre natürlichen Grenzen hinaus. Ian wusste nicht, wie die Packung nach seinem ersten Blackout in den Katzenkorb gekommen war. Doch das Zeug wirkte immer dann zuverlässig, wenn er wach bleiben musste. Später würde er allerdings den Preis dafür bezahlen müssen. Der Maine Coon wusste, dass die Auszeit dadurch nur verschoben wurde. Er durfte nicht vergessen, Maxim in sein Geheimnis einzuweihen, bevor es zum nächsten Anfall kam.

EXPLOSIVE VERBINDUNGEN

Xplode spitzte die Ohren. Eine Erschütterung in seinem Terrain? Die verstümmelte Ratte stellte die Tasthaare auf und versuchte, die seismische Aktivität zu orten. Ein Beben, für das er nicht verantwortlich war, könnte die Gegenwart eines Konkurrenten anzeigen. Dem musste sofort nachgegangen werden.

Er lief leise durch die nur wenigen Eingeweihten bekannten Geheimgänge in Richtung des Erdbebenzentrums. Schließlich musste er sich noch einige Zeit bedeckt halten, bis die schlimmste Wut seines fetten Chefs verraucht war.

Welch ein Coup! Er kicherte in sich hinein. Das private Örtchen des Megabosses in die Luft zu jagen war ein Riesenspaß gewesen. Und nebenbei hatte es seine bisher unerreichten Fähigkeiten als Sprengmeister demonstriert. Das Klo war Schutt und Asche, während die angrenzenden Räumlichkeiten standen wie eine Eins. Maßarbeit vom Feinsten. Was die Wut des Chefs allerdings nicht mindern würde. Am besten, er machte sich dünne, bis Sumo ihn über wichtigeren Ereignissen vergessen hatte.

Aha, in Sektor vier war der ohnehin kritische Bereich Gamma eingestürzt. Kurz vor Erreichen der Einsturzstelle konnte Xplode gerade noch rechtzeitig in Deckung gehen: Einige Killer-Kids aus Sumos Privatzucht bogen gerade um eine Ecke und waren im nächsten Moment außer Sicht. Denen kam er besser nicht in die Quere. Die machten kurzen Prozess mit jedem, dessen Schnurrhaare ihnen nicht passten. Und er stand derzeit sicher ganz oben auf ihrer To-do-Liste.

Als die Luft rein war, analysierte er die Ausläufer des eingestürzten Bereiches. Da war doch etwas? Ein Mikro-Nachbeben. Oder eher ein rhythmisches Klopfen. Ganz nahe unter der Oberfläche. Er legte das Ohr an die Erde und lauschte konzentriert. Da war es wieder. »Bumm, bumm, bada, bumm.« Recht leise, aber deutlich.

Er grub die Stelle auf.

Verblüffend. Ein weicher rosa Wurmhintern verschwand vor seiner Nase in der Erde. Xplodes Neugier war geweckt. Er erweiterte das Loch und grub, was das Zeug hielt, um den enteilenden Wirbellosen zu packen. Ein Wettkampf im Geschwindigkeitsbuddeln. Mal was anderes. Letztlich erwies er sich als schneller und hielt vor einem Stein den zu kurz geratenen Wurm am Hinterteil fest.

»Ey, du halbe Portion, was machst du da? Hast du das Chaos hier angerichtet?«

Der Wurm wand sich unbehaglich unter dem Zugriff der merkwürdigen schwanzlosen Ratte, die nur noch ein Auge hatte. Eine glänzende, der Form des Schädels nachempfundene und mit filigranen Runen verzierte Platte zog sich über die ganze rechte Gesichtshälfte, was im Profil dem Totenkopfanhänger, in dem er die letzten Stunden zugebracht hatte, verblüffend ähnelte.

»Sil.ber?«, fragte Dreipunkteins mit Kennerblick.

Damit hatte Xplode nicht gerechnet. »925er«, entgegnete er geschmeichelt.

»Nett.«

Xplode deutete auf dessen gekapptes Hinterteil. »Kampfeinsatz?«

»Wi.der.stand ge.gen die Staats.ge.walt«, erwiderte der Wurm.

Xplode nickte anerkennend. Der Bann war gebrochen.

»Was wird das hier?«, erkundigte sich die Ratte aufgeräumt.

»Ma.che Mor.se.zei.chen.«

»Aha, warum?«

Der halbe Wurm schaute forschend in das unversehrte Rattenauge und sah dort ein irres Glitzern. Konnte er dem Nager trauen? Der schien ziemlich plemplem und unter den Ratten ein totaler Außenseiter zu sein. Er beschloss, das Wagnis einzugehen.

»Brau.che Hil.fe, Freun.de be.frei.en.«

Xplode war verwirrt. »Noch mehr Würmer? Die kommen da doch locker selbst raus.«

»Kei.ne Wür.mer. Kat.zen, Hund und Vo.gel. Ru.fe Gue. ril.la zum Aus.gra.ben. Weit weg.«

»Gorillas, interessant, wow. Aber das kannst du einfacher haben. Frag einfach mich!«, entgegnete Xplode. »Das ist genau mein Spezialgebiet.«

»*Du* gra.ben?« Ein skeptischer Blick traf seine zierlichen rosa Vorderpfoten.

»Nee, *ich* sprengen«, kicherte die Ratte. »Geh doch mal kurz zur Seite.«

Jetzt erst sah Dreipunkteins, dass sein Gegenüber eine weitere Ratte auf dem Rücken trug, die sich bei näherem Hinsehen als Rucksack samt Pfoten entpuppte. Zum besseren Tragekomfort waren sie mit Lederschnüren verlängert worden.

»Darf ich vorstellen, mein Bruder. Oder das, was von ihm übrig ist. Wir waren beide Minensuchexperten. Von ihm habe ich mein Handwerk gelernt. Tja. Er hat in Afghanistan leider eine Tretmine übersehen, die er zwar überlebte, die meisten seiner schutzbefohlenen Menschen jedoch nicht. Die Überlebenden haben an ihm ein Exempel statuiert und mir den Rest von ihm zur Erinnerung umgebunden. Damit ich nicht den gleichen Fehler mache und meine Mission besser erfülle.« Er nickte bedächtig. »Habe ich dann auch getan. Vom Rest ist längst keiner mehr da. Und ich bin noch hier. Abgetaucht im Untergrund. Ohne Gnade zu erwarten – von niemandem.«

Dreipunkteins lief ein Schauder über die Ringe. In seinem weichen Herzen fühlte er Mitleid.

»Du sprengst nur Gang, nicht Freun.de?«, versicherte er sich.

»Klar. Verlass dich drauf! Ich bin Experte, was Sprengstoff betrifft. Man nennt mich nicht umsonst Xplode.«

»Ich Drei.punkt.eins«, entgegnete der Wurm.

Xplode zwinkerte in schneller Folge mit seinem verbliebenen Auge und zog weiche Knetmasse aus dem Rattenbalg. Eine kleine Menge davon teilte er ab und stopfte sie in das Loch, aus dem er zuvor den Wurm gezogen hatte.

»Besser, du warnst deine Leute, damit sie in Deckung gehen«, empfahl er. »Gleich rumst es hier kräftig.«

Dreipunkteins ließ sich das nicht zweimal sagen und begann sogleich, in schnellem Rhythmus mit dem Kopf gegen einen Armierungsstab zu hauen, der halb im Erdreich steckte.

Hoffentlich konnte der Vogel die Botschaft entziffern.

Und tatsächlich. Auf der anderen Seite der Metallstange vernahm Kilo Foxtrott das leise Klopfen und wies die anderen an zu schweigen. Nachdem er die Morsezeichen entschlüsselt hatte, zog sich das kleine Trüppchen auf seinen hastigen Befehl hin in die hinterste Ecke der Höhle zurück. Es krachte ohrenbetäubend. Die Höhle wankte in ihren Grundfesten. Erde flog ihnen um die Ohren, dass sie glaubten, ihr letztes Stündlein habe geschlagen.

Flach wie Flundern kauerten sie am Boden. Dann, nachdem sich der Rauch verzogen hatte und sie sicher waren, noch am Leben zu sein, bemerkten sie, dass über ihnen ein ordentliches Loch im Erdreich klaffte, durch das frische Luft hereinströmte. Gierig stürzten sie hin und sogen sie ein – auch wenn sie nach ungewaschener Ratte roch.

Alle sahen gebannt auf die Öffnung. Dort bewegte sich ein kleines rosa Etwas.

»Dreipunkteins«, jubelte Kilo Foxtrott. »Mein Lieblingswurm. Sag bloß, du hast das Riesenloch gemacht.«

»Quatsch.« Der Wurm war wie immer kurz angebunden. »X.plode hier.«

Ein Raunen ging durch die Kaverne, als die Ratte ihren Kopf zu ihnen hereinsteckte und vorsichtig witterte.

»Du kooperierst mit dem Feind?«, fragte Maxim gepresst.

»Gott sei Dank«, rief Kilo Foxtrott frech und allzeit bereit, dem Norweger eins auszuwischen. »Endlich einer, der noch hässlicher aussieht als dein zersiebter Hintern. He, Ratte, wo ist denn dein Schwanz?«

»In Afghanistan.« Der Minenexperte lachte gackernd. Für derbe Scherze war er immer zu haben.

Ian schaltete sich ein, bevor das Geplänkel eskalierte. »Hast *du* uns gerettet? Warum?«

»Einfach so, Sprengen macht Spaß.«

»Aha, und was war das mit Afghanistan?«

Xplode berichtete von seiner Ausbildung zur Minensuchratte bei der Bundeswehr. Er hatte Lehrgeld bezahlt, hatte Auge und Schwanz verloren, ehe er für seinen Einsatz in Afghanistan ausgezeichnet und schließlich sogar hochdekoriert worden war. Dann hatte ein einschneidendes Erlebnis alles verändert: Der Bruder versagte und wurde exekutiert. Xplode musste ihn von da an als Mahnmal für alle Minensuchratten auf dem Rücken tragen. Dadurch verlor er den Glauben an die Sache und das Vertrauen in die hierarchischen Strukturen der Bundeswehr. Schließlich desertierte er und schlug sich halb irre bis in den Berliner Untergrund durch, wo er auf Sumo traf. Der erkannte sein Potenzial und heuerte ihn als obersten Sprengmeister für seine neuen Tunnelbauten an. Da Xplode jedoch keine Obrigkeit mehr ertragen konnte – der Bruder-Rucksack symbolisierte für ihn den Widerstand gegen blinde Gefolgschaft bei jedem Schritt und Tritt –, war es nur eine Frage der Zeit, bis Sumos Allmachtsphantasien sich als Sprengstoff erwiesen und ihre Zusammenarbeit ein abruptes Ende fand. Xplode jagte Sumos Heiligtum in die Luft und befand sich seither wieder auf der Flucht.

»So, jetzt wisst ihr's!«, beendete er seine Geschichte. »Noch Fragen?«

Kilo Foxtrott standen die Tränen in den Augen. Xplodes Überlebenskampf in der Fremde und der tragische Verlust des Bruders erinnerten ihn sehr an sein eigenes Schicksal. Spontan trat er an seine Seite und nahm ihn kurz in den Flügel. Sie beide waren auf Augenhöhe in einer Welt, die sehr grausam zu den Schwachen sein konnte.

Während die anderen noch die Geschichte des Nagers verdauten, dachte Ian nach. Das Pervitin machte ihn total klar und schärfte seine Sinne. Sicher, die Ratte war eine große Unbekannte in ihrer Rechnung, eine nicht kalkulierbare Variable. Er musste davon ausgehen, dass nach ihr gefahndet wurde. Andererseits verfügte sie über wertvolle Insiderkenntnisse. Sie kannte Sumos Gängesystem und sicher auch die Schleichwege. Seines Erachtens war der kriegsgeschädigte Minensuch-Veteran zudem auf der Suche nach einem sozialen Halt, den ihre multikulturelle Gemeinschaft bieten konnte. Und lieber hatte er einen starken Verbündeten neben sich als einen unberechenbaren Verfolger im Nacken.

»Komm doch mit uns, wenn du magst«, bat er Xplode freundlich. »Wir sind auf der Suche nach meiner Schwester Indy, die von Sumos Leuten verschleppt wurde. Wir bieten dir Gesellschaft und gegenseitigen Schutz. Du zeigst uns dafür einen sicheren Weg zu Sumos Zentrale.« Er wandte sich an die anderen. »Seid ihr einverstanden?«

Man sah den Ausdruck unwillkürlichen Protestes in ihrem Blick. Aber keiner sagte etwas dagegen. Das Schicksal der Ratte hatte sie gerührt, und niemand bezweifelte, dass Xplode ehrlich mit ihnen gewesen war. Nach kurzer Bedenkzeit nickten sie einer nach dem anderen. Nur Maxim verweigerte stumm seine Zustimmung. Er hasste Ratten und lehnte es ab, so mir nichts, dir nichts mit dem Feind zu kollaborieren. Doch er musste sich der Mehrheit fügen.

»Zur Zentrale?« Xplode kicherte schrill. »Ihr seid ja echt

noch verrückter als ich. Gefällt mir. Damit rechnet keiner. Von hier gibt es allerdings nur einen Weg, der nicht nahtlos überwacht ist. Wir müssen ganz nach unten. Durch Pappenheim, die Stadt der Obdachlosen. Dort herrscht Anarchie. Keine Regeln – nur das Gesetz des Stärkeren. Wollt ihr mir wirklich, ohne Scheiß, dahin folgen?« Er sah ernst in die Runde.

»Ein Selbstmordkommando, natürlich. Was kann es Schöneres geben?«, ätzte Maxim und leckte seine wunde Flanke. »Immer munter rein ins Verderben. Aber ihr wollt es ja nicht anders, also dann mal los!«

FREIE RATTIKALE

»Gleich kommt die Abzweigung nach Pappenheim.« Xplode witterte um die Ecke. »Seht ihr Sumos Kameraüberwachung dort oben an der Decke? Die ist nur für den Fall, dass etwas *heraus*kommen sollte. Kein halbwegs normales Tier geht freiwillig hinein.« Er verzog das Gesicht, rollte mit seinem Auge und lachte schaurig. »Aber wenn ich mich hier so umschaue, sehe ich auch keins.«

Ian hielt es für an der Zeit, etwas richtigzustellen: »Xplode, wir machen das hier nicht aus Spaß. Wir suchen meine Schwester. Außerdem wollen wir Sumos Pläne, die Macht an sich zu reißen, stoppen. Vielleicht sind wir ein wenig … sagen wir, individuell, jeder auf seine Weise. Aber zusammen sind wir die iCats und kämpfen für die gerechte Sache. Dafür gehen wir gemeinsam durch dick und dünn.«

Xplode war geknickt. »Sorry, Ian, hab's nicht so gemeint. Trotzdem müssen wir da vorne durch, ohne von denen in der Schaltzentrale gesehen zu werden. Sonst haben wir sofort eine Division Killer-Kids oder Schlimmeres an den Hacken. Womöglich sogar die Sashimi-Brüder.«

»Wie es der Zufall will, befindet sich in meinem Chip ein Störsender neuester Generation«, erklärte Maxim. »Hat mir und meinem Herrchen beim Test von Hochsicherheitsanlagen schon gute Dienste geleistet. Außerdem komme ich damit bei meinen All-inclusive-Touren durch jede chipgesteuerte Katzenklappe.« Seine Laune hob sich. »Ihr wisst schon: Rasseweiber, Fresschen vom Feinsten und so weiter. Ich gehe jetzt einfach vor und setze das Ding da oben außer Gefecht, während ihr fix neben mir durchhuscht. Ist das 'ne Idee oder was?«

»Da ist der Schnetzelpöter doch wirklich mal zu etwas good«, zwitscherte Kilo Foxtrott. Wenn das Sprachtalent entspannt war, rutschten ihm manchmal ganz neue oder englische Worte in den Satz.

Honeyball haute dem Kater anerkennend auf die Schulter. »Maxim, wenn du einen Job brauchst – Jungs wie dich können wir beim Bund Neugieriger Dobermänner gut brauchen.«

Der Norweger grinste. »Nee, lass mal. Ich mag als IT-Cat glänzen, bin aber mehr so der unabhängige Kater. Trotzdem danke für das Angebot. Wenn ihr bereit seid, geht es los. Auf drei.«

Alle machten das Pfotenzeichen für Okay.

»Drei!« Maxim schlenderte gemütlich vor die Kamera, während die anderen hurtig in den stockdunklen Gang huschten. Die Brandschutztür aus schwerem Stahl, die dort ihren weiteren Weg blockierte und deren hellgrüner Lack fast abgeblättert war, hing schief in ihren Angeln. Als sie sich gemeinsam dagegenstemmten, gab sie ächzend ein paar Zentimeter nach. Dann war Feierabend. Doch es reichte gerade so, dass sich auch die großen Tiere durchzwängen konnten.

»Hier kann man ja die Pfote nicht vor Augen sehen«, beschwerte sich Honeyball nach wenigen Minuten in totaler Dunkelheit. Die Batterie in seiner Halsbandleuchte war aufgebraucht. »Was knackt denn da dauernd so komisch beim Drauftreten?«

»Tja, wenn du es unbedingt wissen willst: Dies ist der größte Rattenfriedhof der Welt. Du hast vielleicht schon vom Schwarzen Tod gehört, auch Pest genannt, der hier anno 1449 wütete? Unsere Gattung war der Überträger der Infektion und leider ganz vorne dabei, als es ums Sterben ging. In einer großen Säuberungsaktion wurden damals alle Infizierten und ihre Angehörigen in diesem Tunnel isoliert und Gevatter Tod überlassen. Man sagt, es seien Hunderttausende gewesen. Du kannst ja mal zählen, wie oft es beim Drüberlaufen knackt.«

»Das ist jetzt nicht dein Ernst, Xplode! Du spinnst doch, oder?« Honeyball war außer sich vor Ekel und Ärger. »Das hättest du uns sagen müssen! Wir stehen hier in Millionen von Pestbakterien, und du schwingst Reden?«

»Wärst du denn mitgegangen, wenn du das vorher gewusst hättest?«

»Natürlich nicht!«

»Eben.«

Einige Zeit blieb es totenstill. Man hörte nur die unterdrückten Röchler vom eben noch so coolen Maxim, der sich nun krampfhaft bemühte, nicht mehr einzuatmen. Dreipunkteins dagegen blieb entspannt.

»To.te ken.nen. Wenn Fleisch weg, Kno.chen sau.ber.«

»Ah ja, kleiner Freund, du sprichst wahr«, bestätigte Xplode, erfreut über die Unterstützung. »Lecken würde ich an den Knochen zwar nicht, aber wenn wir uns hinterher gut die Pfoten reinigen, besteht keine Gefahr. Schließlich bin ich nicht zum ersten Mal hier und lebe noch.«

»Aufregen hilft jetzt sowieso nicht mehr«, gab Ian zu bedenken. »Wir sind ja bereits mittendrin. Also Augen zu und durch. Je schneller wir hier rauskommen, umso besser.«

Nachdem sich die Gemüter einigermaßen beruhigt hatten, eilte das iCats-Team auf Pfotenspitzen weiter. Lange Zeit liefen sie blindlings in stickiger Düsternis über den nachgiebigen, unter ihren Pfoten berstenden Grund. Vorwärtsgetrieben von finsteren Vorstellungen über das unfassbare Grauen, das sich hier vor langer Zeit abgespielt haben musste. Beim Gedanken daran standen ihnen die Haare und Kilo Foxtrott die Federn zu Berge. Während sie Xplodes Tippelschritten durch den Tunnel folgten, versuchten sie, sich an etwas Schönes zu erinnern, um nicht verrückt zu werden. Außer natürlich Dreipunkteins. Er hatte weder Haare noch Federn, und Dunkelheit war sein Tagesgeschäft.

Xplode hielt murmelnd Zwiesprache mit seinem toten Bruder und rechtfertigte vor diesem seinen Entschluss, sie hier hindurchzuführen. Dadurch besserte sich die Stimmung der anderen nicht wirklich. Diese Ratte war schlimmer geschädigt, als sie vermutet hatten.

Irgendwann fauchte Maxim: »Wenn du nicht gleich Ruhe gibst, fress ich dich samt deinem Bruder auf. Pest hin oder her.«

Danach hörte man nur noch beredtes Schweigen und das nervenzerfetzende Knirschen und Brechen der Knochen, auf die sie im Dunkel traten.

Alle sehnten sich nach frischer Luft und Licht, bis Ian schließlich mit seinen scharfen Katzenaugen einen schwachen Schein in der Ferne ausmachte. Die Hoffnung, es bald aus diesem gruseligen Rattenfriedhof herausgeschafft zu haben, beschleunigte ihre Schritte. Doch je näher sie dem Licht kamen, desto mehr Einzelheiten der Umgebung wurden sichtbar.

Sie standen knietief in einem schier endlosen Meer von Rattenskeletten, das zum Licht hin gegen eine meterdicke Barriere angebrandet und dort kraftlos erstarrt war. Von Zeit zu Zeit hörten sie seufzende Töne, die schauerlich von den Wänden hallten und ihnen das Blut in den Adern gefrieren ließen.

»Uuuuuhhh, die Geister der Toten kommen euch holen«, flüsterte Xplode hochdramatisch, ehe er in wieherndes Gelächter ausbrach. »Keine Panik, das ist nur ein Luftzug, der durch das Mauerwerk pfeift. Es gibt dahinten einen größeren Riss, durch den ich und wohl auch der Vogel und der Wurm locker durchpassen. Beim Rest müssen wir sehen.«

»Wie – müssen wir sehen?« Honeyballs Geduld und Nerven waren definitiv am Ende. Hektisch leckte er sich das Gemächt. Eine manische Angewohnheit, der er den Spitznamen ›Honigbällchen‹ zu verdanken hatte. »Ich wusste doch, dass an der Sache etwas faul ist. Der Mistkerl will uns hier verrotten lassen, der haut einfach ab.« Drohend knurrte er und bleckte die Zähne.

»Sachte, Kollege.« Ian packte den aufgebrachten Hund am Halsband und redete eindringlich auf ihn ein. »Lass uns erst einmal die Lage checken. Dann werden wir sicher eine Lösung finden.«

Ehe er sich's versah, schnappte der Papillon nach ihm und knurrte erneut. »Fass mich nicht an, Kater, oder dein letztes Stündlein hat geschlagen. Ich bin ein Alpharüde.«

»Solltest du ihm auch nur ein Schnurrhaar krümmen, kriegst du es mit mir zu tun, Zerberus«, fauchte Maxim und trat neben Ian. »Hast du jetzt Tollwut oder was? Nun flipp mal nicht gleich aus. Bisher haben wir ja noch alles hingekriegt. Im Zweifelsfall schnapp ich mir die Ratte und prügel die Lösung aus ihr raus.«

Langsam legte sich die hysterische Bürste in Honeyballs Hundenacken. Er schüttelte sich. »In Ordnung. Sehen wir nach.«

Alle bis auf Xplode und Ian beschleunigten das Tempo und rannten regelrecht auf die Barriere zu.

»Tu's für mich«, sagte Ian und stellte sich Xplode in den Weg.

»Ich weiß nicht, was du meinst.« Die Ratte sah demonstrativ am Kater vorbei.

»Wir beide wissen, dass du die Lösung im Gepäck trägst. Kein Sprengstoffexperte reist ohne sein Werkzeug«, meinte Ian ruhig.

»Da hast du recht. Aber bisher wurde mir keine meiner Aktionen von euch gedankt. Warum sollte ich euch also weiterhelfen und kostbares Material verschwenden? Der Riesenkater beißt mir eh bei nächster Gelegenheit die Kehle durch. Da ist es doch besser, ich gehe einfach wieder meines Weges«, erwiderte Xplode und lachte nervös, wie immer, wenn ihn etwas ängstigte.

»Das wird nicht passieren. Ich rede mit ihm. Er schiebt einfach Panik wie wir alle. Wir wissen sehr wohl, dass Sumo uns ohne deine Hilfe längst geschnappt hätte. Selbst Dreipunkteins ist über die wechselnden Überwachungspunkte seines Hochsicherheitsbaus nicht auf dem Laufenden.«

»Ihr habt eine komische Art, eure Dankbarkeit zu zeigen … Sei's drum!« Die Ratte grinste schief. »Mich juckt es in der Pfote, mal wieder anständig was zu sprengen.«

Ian atmete auf. »Danke, Freund. Du hast was gut bei mir.« Erleichtert jagte er den anderen hinterher.

»Hoffentlich vergisst du das nicht!«, rief Xplode ihm nach. Leise ergänzte er: »Große Ratte, die Truppe ist ja fast so paranoid wie ich.« Er kicherte. »Nicht wahr, Bruder? Für die würde Sumo sicher ein hübsches Sümmchen springen lassen – was meinst du?«

KANAL VOLL

Bumm.

»Wie, das war's?«, fragte Maxim enttäuscht. »So ein kleines Explosiönchen soll uns den Weg frei machen?«

»Junge, wir machen hier keine Werbung für unser Auftauchen. Im Gegenteil – wir erweitern diskret den Durchgang für die Kräftiggebauten, also für dich, Schmuddelkatze«, brummte Xplode. »Zwäng mal deinen Hintern dadurch. Dann sehen wir ja, ob meine Berechnungen präzise waren.«

»Wie hast du mich gerade genannt, Sackratte? Du hast eine komische Art, um Schläge zu betteln. Sag doch einfach, wenn du was auf die Schnauze brauchst. Ich bin gern bereit zu helfen.«

»Es reicht«, herrschte Ian seinen Kumpan an. »Der Durchgang sieht bestens aus. Exzellente Arbeit, Xplode. Du bist ein Meister deines Fachs.«

»Danke sehr, Ian«, meinte Xplode bescheiden, »ich weiß deine Anerkennung zu schätzen. Du weißt ja, Lob ist das Brot des Künstlers.«

»Wir haben zu danken, Xplode«, gab Ian zurück. »Für deine Unterstützung.«

»Pfffff, schleim, schleim.« Maxim zwängte sich bereits durch das entstandene Loch und strampelte mit den Hinterbeinen. Dann war er auf der anderen Seite angelangt. Der zierliche Honeyball sprang zügig hinterher.

»Geschafft.« Ian seufzte erleichtert, als schließlich alle die meterdicke Barriere überwunden hatten. Er blinzelte. Nach der langen Dunkelheit mussten sich seine Augen an das Licht erst wieder gewöhnen. Dann sah er sich um und erkannte, dass sie sich in einem riesigen Gewölbe befanden, das einer Kathedrale ähnelte. Mehrere mannshohe Tunnel zweigten davon ab. An den Wänden leuchteten karge Drahtgitter-Lampen aus dem Untertagebau. Wie an einer Tiefsee-Fangleine reihten sie sich an langen Kabeln aneinander und schlängelten sich ins Nichts. Ein leichter Luftstrom zog durch den Knotenpunkt und verschwand in der Deckenöffnung. Kamineffekt. Hier war Platz. Viel Platz. Sie konnten überall und nirgends hin. Verloren sah sich der kleine Trupp um.

»Wo geht's weiter?«, fragte Maxim die Ratte.

»Wenn du durch Pappenheim zu Sumos Hauptquartier willst: geradeaus durch den alten Luftschutzbunker. Rechts geht's durch einen alten Fluchttunnel mit Mauerdurchbruch rauf zur Oberfläche im ehemaligen Ostberlin«, antwortete Xplode mit einem listigen Seitenblick auf seinen Widersacher. »Du kannst gern schon mal vorgehen und nach Hause laufen.«

»Also ich bin dafür, wir gehen weiter nach Pappenheim, so

wie geplant. Was meint ihr?«, fragte Ian hastig in die Runde, bevor das Gespräch die falsche Richtung einschlug.

Kilo Foxtrott hob den Flügel. Er war es leid, ewig die letzte Geige zu spielen. »Ich würde den Gang gern checken. Vielleicht erwartet uns irgendwo ein Ratten-Späher. Hat jemand was dagegen?«

Honeyball erteilte Foxtrott Absolution: »Gute Idee, mein Freund. Hier ist es hell genug zum Fliegen. Halte die Augen offen und berichte uns.«

Die anderen entschieden, dem Luftaufklärer des BND unter Xplodes Führung langsam zu folgen.

Der Luftschutzbunker wäre sehenswert gewesen, wenn sie Zeit gehabt hätten, die alten Einrichtungen zu würdigen. Allein das zur Not von Hand zu betreibende Lüftungssystem war bemerkenswert, da genial erdacht. Ein alter Schrank mit Gasmasken und OP-Besteck rottete in der Ecke vor sich hin, ebenso wie alte Granaten, Gewehre und Patronenhülsen. In einem mürben Lederbeutel befand sich sogar noch trockenes Schießpulver für die Vorderlader-Gewehre. Das hatte Xplode bisher übersehen. Er griff sich das Säckchen und führte die Gruppe in einen Raum, dessen Wände schwach zu leuchten schienen.

»Maxim, stell dich doch mal direkt vor die Wand«, bat er freundlich.

Der Kater guckte skeptisch, war aber neugierig. Er schnupperte vorsichtig an der komisch riechenden Wandfarbe.

»Nicht dran lecken«, warnte die Ratte. »Das Zeug ist hochgiftig.«

Xplode schüttete einen kleinen Haufen Schießpulver auf den Boden und entzündete es. Eine gleißende Stichflamme schoss empor, und sekundenlang war es so hell im Raum, dass ihnen das Sehen verging. Dann klärte sich das Bild. Wo Maxim gestanden hatte, prangte als sein Abbild ein akkurater schwarzer Kater mit Buckel an der Wand.

»Das bleibt jetzt eine Zeit lang so.« Xplode freute sich über die erstaunten Blicke. Bereitwillig gab er den Fremdenführer: »Die Zweibeine waren nicht dumm im Krieg«, erklärte er. »Seht nur die Zeichnung da an der Wand. Den Teddy haben sie zur Orientierung für ihren Nachwuchs aufgemalt. Damit die Kleinen sich im Labyrinth nicht verliefen ... Und weiter geht's, verehrte Anwesende. Auf nach Pappenheim!«

Nach dem Bunker folgte eine verlassene U-Bahn-Station, in der noch handgemalte Schilder aus den dreißiger Jahren hingen. Breite Bahnsteige flankierten die Gleise. Ein kleines Rinnsal plätscherte fröhlich zwischen den verrosteten Schienen dahin, das Gelände senkte sich langsam ab. Die Abstände zwischen den Lampen vergrößerten sich. Es wurde wieder dunkler. Antik anmutende Tier- und Jagdszenen-Graffiti in Ochsenblutrot und Kohlenschwarz zierten die steinernen Wände.

»Die Künstler sind tot, Bruder«, erklärte Xplode seinem inneren Quälgeist auf dem Rücken.

Die Luft war angenehm frisch. Irgendwo musste es eine Belüftung geben, deren große Ventilatoren sie im Hintergrund leise schrammen hörten.

Nach einiger Zeit stieg das Rinnsal höher. Das plätschernde Geräusch verstärkte sich zu einem lebhaften Gluckern, und die begehbare Fläche wurde immer schmaler. Nur ganz am Rand war noch ein schmaler Steg, auf dem sie im Gänsemarsch laufen konnten.

Den Katzen widerstrebte es, sich so nah am verhassten Element aufzuhalten. Schließlich wurde der Laufsteg in einer Senke komplett überspült, sodass sie bis zum Bauch im Wasser waten mussten. Nach ein paar bangen Metern hatten sie es geschafft. Doch nun standen sie vor einem großen, trüben und schnell dahinfließenden Flusslauf, der ihren Weg unterbrach. Schaumkronen und kleine schwimmende Bröckchen zierten die Wasseroberfläche.

»Ich geh keinen Schritt weiter«, erklärte Maxim entsetzt.

89

»Was ist das jetzt wieder für ein Mist? Hier stinkt es voll nach Zweibeinpfui!«

Xplode grinste schadenfroh. »Wo du recht hast, hast du recht. Wir sind in der Kanalisation. Deren Bestimmungszweck dürfte selbst dir klar sein. Zugegeben, bei meinem letzten Ausflug hierher war der Pegel deutlich niedriger. Liegt wahrscheinlich am vielen Regen in der letzten Zeit, beschwer dich also beim Klimawandel.«

»Du meinst, das ist Zweibeinkacke? Igitt, was kommt denn noch?«, bellte Honeyball angeekelt.

»Nun, ich frage mich schon die ganze Zeit, wer von euch wohl schwimmen kann«, entgegnete Xplode heiter. »Ich habe mein Seepferdchen im zarten Alter von fünf Tagen gemacht. Wie schaut es bei euch so aus?«

Aufgebrachtes Stimmengewirr war die Antwort.

»Verdammte Ratte, das ist doch nur wieder einer deiner Tricks, um uns fertigzumachen.«

»Nie und nimmer schwimme ich durch diese Brühe.«

»I.gitt.«

Maxim schmunzelte maliziös in sein schmieriges Fell. »Da seht ihr mal, wie es ist, in widerlichem Zeug zu baden. Ich habe null Mitleid mit euch. Wo müssen wir hinschwimmen, du kleiner Irrer?«

Xplode zeigte unbeeindruckt mit der Pfote über den kreuzenden Kanal mit beachtlicher Strömung. »Es geht nur da rüber. Auf der anderen Seite sollten wir trockenen Pfötchens weitergehen können. Wir sind bereits nah an der Stadt.«

»Mir ist eh schon alles egal«, rief Maxim. »Für meine Indy schwimme ich durch dick und dünn!« Todesmutig setzte er zum Sprung an. Mit einem Riesen-Bauchklatscher landete er in den braunen Fluten. Dort fing er wie wild an zu strampeln und näherte sich langsam, aber sicher dem anderen Ufer.

»Ich habe mal gehört, Maine Coons wären überhaupt nicht wasserscheu«, flüsterte Ian sich zu, kletterte rückwärts in den Fluss und tat es seinem furchtlosen Kollegen vorsichtig nach.

Wobei er peinlich genau darauf achtete, den Kopf sicher über der Wasserlinie zu halten. Xplode schwamm in Wasserrattenmanier an seiner Seite und gab ihm Tipps zur korrekten Haltung beim Brustkraulen.

Honeyball hatte nicht vor, auch nur eine Pfote in das Dreckswasser zu tauchen. Er setzte sich Dreipunkteins auf den Kopf, nahm sein Halsband ab und drückte auf einen verborgenen Knopf am Anhänger. Es macht »pfffffft«, und ein sorgfältig verarbeitetes Erste-Klasse-Luftkissen begann sich zu entfalten. Der Papillon zog sich unterdessen ein paar hauchdünne Gummi-Pfotenschoner über und thronte wenig später auf dem improvisierten Schlauchboot. Darauf paddelte er gekonnt und völlig trocken auf die andere Seite.

Sprachlos sahen die nassen, mit Modder bedeckten Katzen ihn wie aus dem Ei gepellt ans Ufer steigen und die Pfotenschoner abstreifen. Achtlos riss Honeyball das Luftkissen ab und legte sich das Halsband wieder um. »Agenten-Standardausrüstung mit Airbag und Spurensicherungsset«, klärte er sie im Vorbeigehen auf und reichte dem Wurm die manikürte Pfote zum Wiedereinstieg. »Wollen wir?«

Wie begossene Pudel trotteten sie dem beschwingt voranschreitenden Papillon hinterher, der auch nach einer Abwasserkanalüberquerung noch locker aus dem Stand für Premium-Hundefutter hätte werben können. Xplode murmelte ein an seinen Rucksack gerichtetes »Bruder, der Hund ist ein Snob, aber *der* Stunt war geil!« und kicherte in sich hinein. Ian versuchte, den Gestank zu ignorieren, der von seinem sonst so erstklassig gepflegten Fell ausging. Er schaute nach vorn in den maroden Gang und fragte sich, ob Kilo Foxtrott bereits Feindkontakt hatte. Würde er ihn jemals wiedersehen?

5

AM STILLEN ORT

Kurz vorm Platzen saß Sumo auf dem kleinen Gästeklo. Diese verdammte Ratte Xplode hatte ihn den letzten Nerv und selbst sein Lieblingsörtchen gekostet. Während er gereizt durch die Zeitungsnachrichten blätterte, dachte er nach.

Der Flughafen BER war immer noch ein Fass ohne Boden. Kostenexplosion, monatliche Stillstandskosten von fünfunddreißig Millionen Euro. Mehr als eine Million Steuergelder flossen ab – pro Tag! –, von denen der Großteil bei ihm hängen blieb. Gut, dass er die Privatisierung verhindert und den Generalunternehmer geschasst hatte. Statt des einen gab es nun mehr als vierzig verschiedene Entscheider. Drei Viertel dieser regionalen Unternehmen gehörten ihm. Ha! Keines der Gewerke stimmte sich mit dem anderen ab. Wieso auch? Er hatte Redeverbot erteilt. Am Ende wurde noch etwas fertig, das galt es zu verhindern. Jetzt glich die Baustelle einem schwarzen Loch, das massenweise Geld in seine Kasse spülte.

Die Geldgeber, Berlin und Brandenburg – ja, selbst der Bund, sahen nur noch die Fassade des Potemkinschen Dorfes. Sahen, was sie sehen sollten. Feierten fröhlich einen Eröffnungstermin nach dem anderen und hauten sich gegenseitig auf die Schultern. Lief doch. Keiner wollte das Ding. Von diesem staatseigenen Objekt glaubte niemand mehr, dass es überhaupt noch Sinn machte.

Sumo grunzte belustigt. Er war schon Milliardär. Nachdem er seinen wertlosen Grund und Boden völlig übertouert als Flughafen-Bauland verschachert hatte, war rein zufällig die alte Freigabe der Einflugschneise aufgetaucht. Die Folge: noch mehr Verkäufe und Umsiedelungen.

Unzählige Berliner Wutbürger hatten durchgedreht. Nachdem ihr Anwalt alle Fakten minutiös zusammengeklaubt hatte, brauchte das Gericht zwei Tage, um den kompletten Inhalt der sage und schreibe tausendachthundert Aktenordner abzuschmettern. Warum wohl?

Der Maulwurf strich sich wohlig über den runden Bauch – das war eindeutig seine Meisterleistung. Ein größeres Chaos auf Staatskosten konnte man gar nicht anrichten. Eigentlich hatte es dafür gar nicht viel gebraucht. Hier ein Hinweis an die Entscheider, dass die Entwürfe nicht repräsentativ genug wirkten. Dort ein Workshop in freier Kunst für den Architekten – der folgerichtig alle funktionswichtigen Rauchabzüge und Kabelführungen als hässlichen Ballast einstufte. Und dann sein gezielter Tipp »Weniger ist mehr«: weniger Parkplätze, weniger Rollwege, weniger Gepäckbänder, mehr Chaos. Herrlich. Dank der Unterstützung seines ihm loyal ergebenen Verbindungsmannes waren sie freudig in seine Falle getappt. Die ganz Großen in der Regierung. Die Oberschlauen. Nach mehreren Rohrkrepierern suchten die immer noch einen fähigen Problemlöser.

Schade, dass sein bevorzugter kaufmännischer Geschäftsführer, das schwarze Schaf, schon längst das Handtuch geworfen hatte. Der Mann hatte sich während seiner Wirkungszeit als sehr nützlich erwiesen. Alle Planungs- und Technikchefs, die fachlich auch nur entfernt eine Ahnung hatten, waren ihm ein Dorn im Auge gewesen. Ohne lang zu fackeln, hatte er sie gefeuert. Und Sumos Plan war sauber aufgegangen, da kein anderer mehr einen hatte.

Aber er musste sich auch um seine übrigen Projekte kümmern, damit aus dem regionalen Problem endlich ein nationales wurde. Ein erneuter Bürgerprotest – am besten wieder mit Wasserwerfer-Einsatz – zum Beispiel bei Stuttgart 21 wäre nicht schlecht. Unterirdisch gut auch der jetzige Planungsstand: 2024 fertig, vorausgesetzt, die sechs Milliarden Euro Steuergelder würden komplett versenkt.

Um die Elbphilharmonie war es in letzter Zeit unangenehm ruhig geworden. Lief da seit der Eröffnung etwa heimlich etwas rund? Am Ende hatte er die Zügel zugunsten anderer Mauscheleien aus der Hand gegeben und die Fertigstellung zugelassen. Der millionenschwere Auftrag war für ihn letztlich nur ein Rattenschiss gewesen. Trotzdem. Durch die Vergaberüge der Strabud war damals einiges in Schwung gekommen. Und bis heute wusste niemand, dass das Großunternehmen für STRAtegische BUDdelarbeiten ein Teil von Sumos Firmengeflecht war. Die Stadt Hamburg kam sicher bald auf allen vieren angekrochen. Für das nächste Projekt.

Sumo rieb sich zufrieden die Pfoten. Er durfte in seinen Bemühungen jetzt nicht nachlassen. Die kleinste Unaufmerksamkeit, und ein Projekt zog wieder gerade. Bis auf die U-Bahn in Köln natürlich. Die Deppen hatten sich auf sein Bodengutachten verlassen und nach dem Einsturz-Desaster beim Stadtarchiv doch tatsächlich als Nächstes den Kölner Dom unterhöhlt, um dort die Trasse durchzuführen. Wie blöd konnte man sein? Jedes Schulkind konnte sich ausmalen, was passierte, wenn das Fundament eines einhundertsechzigtausend Tonnen schweren Bauwerks mutwillig durchlöchert wurde wie ein Schweizer Käse.

Er, der König der Unterwelt, wusch seine Hände jedenfalls in Unschuld, wenn beim Gottesdienst die Kirchenbänke bebten. Nur zu gern hatten die Auftraggeber die geschönten Statikberechnungen akzeptiert, da sie die U-Bahn-Trasse ja sooo viel günstiger machten. Ein paar zusätzliche Grabungen durch Sumos Schergen hier und dort – da war das bisschen Sand im Zement gar nicht mehr der Rede wert.

Aber sein bester Coup war der Diebstahl der BND-Baupläne von der »am besten gesicherten Baustelle Deutschlands« gewesen. Kein Mensch hatte damit gerechnet, dass der Einbruch von unten erfolgen würde. Sumo war komplett im Bilde, was sämtliche Türen, Notausgänge, Alarmanlagen, Anti-Terror-Einrichtungen und geheime Archive anging. Was für eine herrliche Blamage für den Bund Neugieriger

Dobermänner! Kein befreundeter Geheimdienst vertraute denen noch geheime Unterlagen und Informationen an. Nicht einmal die NSA. Wieso auch, wenn der BND nicht mal seine eigenen Geheimnisse bewahren konnte?

Der Maulwurf schnorchelte in sich hinein. Das Sahnehäubchen: Er stand seit Kurzem in Verhandlungen mit weiteren Interessenten. China würde für eine Kopie der Baupläne sicherlich ein hübsches Sümmchen springen lassen. Mal sehen, wie viel das Finanzministerium für Liegenschaften und offizielle Prachtbauten für das Original zu zahlen bereit war. An den selbstverständlich anonymen Anbieter. Der zufällig identisch war mit deren zukünftigem Ratgeber zur Bauüberwachung.

Herrlich. Sumo liebte es, wenn seine Pläne doppelt und dreifach aufgingen. Dem einzigen cleveren BND-Fahnder, der ihm ansatzweise auf die Spur gekommen war, hatte er flugs ein paar Hardcore-Schwulenhund-Pornos auf den Dienstcomputer gespielt. Seine nicht nachzuverfolgende E-Mail an dessen Chef Alpha zu diesem Sachverhalt erledigte sicher elegant den Rest … Obwohl man munkelte, dass der mysteriöse Führungshund selbst auch gewisse Vorlieben hegte.

Und noch ein weiteres heißes Eisen hatte er im Feuer: die neue Tierversuchsanstalt. Die hatte bislang keiner auf dem Schirm. Das Projekt lief absolut wie geplant: topsecret. Keiner käme auf die Idee, auf der verschnarchten Nordseeinsel ein weiteres Millionengrab zu vermuten. Und das musste auch unbedingt so bleiben, damit sein neues Standbein, der Drogenhandel, nicht gefährdet wurde. Das Schönste an alldem war ja schließlich, dass keine Seele etwas von seinen Machenschaften ahnte. So konnte er unbemerkt aus dem Verborgenen die Fäden ziehen, bis es zum großen Finale kam.

Sumo konnte sich keine Schwachstellen erlauben. So setzte er die Fahndung nach den mysteriösen Eindringlingen, mit der er einige seiner besten Killer-Kids beauftragt hatte, in Gedanken auf Priorität eins. Jedes Risiko im Keim ersticken und alle Betroffenen eliminieren war Sumos alte Devise.

Neben ihm scharrte es in der Wand. Sumo horchte auf. Hatte er nicht mal mehr hier seine Ruhe? Er legte die Zeitung weg und spreizte seine mörderischen Klauen. Gnade Gott dem ungebetenen Störenfried.

Es raschelte, und eine kleine Ratte fiel unsanft aus dem Lüftungsschacht. Fast noch ein Baby. Sumos Züge wurden weich. Er liebte seine Killer-Kids. Mit der riesigen Hand hob er das angeschlagene Rattenkind vorsichtig auf Augenhöhe und streichelte ihm über den verdreckten Kopf. »Was ist los, mein Kleiner?«, fragte er den Zögling sanft.

Aufgeregt berichtete dieser vom Scheitern der Mission, bei der sein Anführer und ein Großteil des Teams durch Xplodes Schuld umgekommen waren. Die Eindringlinge waren entkommen. Sumo fühlte einen Stich im Herzen. Wie viel Sorgfalt hatte er in die Ausbildung der Kleinen investiert. Jetzt war alles für die Katz. Hass wallte in ihm hoch.

Er musste sofort Bruce und Lee herbeizitieren. Seine Sicherheitschefs würden das Kind schon schaukeln. Die Königspudel kannten keinerlei Sentimentalität, wenn es um Mord und Totschlag ging. Sie hatten noch nie versagt.

Sumo wischte sich mit der Zeitung den Hintern ab, stand ächzend auf, zog an der Spülung und watschelte samt Rattenbaby in die Zentrale. Ein Knopfdruck genügte, und die beiden berüchtigsten Killer der Unterwelt waren informiert und würden sich in Kürze hier einfinden. Sumos Feinde konnten sich auf ihren Untergang gefasst machen.

ABGEHÖRT

Kilo Foxtrott juckte es so richtig in den Flügeln. Ständig am Boden zu krauchen und die Heldentaten der anderen zu feiern ging ihm gegen den Federstrich. Er brauchte ein Erfolgserlebnis. Vor einer Tunnelgabelung zögerte er kurz. Rechts oder links? Welches war der richtige Weg? Da sah er den Schatten im Dunkel vorbeihuschen.

Ein Rattenwächter! Vielleicht konnte er ihn ausquetschen oder Sumos Überwachungssystem in die andere Richtung einsetzen. Nicht nur Maxim hatte elektronische Tricks auf Lager. Genau, er würde den Überwachungsposten der Ratte suchen und sich von dort in Sumos System hacken wie ein Specht.

Nach einer lautlosen Landung folgte er der Ratte in den linken Tunnel. Und wirklich: An einer Wandnische stoppte sie und machte es sich in ihrem gut getarnten Kabuff gemütlich, das gerade genug Platz für einen kleinen Laptop bot. Mit einem gezielten Schnabelhieb stellte Kilo Foxtrott den Wächter ruhig und legte los. Hier war er in seinem Element.

Auf dem Splitscreen sah er mehrere Kamerabilder. Aber nicht die, die ihn interessierten. Also ging er eine Ebene zurück und erhielt eine lange Liste von Kamerastandorten. Klar: Die Überwachungsbilder von Sumos Zentrale waren passwortgeschützt. Kein Problem für einen Agenten des BND. Er ging online und zog sich aus der ebenfalls passwortgeschützten BND-Cloud das kleine, aber feine Entschlüsselungsprogramm der Sicherheitsbehörde auf den Laptop. Mit einem Doppelklick installierte er es. Schade, an Sumos private Daten kam er nicht heran. Schien ein eigenständiges System zu sein. Die Hackersoftware verschaffte ihm aber Zugang zum Netzwerkserver. Dort knackte sie die Überwachung von Sumos Kommandozentrale, die sonst nur Trägern der höchsten Sicherheitsstufe vorbehalten war. Es dauerte keine zwei Minuten, dann konnte er auf sämtliche Kameras zugreifen.

Mission accomplished, dachte er zufrieden.

In einem der kleinen Liveübertragungs-Fenster entdeckte er eine große, massige Silhouette. Sumo! Der Maulwurf schlurfte erregt gestikulierend in der Kommandozentrale auf und ab und sprach zu zwei eleganten Königspudeln – einer schwarz, einer weiß – mit ausrasierten Mustern im kurzen, lockigen Fell. Kilo Foxtrott drehte den Ton lauter.

»Xplode muss weg. Sofort. Mein schönes Masterbad! Die Wasserhähne aus Platin. Der Carrara-Marmor. Der sündhaft teure Kronleuchter aus Muranoglas, ein Einzelstück. Mein XXL-Whirlpool.« Sumo raufte sich das Fell. »Alles in einem Big Bang pulverisiert!« Wütend schaute er auf die reglos da-sitzenden Hunde, die nicht das kleinste bisschen Anteilnahme erkennen ließen. »Ich will Chaos *verbreiten*. Nicht, dass es bei mir herrscht! Ihr kennt meinen Wahlspruch: Mach dem Volk Angst. Dann wollen sie nur eins: einen starken Führer. Mich!«

Achtlos griff er zur Seite, wo ein großer Teller mit Süß-speisen stand, stopfte sich ein Sahnetörtchen in die weiche Schnauze und leckte sich die langen Klauen ab. »Xplode ist zu weit gegangen. Findet ihn! Ich will den kahlen Stummel-schwanz dieses Mistkerls in meiner Galerie der toten Gegner sehen.« Zärtlich tätschelte er den Kopf einer arg verdreckten Mini-Ratte, die sich an seine Schulter schmiegte. »Und bringt mir diese unsichtbaren Eindringlinge vom Präsidentenpalast gleich mit. Neugierige Schnüffelnasen kann ich hier unten nicht brauchen.«

Kilo Foxtrott horchte alarmiert auf. Er wusste um Sumos Angst vor jeder Art von Publicity. Der Professor hielt es mit dem Dichter Baudelaire, der der Ansicht gewesen war, es sei der größte Trick des Teufels, alle zu überzeugen, dass es ihn nicht gab. Im Bestreben, ebendieser Teufel zu sein, würde er um jeden Preis verhindern, dass etwas von seinen fein ge-strickten Plänen an die Oberfläche gelangte.

»Wo sind die Eindringlinge abgeblieben? Wir verfügen über nahtlose Kameraüberwachung, Infrarot, Bewegungs-melder, Wärmesensoren. Und ihr findet – *nichts*!« Seine Stimme dröhnte vor Wut. »Wozu habe ich denn den ganzen Scheiß, wenn ich damit genauso schlau bin wie ohne diesen

Hightech-Schrott?«, brüllte er und warf den Teller an die Wand.

Die beiden riesigen Pudel saßen immer noch reglos da, den Blick stur geradeaus gerichtet.

»Bruce und Lee«, donnerte Sumo, »wie gedenkt ihr, die Invasoren aufzuspüren?«

»Raster…«, bellte Bruce.

»…fahndung«, knurrte Lee.

»Das erste vernünftige Wort, das ich heute von euch höre.« Sumo starrte sie böse an. »Raus! Leitet alles in die Wege, und zwar schnell. Wir gehen auf DefCon zwei, ihr erhaltet alle benötigten Vollmachten. Die Sache hat oberste Priorität bei höchster Diskretion!«

Die beiden Königspudel senkten zustimmend die Köpfe, standen synchron auf und federten geschmeidig aus der Zentrale.

Sumo holte die Liste seiner Aktivitäten auf den Monitor und ergänzte einige To-dos. Neugierig zoomte Foxtrott näher heran. Eines nach dem anderen scrollten die Projekte über den Bildschirm.

Der letzte Punkt, den Sumo anfuhr, war etwas mit Tierversuchen. Der Spatz beugte sich vor. Doch es ging zu schnell. Er konnte nicht folgen. Der König der Unterwelt löschte das Projekt mittels Sprachbefehl an eine Unsichtbare namens Jeanny. Alles, was Foxtrott sah, war die Sicherheitseinstufung: »Ultrageheim – nur für Maulwurfaugen!« Dann verschwand auch das. Sumo wartete eine gesprochene Bestätigung ab, nickte und schnippte zufrieden mit den Klauen. Dann fuhr er den Computer herunter. Knallend fiel die Tür hinter ihm ins Schloss, als er samt der Winzratte den Raum verließ. Das Bild, das die Überwachungskamera einfing, wirkte wie eingefroren.

Kilo Foxtrott sank vom Monitor zurück. Die gute Nachricht: Die Häscher hatten ihre Spur verloren. Die schlechte: Sie standen als Staatsfeinde der Unterwelt nun ganz oben auf der Todesliste des Professors. Und doch waren ihre Ermittlungen ein Volltreffer. Er konnte fast nicht glauben, was er alles bei Sumo auf dem Bildschirm gesehen hatte. Der Maulwurf hatte seine schmutzigen Pfoten wirklich in jedem millionenschweren Bauskandal. Sogar die Pleite beim Bau der BND-Zentrale ging auf seine Rechnung. Verflucht noch mal! Und dann der Hinweis auf die Tierversuche. Das Projekt war so geheim, dass Sumo die Daten gerade aus Sicherheitsgründen gelöscht hatte. Niemand schien bisher darüber Bescheid zu wissen. Außer ihm jetzt. Und vielleicht Indy. Es würde ihn nicht wundern, wenn das Verschwinden der Top-Agentin mit dieser mysteriösen Unternehmung zusammenhinge. Sie hatte das Zeug dazu, weiter in Sumos Netzwerk vorzudringen als jeder andere Agent vor ihr. Er sollte sofort zum Team zurückfliegen und zu seiner eigenen Sicherheit Bericht erstatten.

PAPPENHEIM

Trotz der schlechten Sichtverhältnisse holte Kilo Foxtrott auf dem Rückweg auch noch das Letzte aus seinen Flügeln raus. Er hatte die Hindernisse auf dem Weg exakt in seinem Spatzenhirn abgespeichert und beherrschte die Strecke im Blindflug. Ob seine Freunde die stinkende Kanalisation schon hinter sich gelassen hatten? Zum Glück sah er von ferne, wie der kleine Trupp an der Weggabelung in den anderen, den rechten Tunnel abbog. Er steigerte das Tempo und flog hinterher. Dieser Abschnitt wurde wieder heller, breiter und sauberer. Künstlerisch gestaltete, psychedelisch bunte Graffiti blühten auf dem rissigen Beton. Schmale Wasserrinnsale, die von der Decke tropften oder über die Wände nach unten liefen, ernährten genügsame Moose und Pilze am Wegesrand. Der Spatz stellte auf Schrittgeschwindigkeit um, als er mehrere kleine Hindernisse erspähte. Geschickt umflog er unzählige Leuchtkäfer, die mit ihren strahlenden Hinterteilen die Szenerie erhellten, und hielt nach seinen Freunden Ausschau. In einer Sitznische erspähte er eine verzierte Wasserpfeife, umringt von selbst gehäkelten Kissen mit bunten Muschelmustern. Die Hippies mit ihrem Marihuana, die sich hier normalerweise aufhielten, konnte er trotz ihrer Abwesenheit förmlich riechen. Klar, dass er Maxim auf einem der Kissen entdeckte. Der Norweger haschte fröhlich nach ein paar geschäftigen Käfern. Der Junge hatte einfach keine Disziplin.

Der Rest der Truppe hatte sich in die Ecken gehauen, um eine kurze Rast einzulegen und nach Essbarem zu suchen. Sie mussten ganz nah an der Stadt sein. Der Ort wirkte gepflegt, er schien regelmäßig benutzt zu werden.

Kilo Foxtrott landete elegant, pfiff die überraschte Truppe zusammen und berichtete atemlos, was er bei seinem Erkundungstrip in Erfahrung gebracht hatte.

Nachdenklich nickte Ian. Sumos Aktivitäten passten ins Bild. Er rief den anderen Indys Botschaft in Erinnerung:

PR OF SB HH KS ?

Sie hatten richtiggelegen. Der Maulwurf war der Drahtzieher hinter den Bauskandalen in Berlin, Hamburg, Köln und Stuttgart. Nur waren das nicht seine einzigen Projekte. Nach dem zu urteilen, was Kilo Foxtrott herausgefunden hatte, steckte mehr dahinter. Sumo strebte die Weltherrschaft an, doch wodurch? Das Fragezeichen am Ende des Codes war die große Unbekannte. Vielleicht war es sogar der Schlüssel zu Indys Aufenthaltsort.

Sollte sie am Ende irgendwelchen Tierversuchen zum Opfer gefallen sein? Das könnte den medizinischen Geruch nach Chemikalien aus der Vision erklären, die er während seines letzten Blackouts gehabt hatte und die er durchaus ernst nahm.

»Wir müssen Indy finden, sie schwebt womöglich in noch größerer Gefahr, als wir bisher dachten.«

»Es scheint mir zudem der einzige Weg zu sein, Sumos Pläne aufzudecken«, ergänzte Kilo Foxtrott. »Sie war dem letzten Puzzleteil auf der Spur, und es ist anzunehmen, dass sie fündig wurde. Wir haben nichts außer meiner Beobachtung. Keine Aufzeichnungen, keine Beweise, keine Indy.«

Diesmal war sich das Team auf Anhieb einig.

»Lasst uns gehen und Fakten schaffen«, sagte Xplode. »Bis zur Zentrale ist es nur noch ein kleines Stück.«

Der Gang weitete sich bald zu einer gigantischen Höhle. Sie erblickten eine bis in luftige Höhen mit Tausenden Kerzen, Fackeln und brennenden Ölfässern illuminierte kubistische Stadt, erbaut aus sandfarbenen Rechtecken, die mit großen bunten Werbelogos, Bildern und Beschriftungen geschmückt waren. Es sah wunderschön aus.

Foxtrott flog voraus und sah sich das Panorama aus der Vogelperspektive an. Diese Stadt war ohne Plan erbaut worden. Das bewies die zufällige und alles andere als systematisch zu nennende Anordnung der Gebäude und Wege. Jeder hatte sein Haus so gebaut, wie es ihm gerade eingefallen war. Und doch schien alles aus einem inneren Kern herauszuwachsen. Rund um einen zentralen Platz, in dessen Mitte in einer flachen Senke ein Teich ruhte, saßen Hunderte Zweibeine in Grüppchen verstreut bei Kerzenlicht. Einige machten Musik auf selbst gebauten Instrumenten und picknickten. Andere tanzten wild zu Musik aus batteriebetriebenen Ghettoblastern, krakeelten und suchten offensichtlich Streit. Sie schienen angetrunken zu sein. Nicht weit davon begann zwischen brennenden Ölfässern eine Schlägerei.

Foxtrott zog eine enge Kurve. Gut, wenn die Bewohner Pappenheims mit sich selbst beschäftigt waren. So stand ihrem Durchmarsch zur Zentrale nichts im Wege. Er flog noch eine Sicherheitsrunde und kehrte um.

Der Rest der Truppe war unterdessen eine schmale, entlang der Wand verlaufende Zickzack-Treppe hinuntergeschlichen. Ian hatte die Besonderheit dank seiner feinen Nase sogleich bemerkt. Doch erst als sie unten waren, ging ihm auf, was die Intensität des Geruchs zu bedeuten hatte: »Ich glaube, mich tritt 'ne Sphinx! Xplode, ist das etwa alles aus Pappe hier?«

»Korrekt ermittelt, Kater! Ein Baustoff, den du überall umsonst bekommst. Der gegen Kälte dämmt und leicht zu verarbeiten ist. In kompaktem Zustand ist er sogar ungemein stabil. Die Zweibeine hier unten sind obdachlos. Dabei handelt es sich nicht nur um alte Trinker und gescheiterte Existenzen wie früher. Auch immer mehr Jüngere, die zum Teil sogar Arbeit, aber keine Wohnung mehr an der Oberfläche haben, kommen hierher. Verdrängt durch aggressive Miethaie und energetische Sanierung.« Er machte eine abfällige Pfotenbewegung. »Die billigen Wohnungen sind über Nacht zu Luxusimmobilien mutiert, die sich ein Normalo kaum noch leisten kann. So verlegen sich die Verlierer im Mietpoker auf ein Leben im wettergeschützten Untergrund. Als Randexistenzen. Ohne Strom und nah am Wasser gebaut, oft mit Scheißegal-Haltung. Sieht man auch an der sportlichen Einstellung zu Feuer in einer Umgebung komplett aus Papier.« Die Ratte kicherte abgehackt in die vorgehaltene Pfote. »Gefällt mir irgendwie.«

»Können wir nicht etwas näher an so ein brennendes Öldings ran?«, fragte Maxim. »Mein Fell ist immer noch pitschnass, mir ist saukalt. Ich möchte endlich mal wieder warme Pfoten haben.« Sehnsüchtig starrte er aus dem feuchten Dunkel in die flackernde Wärme.

»Warte, erst müssen wir wissen, wie gefährlich diese Menschen sind«, gab Ian zu bedenken.

»Sie sind harmlos, wenn man sie nicht reizt«, warf Xplode ein. »Dies sind die schwachen Zweibeine der Gesellschaft.

Solange sie genug Alkohol und Essen haben, bleiben sie friedlich – wie dieses Mütterchen da, das auf uns zukommt.«

»Ooooooh, bist du aber ein süßes Hundchen!« Ein uraltes Weiblein mit einer für empfindliche Tiernasen unverkennbaren Fahne humpelte auf einen Stock gestützt auf Honeyball zu. »Ja, wo kommst du denn her? Schaust du aber hübsch aus!«

Der Papillon warf einen prüfenden Blick auf die Oma. »Schaut zu und lernt vom Meister!«, verkündete er. Er machte Männchen und drehte sich tänzelnd auf den Hinterpfoten im Kreis.

»Wie niiiedlich. Ja, was möchtest du denn von Tante Emily?«

Als Antwort legte sich Honeyball auf den Bauch und wedelte freudig mit dem Schwanz.

»Willst du spielen?«

Er seufzte unhörbar und kroch im Schleichgang auf die alte Vettel zu. Dort angekommen, ließ er kraftlos den Kopf auf die Vorderpfoten sinken.

»Ach, du armes Ding. Du hast bestimmt Hunger, oder?«

Honeyball sprang auf und umkreiste das Zweibein aufgeregt bellend.

»Na, dann komm mal mit, ich hab zu Hause ganz was Feines für dich.«

Er wandte sich ab, lief zur Truppe zurück, setzte sich und winselte mit angehobener Pfote.

»Ach du je, wer ist das denn alles? Du lieeeebe Güte, noch nie im Leben habe ich so schmutzige Katzen gesehen. Wo habt ihr euch denn rumgetrieben? – Huch, ist das da etwa eine Ratte mit zwei Köpfen?« Misstrauisch schaute sie auf Xplode und seinen makabren Rucksack.

»Versau es bloß nicht!«, zischte Honeyball ihm hinter vorgehaltener Pfote zu.

Xplode reagierte umgehend, zeigte artig sein Stummelschwänzchen, blies die Backen auf und putzte sich zierlich die Schnauze.

»Ach Gottchen, ein Hamster. Da haben wir aber Glück. Du musst nämlich wissen, dass wir hier unten gar nicht gut auf Ratten zu sprechen sind. Die fressen alles weg.«

Kilo Foxtrott flatterte kurz auf, um vom heiklen Thema abzulenken.

»Und auch noch ein Piepmatz. Ihr seid mir ja ein lustiger Verein. Na, dann kommt halt alle mit. Ich hab zwar nicht viel, aber es wird schon reichen. Ich mache euch ein schönes Fresschen.«

Das ließ sich keiner aus der Truppe zweimal sagen.

»Endlich gibt's Happihappi.« Maxim lief erwartungsvoll zur alten Frau. »Honeyball, du Schwerenöter, das war wahrlich ein Geniestreich. Worauf wartet ihr noch?«

»Ich hoffe, ihr vergesst nicht, wer euch hergeführt hat«, knurrte Xplode beleidigt. »Der Hamster vom Dienst hat ja anscheinend auch mal was richtig gemacht.«

Sie folgten Tante Emily durch das eng verschlungene Gassengewirr und kamen schließlich an ein größeres Kartongebilde, das über und über mit Konstruktionszeichnungen beschriftet war.

»Schaut mal da«, zwitscherte Kilo Foxtrott, »ein Fahrrad, komplett aus Pappe, genau wie die ganzen Möbel hier – Hocker, Tisch, Bett, Geschirr, Lampions. Einfach alles.«

Honeyball schaute sich beeindruckt das Rennrad an. »Das alte Mädchen lebt nicht allein. Diese Arbeit zeugt von einem wahren Meisterkonstrukteur. Eins zu eins den Bauplänen entsprechend angefertigt und total detailgetreu. Nur draufsetzen sollte man sich besser nicht.«

»Ich hoffe, das Essen schmeckt nicht auch nach Pappe!« Maxim konnte nur noch an eines denken. Da hörte er aus dem Inneren das magische Dosenöffner-Geräusch. »Musik in meinen Ohren!«

Ohne zu zögern, trottete er in die seltsame Behausung hinein.

»Thuuuuuuunfisch«, schallte es entzückt aus dem Inneren.

105

Da gab es für niemanden mehr ein Halten. Ausgehungert wie die Wölfe stürzten sie sich auf den Doseninhalt, den sie stilvoll auf bunt bemalten Papptellern serviert bekamen.

»So muss es im Paradies sein«, stöhnte Ian satt gefressen und leckte sich den Bauch. Dann wurde er still. Ihm ging es gerade wirklich gut mit seinen Weggefährten. Seine Schwester hingegen war vielleicht ganz allein und hungrig. Bekam sie ausreichend Futter? Sie war von Natur aus mäklig und daher gertenschlank. Es fehlte nicht viel zur Unterernährung. Er nahm an, sie schlug sich wacker. Indy war das zäheste Wesen, das er kannte. Und sie hatte Situationen überlebt, in denen andere schon auf halber Strecke gestorben wären. Vermutlich rührte daher ihr grandioses Selbstbewusstsein. Sie war der festen Überzeugung, niemand könne ihr das Wasser reichen. Allein Ians körperliche Überlegenheit und das gelegentliche Aufzeigen ihrer Grenzen hatten sie in ihrer beider Jugend davon abgehalten, ihren Bruder wie einen Lakaien zu behandeln. Trotzdem liebte er sie aus vollem Herzen. Seine Schwester war etwas ganz Besonderes. Aber leider wusste sie das auch.

»He, Alter. Träumst du mit offenen Augen?« Unsanft stieß ihn Maxim in die Seite. »Wir müssen weiter, wenn wir deine Schwester aus Sumos Klauen befreien wollen.«

Ian begegnete Maxims forschendem Blick. Trotz seiner scheinbaren Grobheit hatte der Norweger feinsinnig die Gedanken des Artgenossen erraten. »Sag mal, was müffelt denn hier so?«, überspielte er die sentimentale Situation. »Ist das die Jauche in deinem Fell?«

Maxim schnupperte unter seiner Achsel. »Kommt hin.«

Sie grinsten einander an.

»Kleine Klopperei gefällig?«, fragte Maxim.

»Nicht mit mir, ich bin Pazifist. Lass uns lieber los.«

Ian lief zu der alten Lady und miaute sie an.

»Ja, was hast du denn, Kätzchen? Immer noch Hunger? Hier ist frisches Wasser aus der Flasche.«

Dankbar und gierig drängte sich die Truppe um das frische Getränk. Als der Durst gestillt war, liefen die Kater zum Eingang und kratzten an der Tür.

»Ach, ihr wollt schon wieder gehen? So bald? Na ja. So ist das wohl mit euch Freigängern. Ich wünsche euch viel Glück. Passt auf, wenn ihr ins Zentrum kommt. Dort sind nicht alle den Tieren so freundlich gesonnen wie ich.«

Honeyball bellte verstehend und wedelte mit dem Schwanz. Emily öffnete ihnen die Tür und winkte ihnen zum Abschied lächelnd nach. Fast waren sie traurig, diese nette und selbstlose Dosenöffnerin so schnell wieder verlassen zu müssen.

Aber bei ihrer Mission war mehr denn je Eile geboten. Indy schwebte den neuesten Erkenntnissen zufolge in höchster Gefahr.

FEUERTEUFEL

»Wie geht's weiter, Xplode?«, fragte Maxim, während die abenteuerlichsten bunten Pappgebilde an ihnen vorüberzogen.

»Im Nordwesten der Stadt ist ein senkrechter Lüftungsschacht«, meinte die Ratte. »Der kommt ganz nah bei Sumos Hauptquartier raus. Sehr eng und anstrengend zu ersteigen. Für unsereins nicht geeignet, da die wenigen Trittmöglichkeiten zu weit auseinanderliegen. Der Ausgang endet in Schutt und Asche. Wird im Moment garantiert nicht überwacht.«

»Klare Sache.« Maxim schaute auf die Ratte »Aber was machen wir dann beim Aufstieg mit dir, Xplode?« Angriffslustig schlug er mit dem Schwanz.

Ian hob vermittelnd die Pfote. »Ich trage ihn. Wir lassen hier niemanden zurück.«

Während sie sprachen, liefen sie durch eine enge dunkle Gasse – fast schon eine Art Canyon – mit hohen Wänden, die über und über mit den unterschiedlichsten Glaubenszeichen behängt, bemalt und besprüht waren. Kreuze, Ankh-Symbole, Augen, Freimaurer-, Peace- und Anarchie-Zeichen schmückten die Wände. Am Boden saßen und standen die Statuen verschiedener Gottheiten in prachtvollem Papierblumenschmuck einträchtig auf engstem Raum nebeneinander. Die über die Wände verteilte Beleuchtung aus Teelichtern und brennenden weißen Kerzen auf kleinen Sockelvorsprüngen erzeugte stimmungsvolles Licht mit lebendig flackernden Schatten. Soeben legte ein alter, zahnloser Vagabund seinen kleinen Flachmann als Opfergabe unter ein Kreuz, während ein junger Glatzkopf nahe dem Gassenausgang sein Mandalabild aus farbigem Sand vollendete, dessen Erstellung Wochen gedauert haben musste.

Honeyball blieb stehen, hob die Pfote, witterte in die Luft und fragte: »Merkt ihr das auch? Es riecht irgendwie verbrannt.«

»Ich riech nichts.« Maxim, der die Nachhut bildete, lief sorglos an ihnen vorbei.

Den Gefährten verschlug es die Sprache.

Xplode fasste sich als Erster, preschte hinterher und holte ihn ein. Vor Lachen begann er zu gackern wie eine Henne beim Eierlegen. »Dicker, dein Schwanz brennt lichterloh. Du musst zu nah an einer Kerze vorbeigelaufen sein«, japste er außer Atem.

Maxim miaute erschrocken auf und versuchte, den Schwanzbrand durch schnelles Tempo und Zickzackkurs zu löschen. Man könnte auch sagen, er wurde panisch. Dabei fetzte er mitten durch das filigrane Sandgemälde. Der Haarlose wurde stocksteif und rang nach Luft. Schon hatten einige Papierblumen am Wegesrand Feuer gefangen. Ian legte einen grandiosen Spurt ein und warf sich seitlich auf den Kater. Er packte den brennenden Schwanz und panierte ihn mit dem farbigen Sand, bis das Feuer erloschen war. Mehrere Zwei-bein-Rufe ertönten. Sofort rappelten sich die beiden wieder auf und rannten weiter.

»Feuer – der Weißkater hat Feuer gelegt!«, schallte die vor Wut überschnappende Stimme des Kahlköpfigen durch die unterirdische Stadt. »Und er hat mein Mandala kaputt ge-macht!«, endete er weinerlich.

Langsam glomm in der Gasse ein orangeroter Schein auf, der jede Minute an Helligkeit und Kraft zunahm. Irr-lichternde Funken sprangen vom Luftzug getrieben auf die Pappbauten über. Schließlich konnten sie im Hintergrund erste Flammen hoch auflodern sehen, vor denen sich schwarz drohend eine aufgebrachte Menschenmenge bildete.

Maxim sah im Laufen fassungslos hinter sich. Was hatte er bloß angerichtet? Er entsann sich seines Glücksbringers, der silbernen Engelsflügel-Muschel, die er an einer Kette um den Hals trug. Hatte sie ihre Wirkung verloren – oder war er gar verflucht? Irgendwann musste diese Pechsträhne doch mal aufhören! Wenn ihn der Zweibein-Mob erwischte, würden seine Verfolger nicht lang fackeln …

KATERPLEXIE

»Heiße Scheiße. Unser Feuerteufel hier hat ganze Arbeit ge-leistet. Wir müssen sofort in den Schacht und von hier ver-schwinden. Lauft schneller!«, feuerte Xplode das Team an. »Wenn die uns erwischen, lynchen sie uns alle!«

Im gestreckten Rattengalopp rannte er voraus und bremste erst ab, als sie eine unscheinbare rechteckige Öffnung in der Felswand erreichten.

»Da geht's rein.«

Foxtrott flog ohne Zögern voran. Ian schnappte sich

Xplode am Nacken und schwang ihn sich auf die Schulter. »Halt dich fest!« Er machte die Räuberleiter für Honeyball, sprang hinter ihm mit einem Riesensatz punktgenau in den Schacht, der bereits eine Katzenlänge weiter senkrecht nach oben abknickte, und zog sich hoch. »Komm endlich, Maxim!«, rief er.

Das ließ sich der Unglücksrabe nicht zweimal sagen. Hastig kletterte er hinterher, ehe die aufgebrachte Zweibein-Meute, die ihnen mit abgebrochenen Flaschenhälsen und Knüppeln in den Händen folgte, zu ihnen aufschloss.

Mit Pfoten und Rücken verkeilten sie sich im viereckigen Schacht, stützten sich an den gegenüberliegenden Wänden ab und stemmten sich so mit Vorder- und Hinterpfoten in bester Bergsteigermanier den engen Kamin hinauf. Hin und wieder ließ Honeyball, der als der Kleinste von ihnen am meisten Kraft für diese Art des Aufstiegs aufbringen musste, zwischen zusammengebissenen Zähnen ein ärgerliches Knurren hören. Einzig der Spatz genoss es, endlich wieder in seinem Element zu sein, und schwebte mühelos im warmen Aufwind nach oben.

Es wurde immer wärmer in der Röhre. Die Luft vermischte sich mit aufsteigendem Rauch und reizte sie mehr und mehr zum Husten. Durch das Feuer in Pappenheim entstand im Lüftungsschacht ein Kamineffekt, den sie nicht bedacht hatten. Brennende Pappstückchen wirbelten unter ihnen durch die Luft und versengten Maxims geschundenen Hintern.

»Miiiiiaaauuuuu!«, jammerte der Kater wutentbrannt. »Nicht schon wieder! Scherben, Schlamm und nun auch noch Feuer. Irgendwann reicht's!«

»Selbst schuld, was hinterlässt du auch verbrannte Erde.« Xplode, der sich an Ians Fell und dem Notfallgeschirr festkrallte, wusste als Einziger, wie viel Wegstrecke noch vor ihnen lag. »Wir müssen den Schacht hinter uns verschließen, oder wir sind verloren«, schrie er gegen den heulenden Luftzug an, der sich hier drin wie eine anlaufende Turbine anhörte. »Honey, hast du rein zufällig noch einen Reserve-Airbag?«

Der Papillon tastete das Halsband ab. »Ich glaube, ja«, hechelte er flach. Jeder Atemzug in der heißen, rauchgeschwängerten Luft war jetzt eine Qual für die Lungen.

»Gib das Ding Maxim«, schnaufte Xplode. »Er soll den Mechanismus hinter sich auslösen. Hoffen wir, dass der Ballon genug Power hat, um den Luftstrom zu stoppen.«

Leichter gesagt als getan. Mittlerweile brannten ihre Pfoten auf dem erhitzten Metall der Schachtwände. Ihre Augen tränten, sodass sie kaum noch etwas erkennen konnten.

»Mach hin«, drängelte Maxim. »Mein Hintern ist eine einzige Brandblase.«

Zittrig nestelte Honeyball das Equipment von seinem Halsband und warf es hinunter. »Versuch dein Glück!«, bellte er. Dreipunkteins beugte sich aus dem Anhänger heraus und brüllte: »Toi, toi, toi!«

Maxim antwortete nicht, er hatte zu viel Angst, das kleine Teil zu verlieren, ehe er es in Position gebracht hatte. Er stemmte die Pfoten fest gegen die Tunnelwand und beugte sich dazwischen durch. Endlich bekam er die Ausrüstung unter sich platziert und drückte mit aller Kraft auf den Auslöser. Der Airbag poppte in Sekundenschnelle auf und verschloss den Schacht luftdicht.

Ein erleichtertes Aufstöhnen ging durch die entkräfteten Gefährten. Dann kletterten sie eilig weiter.

»Max…«, stöhnte Ian auf einmal, »kannichmehr.«

»Was?« Der Norweger keuchte und hustete ein schwarzes Wölkchen aus. »Alles klar bei dir da oben?«

»Nich haltn.« Ian verdrehte die Augen, erschlaffte und rauschte samt dem vor Schreck aufquietschenden Xplode wie eine schwere Lumpenpuppe den Schacht hinunter – direkt auf Maxim, der im letzten Moment sämtliche Krallen ausfuhr, um nicht abzustürzen. Gemeinsam rutschten sie den Schacht weiter hinab. Die Krallen kreischten auf dem heißen Metall.

Es stank nach verbranntem Horn. Erst kurz vor dem Airbag kamen sie zum Halt.

»Ian, Ian, wach auf!« Xplode hatte sich mit allen vieren am Geschirr festgekrallt und brüllte dem weggetretenen Kater ins Ohr.

»Keine Chance«, ächzte Maxim, während er sich mit Ian und Xplode wieder nach oben kämpfte. »Er hat einen Anfall … Nennt sich Katerplexie …« Wie eine Maschine arbeitete er sich mit seiner schweren Last Zentimeter für Zentimeter nach oben. »Wenn Ian sich aufregt … erschlafft die Muskulatur … Er ist dann total weggetreten … Hat er mir im Vertrauen erzählt … als wir verschüttet waren … Effekt der Schlafkrankheit … an der er leidet … Kommst du seitlich ans Notfallgeschirr ran, Xplode?«

»Ich versuch's.« Vorsichtig hangelte sich die Ratte runter an Ians linke Seite. »Was soll ich machen?«

»Nimm das Riechsalz … Halt's ihm unter die Nase«, ächzte Maxim.

Xplode führte die Anweisung umgehend aus.

»Kein Effekt.«

Maxim schwieg, konzentrierte sich und kletterte mit letzter Kraft weiter. Endlich kam ein Absatz in Sicht, auf dem die anderen bereits warteten. Honeyball packte mit an und zerrte zuerst Xplode, dann Ian und schließlich Maxim auf den kleinen Vorsprung. Dessen Pfoten zitterten von der Anstrengung wie Espenlaub. Auch Honeyball war angeschlagen und hyperventilierte.

»Habe ich das richtig gehört, Ian leidet an Narkolepsie?«, fragte er entkräftet.

Maxim nickte.

Der Papillon lachte leise in sich hinein. »Welche Ironie. Der Schläfer hat die Schlafkrankheit.« Hingebungsvoll leckte er sich seine strapazierten Pfoten. »Nur interessehalber – wie weit ist es noch?« Fragend schaute er Xplode an, der wie ein Volltrottel mit dem Riechfläschchen neben Ians Kopf saß.

»Ich würde sagen, drei Viertel des Schachts haben wir hinter uns. Den Rest schaffen wir auch noch.«

Bevor sich Widerstand regte, rappelte sich Maxim mühsam auf. »Dann los, ich möchte das endlich hinter mir haben.«

Stöhnend und murrend kamen sie wieder auf die Pfoten. Honeyball übernahm Xplode, unterstützt von Kilo Foxtrott, der an schwierigen Stellen mit anpackte und die beiden nach oben zog. Um sich zwischendurch zu versichern, dass es auch den beiden Katern gut ging, ließ er sich einfach in den Abgrund fallen und stieg mühelos wieder nach oben.

»Flügel müsste man haben«, keuchte Maxim, der erneut das Ende der Kletterkarawane übernommen hatte, damit er niemanden mit sich riss, sollte er versagen. Keiner der anderen besäße die Kraft, sie beide zu halten.

Mit zusammengebissenen Zähnen mobilisierten sie ihre letzten Kraftreserven und kamen endlich an ein Lüftungsgitter mit offen stehenden Lamellen. Kilo Foxtrott krallte sich fest und erblickte das totale Chaos. In den dahinterliegenden Raum schien eine Bombe eingeschlagen zu sein. Die Einrichtung bestand nur noch aus Schutt, Kristallsplittern und geborstenen Metallteilen. Fragend sah er zur Ratte auf Honeyballs Schulter, die vergnügt in sich hingluckste.

»Dort siehst du meine Kündigung, Vögelchen. Das ist – oder vielmehr war – Sumos Sakrosanktum. Sein privates Masterbad. Mehrfach gesichert und von außen uneinnehmbar. Eine Art Panikraum für große Geschäftemacher. Aber natürlich kommt eine findige Ratte wie ich überall hinein.« Er strich sich zufrieden über die langen Schnurrhaare. »Keiner von Sumos Sicherheitsbeauftragten denkt an die Kabelführung und Abluft, wie man an diesem immer noch ungesicherten Lüftungsschacht erkennen kann. Wir sind jetzt mitten im Zentrum. Sumos Zentrale ist nur ein paar Flügelschläge von hier entfernt, um es mit deinen Worten zu sagen. Und niemand wird uns entdecken. In diesem Bad gab und gibt es keine Raumüberwachung. Seine großen Geschäfte erledigt Sumo verständlicherweise lieber unbeobachtet.«

Xplode zwängte sich durch zwei angeschmolzene Plastikstreben und hantierte am Rahmen. Nach wenigen Sekunden rutschte die Barriere lautlos aus ihrer Halterung und gab den Einlass zur Badezimmerruine frei.

»Willkommen im Führerbunker, dem Kern von Sumos Macht!« Er vollführte eine gezierte Verbeugung.

Auch wenn Maxim Xplode nicht ausstehen konnte, musste er doch zugeben, dass der Nager verdammt viel auf dem Kasten hatte. Er wartete, bis auch Honeyball aus dem Weg war, wuchtete Ian in einem letzten Kraftakt durch das Loch ins Trümmerfeld und ließ sich ausgepumpt danebenfallen.

Im gleichen Moment explodierte weiter unten im Schacht der Airbag mit einem lauten Knall, gefolgt von einem Zischen, mit dem ein gewaltiger Feuerball nach oben stieg, der sie noch ein Stück weiter in den Raum hineinblies.

Nach einer Schrecksekunde wurde allen klar, dass nichts weiter passiert war. Nur heiße Luft. Sie waren in Sicherheit.

»Gute Arbeit, Sackratte.« Anerkennend hieb Maxim der Ratte die Pfote auf die Flanke und vergaß dabei nur ein ganz kleines bisschen, seine Krallen einzuziehen.

»Pass auf, Hackepöter«, lautete die Retourkutsche, »oder dein Aussehen nimmt weiteren Schaden. Obwohl …« Xplode schaute frech grinsend auf den mitgenommenen Kater. »Jede Veränderung kann bei dir doch eigentlich nur von Vorteil sein!«

Maxim sah an sich hinunter und verzog das Gesicht. Dann brach es aus ihm heraus. Die Spannung löste sich. Alle bis auf den weggetretenen Ian lachten. Lachten, bis sie nicht mehr konnten. Selbst der wortkarge Wurm.

Ian war eingeschlossen. In seinem Körper, ja, aber auch in einer Fahrstuhlkabine, die unaufhaltsam nach oben fuhr. Irgendwie wusste er, dass oben alles besser werden würde, doch er sollte sich täuschen.

Der Fahrstuhl stoppte, und die Tür ging auf. Eine Sondereinheit mit angelegten Gewehren erwartete ihn, bereit, ihn zu exekutieren.

Ian schrie auf, doch es kam kein Ton heraus. Jemand hielt ihn fest und flüsterte ihm eindringlich etwas ins Ohr.

Die Stimme, er kannte sie. Sie befahl ihm, etwas zu tun, das er nicht wollte, nicht tun konnte. Panisch suchte er nach einem Ausweg. Er musste die Herrschaft über seinen Körper zurückgewinnen!

Sein Gehör kehrte zurück, und die Sicht klärte sich. Schlaff auf der Seite liegend stierte er wie durch ein Brennglas auf eine Stelle im Schutt, während er seine Gefährten über Professor Sumos zerstörtes Luxusbad reden hörte. Er konnte den Blick nicht davon abwenden. Mühsam nur realisierte er, was er dort sah. Etwas Kleines, Goldenes, ganz und gar Ungewöhnliches. Etwas, das an einem Ort wie diesem absolut fehl am Platze schien …

6

VOLLE DRÖHNUNG

Je klarer Indy realisierte, dass sie erneut gescheitert war, desto wütender wurde sie auf sich selbst.

Wie nachlässig von ihr zu übersehen, dass die kleine Beule am Hals kein Pickel sein konnte. Sie war dem Käfig entkommen, aber niemals frei gewesen. Ihre Kerkermeister hatten sie nach dem mit Metall abgeschirmten Leichenkeller sofort wieder auf dem Radar gehabt. Verflixt. Und der Chip saß unerreichbar in ihrem Nacken.

Sacht stupste sie jemand in die Seite. Sofort aktivierte sie den Kampfmodus, von null auf Alarmstufe Rot. Da drang ein laut schnorchelndes Sauggeräusch an ihr feines Ohr.

Indy ließ den angehaltenen Atem zu einem Stoßseufzer entweichen. »Schneuzi! Was machst du denn hier?«

»Keine Ahnung«, war die Antwort. »Der Typ im weißen Kittel meinte, ich sei ein würdiger Sparringspartner für die Killerkatze. Dann hat er mich zu dir in den Käfig gesteckt. Weißt du, was das soll, Mama?«

Indy ignorierte die Anrede, ihr blieb eben nichts erspart. »Sag mal, tust du mir einen großen Gefallen, Schneuzi?«

»Klar, Mama, was denn?«, fragte der Kleine aufgeregt.

»Beiß mich in den Nacken.«

Der junge Kater wurde rot vor Verlegenheit. »Äähm – bin ich nicht noch viel zu jung dafür?«

»Quatsch nicht, ich will keinen Sex, du sollst mir nur den Chip rausholen, das wirst du doch wohl noch hinkriegen!«

»Aber ich habe noch nie jemanden in den Nacken gebissen«, wehrte Schneuzi ab. »Und dann gleich meine Mama. Igitt.«

»Sei ein braver Junge und tu, was ich dir sage.«

Indy leitete den widerstrebenden Welpen durch die Prozedur, bis er endlich den kleinen Transponder in die Streu auf dem Käfigboden spuckte.

»Sag mal, hast du auch so ein Ding?«, erkundigte sie sich beiläufig.

»Weiß nicht. Ich glaube nicht.«

Indy checkte ihn zur Sicherheit einmal durch. »Glück gehabt. Du bist clean.«

Da öffnete sich die große Menschenklappe in der gegenüberliegenden Wand, und der verhasste Weißkittel betrat den Raum. Er schien das Skalpell und den Biss ins Gemächt nicht gut verwunden zu haben, denn er wurde begleitet von einem als Schlachter ausgestatteten Kollegen mit Bleischürze und dicken Lederhandschuhen. In der Hand hielt er eine brutal aussehende Spritze.

»Ich fürchte, die Nadel ist schon etwas stumpf, aber das macht dir sicher nichts aus, oder?«, sagte er bösartig und steuerte direkt auf Indy zu. »Heute setzen wir dir die Injektion in den Darm statt intravenös, wenn du verstehst, was ich meine.« Ein gemeines Grinsen zog über sein feistes Gesicht. »Dadurch erhalten wir eine noch schnellere und intensivere Wirkung als beim letzten Mal. Dein kleiner Kumpel da wird das vermutlich nicht lange überleben.«

Während Indy vorne abgelenkt war, schlich sich der vierschrötige Gehilfe von hinten an den Käfig und öffnete leise die Klappe in der rückwärtigen Holzwand. Indy hörte das Klacken, fuhr blitzschnell herum und grub ihm mit aller Kraft ihre Krallen in den Arm. Der Mann lachte nur verächtlich und presste Indys Nacken mit seinen dicken Lederpranken so fest auf den Käfigboden, dass sie sich nicht mehr rühren konnte. Außer sich vor Wut versuchte sie, sich aus dem eisernen Griff herauszuwinden. Derweil ging die Käfigtür an der anderen Seite auf, und das sadistische Zweibein setzte den Inhalt der Spritze in einer ganz und gar unaussprechlichen Körperöffnung der Katzenagentin ab.

Das war zu viel für Schneuzi. Er sprang blindlings los, fuhr seine schon sehr beachtlichen Krallen aus und schlug, indem er wild mit den Vorderbeinen ausholte, in schneller Folge mehrfach auf die Hand mit der Spritze. Der Tierquäler fluchte laut, ließ das Ding fallen und rammte mit der unverletzten Hand die Käfigtür zu. Indy spürte, wie der Druck auf ihren Nacken kurz nachließ. Sie wand sich mit aller Kraft seitlich aus dem Haltegriff und jagte ihre messerscharfen Eckzähne knapp über dem dicken Lederhandschuh in den Unterarm ihres Peinigers. Das gewünschte Ergebnis ließ nicht auf sich warten. Hellrotes Blut pulste stoßweise aus der Bissstelle.

»Blödes Scheiß-Vieh!«, fluchte das Zweibein. »Das Miststück hat meine Schlagader erwischt. Ich muss sofort in die Notaufnahme.« Er drückte hektisch die Ader am Ellenbogen ab.

»Aber ich habe dem Versuchsobjekt noch nicht die komplette Dosis verabreicht«, zischte der Weißkittel, während er an seiner blutigen Hand saugte, die aussah, als hätte ein winziger Eisläufer darauf seine Pirouetten gedreht. Da war der Helfershelfer bereits hilferufend aus der Tür gestürzt. Verärgert richtete der Weißkittel seinen unheilverkündenden Blick auf die Katze und folgte fluchend seinem verblutenden Kollegen.

Indy kam nicht mehr dazu, ihrem kleinen Retter zu danken. Eine Welle abgrundtiefer Mordlust überrollte sie. War das die Wirkung der nur halb verabreichten Injektion? Welche Macht manipulierte derart ihre Einsatzkräfte?

Dann hörte auch der letzte Rest ihres Gehirns auf zu denken. Sie hatte nur noch ein Ziel: Sie musste etwas töten! Sie fokussierte ihr potenzielles Opfer mit Augen, die wie riesige Scheinwerfer zu leuchten schienen. Was für ein hässliches, struppiges graues Ding.

»Mama, geht's dir gut?«

Indy schien es, als hätte sie diese Beute einst gekannt. Sie duckte sich zum Angriff und brachte ihre Hinterpfoten tänzelnd in Angriffsposition.

Töten. Töten. Töten.

Nur das hatte noch Raum in ihrem Bewusstsein. Das chemisch gesteuerte Untier in ihr hatte jegliche Vernunft, jeden klaren Gedanken verdrängt. Sie wollte gerade zum Sprung ansetzen, da stoppte sie eine saftige Ohrfeige und brachte sie wieder zur Besinnung.

»Guck nicht so, Mama. Du machst mir Angst! Was ist denn los mit dir?«

Eine berechtigte Frage. War sie zum Hulk unter den Katzen geworden? Fast hätte sie ein wehrloses Katzenjunges aus ihrem eigenen Lager umgelegt. Um aus diesem zwanghaften Zustand freizukommen, musste sie mit ihrem gesamten verbliebenen Willen gegensteuern. Denn eins war klar: Sie musste, musste, *musste* etwas töten. Aber nicht ausgerechnet ihren einzigen Freund im Feindesland.

Das ließ ihr nur noch eine Option.

Mit maximaler Energie sprang sie in ihrem Gefängnis nach vorn und beschleunigte kraftvoll auf dem kurzen Stück bis zur hinteren Käfigwand. Sie würde sich selbst töten! Das schien ihr wirklich die beste Idee seit Langem zu sein. Mit voller Wucht prallte sie, Kopf voran, gegen das Holz und hörte beim Aufprall etwas splittern. Dann spürte sie Schmerz. Heftigen Schmerz an Kopf und Brust. Sie schmeckte Blut. Heißes Blut. Erstaunlicherweise stellte sie das sehr zufrieden. Und sie spürte … ihren Schwanz. Jemand zog kräftig daran. Ein Zeichen, dass ihr Genick noch nicht gebrochen war.

»Was machst du denn?« Schneuzi klang außer sich vor Sorge.

Indy hingegen war auf einmal wieder ganz ruhig. Fast heiter. Sie hatte gesiegt. Und sie besaß eine Verantwortung für diesen kleinen, tapferen Kerl, der da an ihrem Allerwertesten hing. Sie schüttelte probeweise den schmerzenden Kopf und öffnete die Augen.

Sie war nicht tot. Durch die Wucht des Aufpralls war sie mit Kopf und Schultern durch die spröde Holzwand gebrochen. Und sah sich nun nicht die Gänseblümchen von unten, sondern den Käfig von außen an.

Ganz vorsichtig schob sie Brust und Pfoten weiter nach draußen. Wo der Kopf durchging, passte schließlich auch ein Katzenkörper hinein. Noch etwas benommen plumpste sie schließlich aus dem engen Loch. Sie rappelte sich auf und registrierte, dass sie unverletzt war. Einzig ein ordentlicher Brummschädel, eine aufgebissene Zunge und ein merkwürdiges Zucken in den Vorderpfoten zeugten von ihrer Eskapade. Unterm Strich war sie gut weggekommen.

Sie steckte den Kopf zurück ins Käfiginnere und hob den verwirrten Schneuzi am Genick heraus. Als sie ihn am Boden absetzte, fing die kleine Memme an zu zittern. Während sie darauf wartete, dass er sich wieder beruhigte, unterzog sich die Agentin einem ausführlichen Selbsttest, indem sie sämtliche potenziell in Mitleidenschaft gezogenen Körperpartien mit ihrer hochsensiblen Sensorzunge prüfte. Ein Unkundiger hätte dies leicht als Verlegenheitsputzen auslegen können, aber genau das unterschied den Profi vom Laien. Indy konnte selbst die schwierigsten Tätigkeiten ganz einfach aussehen lassen.

»Hammer. Das glaubt mir doch keiner. Hast du das trainiert? Ist das Katzen-Harakiri? Du bist voll das Tier, Mama!«

Schneuzi war nicht zu bremsen, nachdem er ungesiebte Luft schnupperte. Er wusste zum Glück nicht, dass er nur eine Ohrfeige von seinem Tod entfernt gewesen war. Und die Gefahr schien noch nicht vollständig gebannt zu sein: Trotz ihrer momentanen Gelassenheit merkte Indy, dass das Serum in ihr weiter sein Unwesen trieb. Sie musste extrem aufpassen, dass sie nicht wieder die Kontrolle verlor.

Sie nahm sich fest vor, diesen wackeren kleinen Kerl mit ihrem Leben zu beschützen. Immerhin, der kleine Bursche hatte sich erstaunlich gut gehalten. Sie wunderte sich nur, warum ausgerechnet *er* ihr von den Zweibeinen als Opfer zugedacht worden war.

NAHTODERFAHRUNG

»Komm, hauen wir ab!« Indy brannte es unter den Krallen, diesen ungastlichen Ort zu verlassen, bevor der nächste Schlächter im Labor auftauchte. Sie hatte sich bereits zwei Intimfeinde unter den Zweibeinen gemacht. Es wurde Zeit, aus der Schusslinie zu kommen. Prüfend sah sie sich im Raum um und entdeckte ein Fenster ohne Griffschlösser. »Schau, unser Weg in die Freiheit.«

Indy packte Schneuzi am Genick, der prompt in Tragestarre verfiel, und sprang mit einem geschmeidigen Satz auf die Fensterbank. Sie hängte sich mit ganzer Kraft an den Hebel, drehte ihn sauber nach unten und zog schließlich den Fensterflügel auf.

Ein prüfender Blick nach draußen führte in luftige Höhen. Dieses Zimmer befand sich im dritten Stock. Ein schmaler Sims führte am Fenster entlang und endete an einer Regenrinne.

»Du zuerst«, flüsterte sie Schneuzi zu. »Immer geradeaus bis zur Rinne. Schau bloß nicht nach unten.«

»So weit kann ich sowieso nicht gucken«, entgegnete der kleine Kater verschnupft, der nun wieder an allen Gliedern zitterte. Tapfer kletterte er auf den schmalen Laufsteg und setzte vorsichtig eine Pfote vor die andere. Indy ging dicht hinter ihm und korrigierte ihn sacht, wenn er vom Weg abkam.

Als sie das Fallrohr schon fast erreicht hatten, wurde ihr auf einmal ganz eigenartig zumute. Ihre Sinne vernebelten sich, und sie fiel in eine Art Rausch. Ihr gesamter Körper

schien sich auf die zunehmend bedrohlich aussehende Gestalt
vor ihr auszurichten, die nicht mehr Schneuzi war, sondern
die Form einer übergroßen Ratte annahm und sie aus rot
glühenden Augen höhnisch ansah. »Ich führe dich in dein
Verderben«, zischte die Teufelsratte und schlug peitschend
mit dem Schwanz nach ihr.

Indy fauchte und duckte sich zum Sprung. Eiskalte Wut
durchströmte sie. Dann spannte sie die Muskeln an und flog
nach vorne, um diese Ausgeburt der Hölle dorthin zurückzu-
befördern, wo sie herkam. Sie sprang, um zu töten – bis sich
ihr Opfer zu ihr umwandte und das magische Wort sprach,
das einen tieferen Teil ihres Bewusstseins reaktivierte.

»Mama?«

Indy handelte im Bruchteil einer Sekunde, sie drehte sich
im Sprung zur Seite und stieß sich kräftig von der Hauswand
ab, ehe sie mit ihren messerscharfen Krallen auf dem armen
Schneuzi landen konnte.

Lautlos stürzte sie in die Tiefe – in dem befriedigenden
Bewusstsein, dass sie erneut die Kontrolle über ihren Geist
und Körper zurückerlangt hatte.

Sie fiel und fiel. Instinktiv folgten ihre Pfoten der Schwerkraft und machten sich bereit für das Abfedern auf der Erde,
doch ihr Verstand wusste um den zu erwartenden tödlichen
Aufprall. Drei Stockwerke waren zu hoch, selbst für eine
geübte KGB-Agentin. Eine gelassene Klarheit überkam sie.
Dankbar richtete sie noch einmal den Blick nach oben. Ihr
Ziehsohn kauerte unverletzt an der Simskante und miaute
kläglich in die Tiefe. Der clevere kleine Kerl würde überleben.

Abrupt einsetzender Schmerz beendete Indys Überlegungen, und sie war schlagartig weg.

Stille umfing sie. Schwerelosigkeit und eine Umgebung, in
der es kein Oben oder Unten gab. Ein farbloses Grau durch-
zog den Äther. Sie schwebte dahin und sah sich selbst von
oben. Zuerst noch unscharf, dann immer deutlicher. Eine
Buchsbaumhecke mit einer Delle darin. Ein geharktes Kies-

beet. Grüner Rasen, auf dem seitlich ausgestreckt ihr toter Körper lag. Und ein wild gewordener kleiner Kater, der auf ihrer Brust herumsprang.

Neugierig glitt sie nach unten, um sich seine ulkigen Bemühungen anzusehen. Da registrierte sie in der Ferne eine auf sie zueilende weiße Gestalt. Das muss ein Engel sein, dachte sie, als auf einmal die Perspektive wechselte und Indy direkt in Schneuzis weit aufgerissene Augen blickte. Der Kleine war vom vielen Rumgehopse ganz außer Atem. Undeutlich hörte sie ihn etwas keuchen, das wie »Komm zurück, Mama« klang.

»Kannst du endlich mal aufhören, auf mir rumzutrampeln, und dir den Schnodder abwischen?«, murmelte sie. »So kann man ja keinen klaren Gedanken fassen.« Ächzend wälzte sie sich auf den Bauch und versuchte, ihre Pfoten unter den Leib zu bringen. Dabei registrierte sie einen stechenden Schmerz in der linken Hinterpfote.

Der kleine Kater schnappte aufgeregt nach Luft. »Steh auf, Mama, es kommt. Ein Zweibein kommt, um uns zu holen!«

Indy wollte aufstehen, aber das unkontrollierbare Zucken in den Vorderbeinen setzte wieder ein. Sie schaffte es einfach nicht. »Lauf weg, Schneuzi, Mama kommt bald nach«, konnte sie noch flüstern, dann war der weiße Engel über ihr und breitete seine Flügel aus. Sanft wurde sie emporgehoben. Erleichtert schloss Indy ihre Augen.

Alles würde gut werden.

Langsam kämpfte sich die Maine Coon ins Bewusstsein zurück. Es wurde ihr mittlerweile schon fast zur Gewohnheit, ständig wegzutreten. Bedenklich. Aber irgendwie war es ihr auch egal. Sie erinnerte sich an die Lichtgestalt. War das ihr Schutzengel gewesen? Oder war sie nun selbst einer? Der Status schien ihrem wahnsinnig sanften und göttlichen Wesen jedenfalls angemessen.

Vorsichtig stellte sie ihre Ohren auf und schaltete den akustischen Radar ein. War das ein wohliges Schnurren?

Eindeutig eine Kätzchenstimme. Sie blinzelte. Und blickte in große, freundliche Augen.

»Du bist wach, Süße. Das ist gut. Ich musste dir ein Beruhigungsmittel geben, weil du vor lauter Stress Schnappatmung hattest. Allerdings schienst du bereits so vollgepumpt mit Medikamenten zu sein, dass ich mir nicht sicher war, ob das richtig ist.«

Indy verstand den Sinn der Worte zwar nicht genau, aber sie merkte, dass das weibliche Zweibein ihr wohlgesonnen war.

»Du Ärmste, was haben diese groben Typen nur mit dir gemacht? Ich habe dich gesehen, wie du an meinem Fenster vorbeigeflogen bist. Sicher stammst du aus dem Versuchslabor im dritten Stock, nicht wahr? Tapferes Mädchen. Du musst nur noch einmal kurz die Zähne zusammenbeißen. Ich desinfiziere jetzt deine Wunde an der Hinterpfote. Du hast dir da zwei Krallen rausgerissen. Das blutet ziemlich stark, aber zum Glück ist nichts gebrochen. Die Buchsbaumhecke hat bei deinem Sturz wohl das Schlimmste verhindert.«

Indy registrierte, dass das Zweibein genauso einen Kittel trug wie der grobe Kerl mit der Spritze, doch sie verstand, dass man ihr hier nicht schaden wollte. Sie hielt still, obwohl ihre verletzte Pfote plötzlich brannte wie die Hölle. Von rechts schob sich eine verschmierte Schnauze in ihr Sichtfeld. Schneuzi leckte sich die Reste einer Mahlzeit aus den Lefzen und schnurrte zufrieden. »Fleisch, frisches Wasser, und meine Mama wird wieder gesund. Super!«

Indy gab ihm einen Nasenstüber. »Bin ich dein Trampolin oder was? In Zukunft springst du nicht mehr aus Spaß auf mir rum, wenn ich schlafe. Sonst setzt es was.«

Schneuzi senkte beschämt die Augen. »Aber du hast nicht mehr geatmet. Ich musste etwas tun!«

»Aha, und da dachtest du, es schadet nicht, mir noch extra ein paar Rippen zu brechen.«

Der kleine Kater schmollte ob dieser Ungerechtigkeit.

»Na, komm her.« Indy zog den Welpen mit der Pfote zu sich und leckte ihm über das Fell. »Ich muss dich dringend einmal putzen. Du siehst aus wie ein Punk.«

Der struppige kleine Schneuzi kuschelte sich eng an sie und fing noch lauter an zu schnurren.

Unverwandt tief sah Indy dem weiblichen Weißkittel in die Augen. Konnte sie diesem Wesen wirklich trauen? Würde sie überhaupt je wieder einem Zweibein trauen können?

ENGEL IN WEIß

Indy befand sich in der Zentrale des KGB und erstattete dem Catzo di tutti Catzi Bericht. Lückenlos und brillant deckte sie Sumos Machenschaften auf und erhielt den Pfotenschlag zur Ritterkatze als Dank für ihre Verdienste um die Nation. Man wollte ihr gerade das Große Verdienstkreuz anheften, als der Boden anfing zu beben.

Vermaunzt. Der wichtigste Moment ihres glanzvollen Wirkens, durch ein Erdbeben komplett ruiniert. Sie beschloss, die Unterbrechung schlicht zu ignorieren. Doch wieder schwankte der Boden – diesmal mit Stärke sieben auf der nach oben offenen Richterskala, sie wurde ordentlich durchgeschüttelt.

Empört hob sie das demütig gesenkte Haupt und blickte in ein bekanntes Gesicht. »Schneuzi!«, zischte sie den kleinen Störenfried an. »Was fällt dir ein, mich in diesem wichtigen Moment zu stören?«

Der Kleine schrak zusammen. »Aber, aber …«, stotterte er.

»Still! Ich muss mich konzentrieren.« Sie drehte sich auf die andere Seite und versuchte, da weiterzumachen, wo sie

125

unterbrochen worden war. Schon erblickte sie die englische Königin, die soeben zur Dankesrede anhob …

»Mami, wach endlich auf!«

Unbezähmbare Mordlust überkam Indy. In einer fließenden Bewegung fuhr sie gleichzeitig alle Krallen aus.

Der kleine Kater war clever genug, umgehend das Weite zu suchen. »Das böse Zweibein im weißen Kittel kommt«, rief er hinter dem Rücken der Queen hervor. »Ich habe es im Fernsehen gesehen.«

Was faselte das Kätzchen da? Schlagartig war Indy wach. Katzengöttin Bastet, wie konnte sie nur derart weggetreten sein, dass sie vergaß, in welcher Gefahr sie sich befanden! Sofort war sie wieder Herrin der Lage.

»Zeig mal. Wo ist er?«

Stumm deutete Schneuzi auf einen kleinen Schwarz-Weiß-Monitor, auf dem zwei Männer mit wehendem Kittel und Schlachterschürze durch den Flur eilten. Die Maine Coon knurrte. Die Kamera konnte überall sein, also auch direkt vor ihrem Unterschlupf. Es galt, sofort zu handeln.

»Weg hier, wir machen uns unsichtbar. Die dürfen uns nicht finden.« Sie packte den Welpen am Genick und quetschte sich mit ihm in einen schmalen Spalt zwischen einem Kühlschrank und dem Sockel des angrenzenden Materialschrankes.

Der kleine Kater behielt zwischen ihren Beinen baumelnd den Überblick. »Mami, dein Schwanz guckt raus.«

»Klugscheißer«, zischte Indy. »Weiß ich selbst, ich bin doch nicht blöd.« Sie zog ihren prachtvoll buschigen Schweif zwischen die Hinterpfoten.

Da öffnete sich geräuschvoll die Labortür, und die beiden verhassten Männer platzten ins Zimmer.

»Wo ist das Mistvieh?« Der Weißkittel spuckte beim Herausbrüllen der Frage wie eine Speikobra.

Das rief umgehend den Engel aus dem Nebenzimmer auf den Plan. Beim Eintreten überprüfte sie den Raum, sah den leeren Labortisch und entspannte sich augenblicklich.

»Ich verstehe, was du sagst – aber nicht, was du meinst.«
Freundlich lächelte sie die Eindringlinge an. »Wie kann ich
helfen?« Während sie sprach, schob sie die Zwischentür noch
etwas weiter auf, damit sie den halb leeren Futternapf verdeckte.

»Das Biest ist hier! Ich weiß es genau«, polterte der Weißkittel und strich sich unbewusst über seine Bisswunde im
Schritt.

»Wen meinst du? Hier sind nur wir drei.« Sie sah ihn mit
großen Augen fragend an. Der andere Kerl mit dem dick
verbundenen Unterarm begann derweil, das Labor zu untersuchen.

»Du Schlange. Dir trau ich doch keinen Meter weit.« Drohend trat der Katzenquäler auf sie zu und baute sich vor ihr
auf.

»Mäßige deinen Tonfall. Ich weiß überhaupt nicht, wovon
du sprichst. Aber da du offensichtlich etwas suchst, schau
dich nur um. Es sieht ja wohl ein Blinder, dass du hier nichts
finden wirst.« Sie präsentierte mit einladender Geste ihr pe-
nibel aufgeräumtes Labor.

»Ja klar, weil du die Ausreißer im Nebenzimmer versteckst.
Rück die Katzen raus! Die gehören zu meinem wichtigsten
Experiment.«

»Oho! Sag bloß, dir sind Versuchstiere entlaufen? Gibt es
da nicht sehr strenge Regeln in eurem Bereich?«, entgegnete
sie gespielt besorgt und trat beflissen zur Seite. »Sieh dir gern
auch das andere Zimmer an. Ich werde derweil für dich den
Großalarm auslösen. Das Sicherheitssystem in eurem Labor muss unbedingt geprüft werden. Wenn Seuchengefahr
besteht, wird hier gleich alles isoliert! Schade nur um eure
Versuchsreihe, da müsst ihr ja leider noch mal von vorne beginnen.«

Vor Schreck wie erstarrt, stierte der Weißkittel an ihr vorbei. »Äh, nein, nein … lass nur. So wichtig ist es auch wieder
nicht. Das war ja ein Neuzugang. Noch gar nicht registriert

und seuchentechnisch völlig ungefährlich.« Dann herrschte er seinen Kumpan an: »Komm, wir gehen! Du siehst doch, dass hier nichts ist.«

Folgsam trampelte Nummer zwei zur Tür hinaus. Der erste Weißkittel folgte ihm, drehte sich aber noch einmal um. »Wir beide sind noch nicht fertig miteinander«, drohte er.

»Immer wieder gern«, parierte die Zweibein-Frau und schlug schwungvoll die Tür hinter den beiden zu. Erleichtert verfolgte sie am Überwachungsmonitor, wie sich die beiden Männer entfernten. »Puuh, das war knapp«, sagte sie und sah sich suchend um. »Die Luft ist rein. Ihr könnt wieder rauskommen.«

Indy zählte sicherheitshalber bis zehn. Dann erst legte sie den Rückwärtsgang ein. Ziemlich verstrubbelt erschien sie mit Schneuzi zwischen den Zähnen, der in der Zwischenzeit eingenickt war. Als sie ihn sanft auf dem Boden absetzte, schnurrte er leise vor sich hin.

Er hatte völlig recht gehabt. Sie war seine Mama und würde sich um ihn kümmern. Verlegen setzte Indy sich neben ihn und fing an, sich zu putzen.

»Was bist du nur für eine kluge Katze«, lobte ihre Retterin. »Möchtest du nicht auch etwas fressen?« Sie holte die Schüssel mit dem Futter hinter der Tür hervor. Das weckte Schneuzis Lebensgeister. Sofort trabte er darauf zu, derweil Indy Vorsicht walten ließ und verzichtete.

»Was machen wir jetzt mit euch?« Die Frau betrachtete sie mit nachdenklichem Blick. »Am besten, ihr bleibt erst mal hier, bis sich die Lage beruhigt hat. Mein Kollege wird mein Büro vermutlich keine Sekunde aus den Augen lassen. Und ich freue mich über ein wenig lebendige Gesellschaft. Aber tut mir bitte den Gefallen und bleibt in diesem Zimmer. Das andere ist nichts für euch – noch nicht.«

Beunruhigt sah Indy auf. Hier war eindeutig etwas faul. Auch Schneuzi wirkte auf einmal verunsichert.

»Riechst du das?«, flüsterte Indy zwischen zusammengebissenen Zähnen.

Schneuzi starrte sie mit ängstlich aufgerissenen Augen an und witterte diskret in Richtung der verbotenen Tür.

»Ich habe das schon mal gerochen. In dem Raum mit den vielen Schubladen.« Nachdenklich schaute sie auf ihre Vorderpfoten und fuhr die Waffen aus. »Es riecht nach Tod.«

DIE KUNST DER RUHE

Xplode setzte seinen Bruder-Rucksack ab und entnahm ihm eine Digitaluhr mit Sekundenanzeige, die rückwärtslief. Maxim sah ihm neugierig über die Schulter. »›00:04:00‹, was ist das denn? Ist es jetzt null Uhr vier?«

»Nee«, gab der Nager grienend zurück. »Das heißt, hier fliegt in vier Minuten alles in die Luft. Vorausgesetzt, dass ich meine Lebensversicherung nicht umgehend erneuere. Ist eine gute Übung für die Disziplin. Solltest du auch mal versuchen!«

Völlig tiefenentspannt drückte er den kleinen Reset-Knopf, und die Uhr fing bei »24:00:00« erneut mit dem Countdown an. Er packte die Bombe samt Zünder fröhlich pfeifend wieder ein und lief zu den anderen – während Maxim mit offenem Maul auf der Stelle verharrte. Ihn juckte es gewaltig in der Pfote, der irren Ratte ein paar zusätzliche unveränderliche Kennzeichen beizubringen.

Während die Truppe sich darum bemühte, einen Weg aus Sumos gesprengtem Abort und hinein in dessen Zentrale zu finden, kehrte das Leben in Ians Gliedmaßen zurück. Erst konnte er die Nase, dann den Kopf und schließlich die Pfoten bewegen. Sogleich robbte er zu der Stelle, auf die er seit geraumer Zeit gestarrt hatte.

War es das, was er vermutete? Mit der Kralle angelte er nach dem goldenen Ding unter dem Schutt. Tatsächlich, ein Chip, integriert in eine SIM-Karte. Sumo hatte bei der Explosion offenbar sein Handy verloren, dessen Einzelteile nun zerschmettert unter einem großen Betonbrocken lagen. Man konnte annehmen, dass er die Karte nicht gesperrt, sondern einfach eine andere besorgt hatte. Welch unverhoffter Schatz.

Sorgsam säuberte er die Karte vom Staub und steckte sie in ein mit Klettband gesichertes Seitenfach seines Notfallgeschirrs. Der Moment würde kommen, an dem er mit seinem Fund glänzen konnte.

Neugierig sah er sich in Sumos Ex-Bad um. Xplode hatte wahrlich ganze Arbeit geleistet: Hier lag kein Marmorbrocken mehr auf dem anderen.

Die Gefährten machten sich derweil mit vereinten Kräften an der verklemmten Eingangstür zu schaffen, die durch die Explosion verbogen in den Angeln hing.

»Ach du dicker Hund, hier muss es aber gerumst haben«, meinte Honeyball.

Xplode war geschmeichelt. »Bestes RDX, auch Semtex genannt. Riecht ein bisschen nach Weihnachten und ist sehr vielseitig. Wunderbar geschmeidiges und gut portionierbares Material für eine schöne Bescherung.« Verträumt schaute er in die Ferne.

»Klar, deshalb gibst du dem Zeug auch jeden Tag aufs Neue die Chance, dich mal richtig in die Luft zu jagen – mit allem, was sich gerade drum herum aufhält«, empörte sich Maxim.

»Das stimmt wohl«, sinnierte die Ratte. »Wir alle nehmen das Geschenk des Lebens viel zu selbstverständlich. Dabei sollten wir jede Minute auskosten, die uns bleibt. Nur so spürt man, dass man am Leben ist.« Leise ergänzte er: »Anders als einige der Besten von uns.«

Er schüttelte traurig den Kopf, riss sich dann aber zusammen und strich sich die Pfoten am Fell ab. »Zurück zu unserer Aufgabe: Lasst uns nachsehen, wie gut die Überwachung im Kontrollzentrum funktioniert. Sumo hat vor Kurzem einige neue Spielsachen einbauen lassen. Für einen versierten Sicherheitsexperten wie dich dürfte das ja kein Problem sein, oder?« Herausfordernd sah er Maxim an und grinste.

Der wiederhergestellte Ian hatte sich von hinten angepirscht und legte bei diesem Stichwort anerkennend seine

Pfote auf die Schulter des Norwegers. »Dann zeig mal, was du kannst«, feuerte er ihn an und erntete ein großes Hallo vom Rest der Truppe. »Durch den Job deines Zweibeins kennst du die Lücken der meisten Sicherheitssysteme. Geh und finde den besten Weg für uns. Ich halte dir den Rücken frei. Du hast nach der Nummer im Schacht eine Menge gut bei mir, mein Freund.«

Maxim nickte zustimmend und zwängte sich durch den schmalen Türspalt. Eingeschnappt merkte Honeyball an, dass seine Agentenausbildung selbstredend auch die Überwindung diverser Sicherheitssysteme umfasste.

»Klei.ner Hund, gro.ßes Ich«, kam nach langer Zeit mal wieder ein Kommentar von Dreipunkteins. Rein zufällig musste sich der Papillon just in diesem Moment mit der Hinterpfote am Hundehals kratzen. Was den Totenkopfanhänger wild rotieren ließ.

»Alphatiere«, mokierte sich Kilo Foxtrott, als auch Honeyball und Xplode durch den Türspalt verschwunden waren, flatterte auf und ließ sich auf Ians Schulter nieder. »Geht's wieder?«

Ian nickte, froh, dass keiner ein großes Trara um seinen Zusammenbruch machte.

»Wegen der Bewegungsmelder ist Vorausfliegen vermutlich gestrichen, oder?«

»Gut, dass du mitdenkst. Bleib vorerst besser am Boden. Ich nehme dich gern ein Stück mit«, meinte Ian und folgte den anderen in einen groß anmutenden Gang.

»Auweia, schaut mal, das scheint Sumos private Kunstgalerie zu sein«, lästerte Maxim.

»Großer Gucci, ich bin blind!« Honeyball hob gequält die Pfote vor Augen, als er die pompöse Zurschaustellung schlechten Geschmacks erblickte.

Tatsächlich schien keins der Bilder zum anderen zu passen. Es herrschte ein wildes Stilmix-Wirrwarr von Kunstwerken unterschiedlichster Machart. Dazu standen mit farbigen

Lichterketten umwickelte Bronzestatuen dicht an dicht überall verteilt. Sie blinkten.

»Ich glaub, mich laust der Affe«, murmelte Honeyball und lief auf die imposanten Statuen zweier schreitender Pferde zu. »Die sind von Josef Thorak. Vermutlich Vorstudien der großen Ausführungen, die erst vor dem Reichstag und dann auf dem Sportplatz in Brandenburg standen. Oder aber Sumo hat die Dinger vertauscht, und das hier sind die Originale.« Er klopfte fachkundig auf die Bronze. »Für den Diebstahl sind damals in Berlin ein paar Rentner verhaftet worden, die als Hehler verdächtigt wurden. Lächerlich. Sumos Bauernopfer, um den Verbleib der echten Pferde zu vertuschen, wenn ihr mich fragt …«

»Uuuaaaaaa, was ist das denn Scheußliches?« Maxim deutete auf ein umbrabraun-grünliches Porträt mit verzerrten Zügen. »Das sieht ja zum Fürchten aus!«

Honeyball war in seinem Element: »Das, du Banause, ist ein verschwunden geglaubter Picasso von unschätzbarem Wert. Der Titel lautet ›Tête d'Arlequin‹. Das Gemälde wurde 2012 zusammen mit sechs anderen Werken von Gauguin, Monet und Matisse aus der Rotterdamer Kunsthalle entwendet. Die Diebe wurden nie gefasst. Ich bin mir sicher, wenn wir uns hier noch etwas länger umsehen, könnten wir zur Wiederentdeckung mehrerer verschwundener Kunstwerke beitragen und damit eine Menge Leute aus der Kunstwelt sehr, sehr glücklich machen«, referierte er hochtrabend.

»Danke für die Belehrung, oller Besserwisser«, entgegnete Maxim schmollend, »für mich sieht das trotzdem scheußlich aus. Dieser Picasso hat doch wohl den Schuss nicht gehört, wenn er *so* 'nen lustigen Clown gemalt hat!«

Honeyball zuckte die Achseln und merkte sich vor, dem BND auch hierüber Bericht zu erstatten. Soweit er wusste, gab es ordentlich Finderlohn für die Wiederbeschaffung dieser Kunstwerke.

»Hier müsste es doch vor Alarmanlagen und Security

eigentlich nur so wimmeln«, meinte Kilo Foxtrott misstrauisch.

»Eher im Gegenteil«, konterte Maxim. »Ein Dieb, der sämtliche Systeme spur- und mühelos überwinden kann, wird ebendiesen nicht unbedingt vertrauen, wenn es um die Sicherung seiner Beute geht. Der entscheidende Punkt ist die absolute Geheimhaltung. Vermutlich kennt die genaue Lage dieses Privatmuseums niemand außer ihm selbst – und vielleicht noch Xplode«, fügte er hinzu, als er das selbstgefällige Grinsen der Ratte sah. »Trotzdem nichts anfassen, Jungs. Und achtet darauf, wo ihr hintretet. Wir sind in Sumos Allerheiligstem und sollten ihn nicht unterschätzen.«

Die anderen erstarrten bei diesen Worten und musterten das grell geblümte, poppige Teppichmuster, über das sie bisher vollkommen arglos geschlendert waren. Xplode, der ihre Gedanken erriet, wiegelte ab: »Keine Sorge, wenn hier Sprengfallen wären, wüsste ich das. Denn ich selbst hätte sie gelegt. Ruhig Blut … Hier, seht ihr: keine Gefahr.« Übermütig rannte er auf dem scheußlich bunten Pop-Art-Teppich hin und her.

Da hörte man ein leises »Klick«, und mehrere vorher unsichtbare Nischen öffneten sich in den Wänden.

Xplode hielt inne. »Ooops.«

»Genau deshalb wollte ich vorgehen und den Weg sichern«, fauchte Maxim und hob die Pfote. »Absolute Ruhe!«, verlangte er. »Ich muss mich konzentrieren.«

Keiner wagte sich zu rühren, während er die Vorrichtung analysierte.

»Das sind Laser, die auf Körperwärme reagieren. Xplode muss sie mit seinem kleinen Freudentanz aktiviert haben.« Vorsichtig tastete er sich zwei Schritte vor. »Wie ich befürchtet habe, eine Stingray mit LCMS – sprich: ein lasergestütztes Sicherungssystem. Absolut treffsicher und tödlich. Es springt erst an, wenn eine bestimmte Körpertemperatur überschritten wird. Sehr clever von Sumo. Wer cool hier langgeht, hat nichts zu befürchten. Aber mit übler Absicht aus Nervosität einmal zu sehr aufgeregt, und das System macht Chappi aus dir.«

»Danke, Maxim, dass du uns so schonungsvoll aufgeklärt hast«, zwitscherte Kilo Foxtrott. »Ich glaube, ich kriege gleich einen Herzkasper! Was machen wir jetzt?«

Nun schlug die Stunde von Dreipunkteins, der sich bis dahin im Hintergrund gehalten hatte. Er schlängelte sich aus dem Totenkopfanhänger und baute sich gebieterisch vor ihnen auf.

»IM KREIS! HIN.LE.GEN! AU.GEN ZU!« Seine Stimme hatte solch eine hypnotische Kraft, dass alle seiner Aufforderung widerspruchslos Folge leisteten. »Wenn ich sag Baum, erst ihr seht Baum, dann ihr seid Baum – ist ur.al.tes Wurm. ri.tu.al bis Trance! Am En.de wir sum.men Erd.lied. *Al.le!*«

Nach dieser erschöpfenden Ansprache gab es keine Diskussion mehr. Gehorsam konzentrierten sie sich auf die wurmischen Anweisungen und begannen mit der Meditation.

Am Ende war jeder von ihnen ein Baum, Erde, ein Stein und noch ein paar merkwürdigere andere Dinge gewesen. Was eine überraschend beruhigende Wirkung auf sie hatte. Ihr Puls ging während des gemeinsamen Summens sogar bis unter Normallevel. Ian konnte sich nicht erinnern, je einen so friedvollen und reinen Moment erlebt zu haben. Fast widerstrebte es ihm, wieder aufzubrechen. Als der letzte Ton verklungen war, merkte er sich vor, Dreipunkteins trotz seiner einfachen Ausdrucksweise nie wieder zu unterschätzen. Dieser Wurm hatte mehr Tiefe als sie alle zusammen.

Ohne großes Aufhebens schlüpfte Dreipunkteins zurück in Honeyballs Halsbandanhänger und brummte: »Wei.ter. ge.hen. Ru.hig jetzt!«

Ian blickte prüfend die Wände entlang. Tatsächlich hatten sich die Nischen mit den tödlichen Waffen während ihres Rituals lautlos wieder geschlossen.

So durchschritt die kleine Gruppe die lange Galerie mit der

135

Beutekunst heiter und erfrischt wie bei einem Waldspazier-
gang. Als sie an ihrem Ende einen sechseckigen Vorraum mit
ebenso vielen Türen erreichten, meinte Maxim: »Herrlich,
das müssen wir bald wieder machen! Was meint ihr, war das
hässliche Zeug wirklich komplett geklaut?«

»Nein, nein«, antwortete Xplode trocken, »das sind alles
bloß freundliche Leihgaben an einen lieben Kunstsammler.«

SPIEGLEIN, SPIEGLEIN AN DER WAND

»Folgt mir, aber seid mucksmäuschenstill! Wenn mich nicht
alles täuscht, kommen wir hier durch Sumos Ankleidezimmer direkt in seine geheime Kommandozentrale«, flüsterte
Xplode.

Sie passierten einen begehbaren Wandschrank, der vom
Ausstatter von Elvis Presley, Michael Jackson und Lady Gaga
bestückt worden sein musste. Honeyball blieb bewundernd
stehen und saugte sich mit Blicken an den abgefahrenen glit-
zernden Roben fest. Hätte er doch nur seinen Skizzenblock
dabei! Damit hätte er mal wieder die Nase vorn. Denn nur er
allein, Honeyball, besaß den Riecher für die neuesten Trends.
Wenn das seine dämliche Erzfeindin, die hochnäsige Perse-
rin Foupette, sehen könnte! Dann würde sie sich vor Ärger
die Augen auskratzen. Die weiße Hexe glaubte, sie hätte den
Auftrag, die Welt zu ihrer persönlichen Fangemeinde zu be-
kehren. Sie hatte ihren Dosenöffner sogar dazu gebracht, sich
sein Haar exakt so wie ihr Fell zu färben.

Überhaupt nicht sein Stil. Er war mehr subversiv, ließ sich
nie in die Karten gucken und arbeitete im Verborgenen. Im
Geiste machte er sich Notizen für seine nächste Kollektion.
Als Erinnerungshilfe nahm er ein Paar langschaftige rosa
Nappaleder-Handschuhe mit Lasercuttings sowie einen

hauchzarten kanariengelben Chiffonschal mit. Triumphierend schloss er zu Maxim auf, der ihn spöttisch ansah. Egal. Weiter.

Staunend hielt die Truppe am Eingang eines herrschaftlichen Zimmers mit meisterhaft gewirkten, filigranen Intarsien im Holzfußboden. Die komplett mit Spiegeln verkleideten Wände schienen den Rauminhalt ins Unendliche auszudehnen. Bestimmt zehn Kronleuchter aus Muranoglas tauchten den großen Saal in funkelndes Licht. In allen vier Ecken verbreiteten riesige Blumenarrangements aus Hunderten von rosa Rosen und Lilien ihren schweren Duft.

Einziges Möbelstück war ein goldenes Klavier mit durchgehend schwarzen Tasten und einem ausgestopften Pandabär als Sitzbank. Darauf lag die Krönung des schlechten Geschmacks: eine gehäkelte Schondecke aus neonfarbigen Kreisen, die das Klavier fast erwürgte.

Gegen diese edle Halle wirkte der Empfangs-Spiegelsaal des dänischen Königspaares wie eine ärmliche, aber stilvolle Hundehütte.

»Wartet!«, fauchte Maxim, als die anderen neugierig weitergehen wollten. »Hier gibt es definitiv weitere Sicherungssysteme. Da vorne, ein Alarm-Breitband-Netzwerk, gesteuert übers Internet. Wenn das anspringt, könnt ihr gar nicht schnell genug rennen – weil euch die Bodentruppen sofort erwischen. Und seht ihr dort den leichten Rotschimmer an der Decke? Das sind Infrarot-Bewegungsmelder mit Videoüberwachung. Nichts Besonderes, aber effektiv. Ihr bleibt, wo ihr seid. Keiner bewegt sich! Ich hole mal eben unsere Durchgangskarte.«

Damit verschwand er wieder im Ankleidezimmer. Kurz darauf kam er mit einem Ganzkörperspiegel auf Rollen wieder. Als er die fragenden Mienen seiner Freunde sah, erklärte er: »Spiegel bestehen aus beschichtetem Glas und reflektieren sicht- und unsichtbares Licht, also auch Infrarotstrahlung. Glas ist zudem ein schlechter Wärmeleiter. Wenn wir dahinterbleiben und uns im richtigen Winkel sehr, sehr langsam an der Wand entlangbewegen, sind wir unsichtbar für das System.«

Ian hatte in der Zwischenzeit noch etwas entdeckt. »Da hängen rosa Spitzentanzschuhe. Und schaut euch mal den Edelstahl-Handlauf auf der rechten Seite an. Wisst ihr, wozu der dient?«

»Als Sitzstange eines eitlen Riesenvogels?«, schlug Kilo Foxtrott vor.

»Quatsch.« Ian lachte. »Sumo ist ein Mann der schönen Künste, der macht Ballett und trainiert wie ein Profi. Das dahinten ist das Klavier für seinen Pianisten.«

»Ballett? Du meinst, der Mega-Moppel macht Tanzübungen in Tutu und Strumpfhosen?«, fragte der Spatz entgeistert.

»Nicht nur das! Ich vermute, der Kerl ist beileibe nicht fett, sondern topfit. ›Sumo‹ – so lautet der Name der japanischen Profiringer. Dieser Maulwurf hat stählerne Muskeln unter seiner Speckschicht, da wette ich drauf. Er will, dass seine Gegner ihn unterschätzen. Aber jetzt zum Wesentlichen: Die Stange ist auf ganzer Länge sauber poliert. Wenn man genau hinschaut und -riecht, erkennt man dahinten rechts ein paar Schokoladen-Pfotenabdrücke. Und nur da. Das heißt, dass jemand mit einer Vorliebe für Süßigkeiten den Griff benutzte, nachdem das Putzteam Feierabend hatte. Wer, wenn nicht Sumo? Meines Erachtens sollten wir den Eingang zu seinem Kommandoraum genau da, auf der rechten Seite suchen.«

»Na gut, Sherlock«, meinte Maxim und schob den rollenden Spiegel vor sich wie ein Schild. »Dann schwing deinen Astralkörper plus die Kollegen mal hinter mich, und wir kuscheln uns dorthin. Aber dass mir keiner aus der Reihe tanzt!«

Xplode kicherte unterdrückt. »Polonaise ins Feindesland, wenn ich das meinem Bruder erzähle. Das glaubt der mir nie!«

Wie erhofft kamen sie ohne Komplikationen zur benann-
ten Stelle, ihre Vorgehensweise löste keinen Alarm aus. Dort
angekommen, untersuchte der IT- und Sicherheitsexperte
Maxim die Stange: »Ein integrierter Fingerabdruck-Scanner!
Jetzt sind wir am Arsch!«

»Aber wieso denn?« Honeyball blieb betont cool. »Wie
es der Zufall will, habe ich hier einen Glattleder-Handschuh
mit Sumos allerfeinsten Abdrücken auf der Innenseite. Lass
mich doch mal kurz vorbei.«

Umständlich nestelte er den unter seinem Wunder-Hals-
band eingeklemmten Nappahandschuh hervor und zog ihn
auf links. Nach einigem Herumgefummel machte es leise
»klick«, und ein Teil der Spiegelwand schwang lautlos nach
innen auf.

»Entrez, Messieurs!« Der Papillon verbeugte sich elegant
und war wieder ganz weit vorne. »Mal sehen, was der König
der Unterwelt uns zu bieten hat …«

IM MACHTZENTRUM

Zum ersten Mal in seinem Leben war Ian sprachlos. Er stand
am Eingang einer gigantischen Arena. Deren dicht an dicht
mit Hochleistungs-LEDs vollgepflasterte, halbkugelförmige
Decke zeigte das All in nie gekannter Pracht. Im Zeitraffer
zog der Sternenhimmel über ihn und seine Freunde hinweg –
wolkenlos wie im Planetarium. In der Mitte des kreisförmi-
gen Bodens aus Mattglas wartete statt einer Bildkanone ein
gelenkiger Kommandosessel auf seinen Einsatz. Gepampert
von einem großen runden Hochflorteppich zu seinen Füßen.

»Da haben die Programmierer aber ganze Arbeit geleistet,
was?« Maxim staunte. »Geiler Bildschirmschoner. Völlig ru-
ckelfrei. Die Bildqualität erschlägt einen ja fast.«

139

Krampfhaft blickte Ian auf den Horizont zwischen Kuppel und Boden, damit ihm bei der Himmelssause nicht allzu schwummrig wurde. Der Sockel der Kommandozentrale war von einer dunklen Linie gesäumt: Unzählige Dolby-Surround-Lautsprecher waren ringsherum eingelassen. Nur vom Feinsten und hoch innovativ. Am Boden darunter leuchtete es aus einem meterbreiten Klarglas-Streifen. Der rosa Schein machte den Kater neugierig. Vorsichtig schlich er hin und blickte auf … Cherrytomaten.

Der Maulwurf lebte entweder sehr gesund, oder Ian hatte Tomaten auf den Augen. Er wagte sich einen weiteren Schritt vor und schnappte nach Luft.

Hinter der Scheibe ging es hinab in bodenlose Tiefen. In unzähligen Etagen wuchs Gemüse. Sumo hatte die hängenden Gärten von Babylon auferstehen lassen. Er kultivierte hier Obst und Gemüse auf einer vertikalen Farm mit LED-Beleuchtung, automatischer Düngung und Bewässerung. Aber in welchen Dimensionen!

Für die weltweit stetig wachsende Stadtbevölkerung machte das natürlich Sinn. Damit vergrößerte Sumo seinen Machtanspruch. Wer die Nahrung kontrollierte, konnte den Hungrigen befehlen. Hier zeigte sich ganz deutlich der Wille zur Weltherrschaft. Die hermetisch abgeriegelten Felder unter der Stadt waren wetterunabhängig, Sumo sparte dadurch die Chemiekeulen gegen Ungeziefer, verkürzte die Transportwege zu den Verbrauchern und schuf neue Arbeitsplätze für seine Ratten. Später könnte er sogar Zweibeine für die schweren Tätigkeiten einsetzen, die nur noch von ein paar getreuen Nagern kontrolliert werden müssten.

Ausnahmsweise sogar ein legales Geschäftsmodell für den Maulwurf. Hohe Profite waren ihm auch bei wohlhabenden Konsumenten garantiert. Durch feinste Bioqualität für die, die es sich leisten konnten: Tomaten, Salat, Zucchini, Kartoffeln, Kräuter – was auch immer. Ganz unten bewegten sich geschmeidig schlanke Schatten vor einem blauen Hintergrund. Waren das etwa Fische? Sogar die Kombination mit Nutztierhaltung schien möglich. Ein perfekter Kreislauf. Der König der Unterwelt plante weit voraus.

Den Kater schwindelte von der Aussicht. Seit er denken konnte, litt er unter Höhenangst. Selbst auf dem heimischen Kratzbaum schaffte er es nur bis zur zweiten Etage, dann war Schluss. Mit zitternden Beinen pirschte er zurück auf den sicheren Mattglasboden. Dummerweise trat er dabei auf eine unscheinbare Sensorplatte mit eingraviertem Auge. Als der Fühler auf die Pfote reagierte, erscholl ein Glockenton wie im tibetanischen Kloster: »Klonnngg.« Die elektrische Spannung änderte sich, und der komplette Boden wechselte in lupenreine Klarglas-Optik.

Erschrocken keuchte Ian auf. Auch die anderen kamen ins Schleudern, versuchten, sich irgendwo festzuhalten und neu zu verorten. Sie schwebten im Nichts. Mitten in einer gigantischen Kugel, die mehrere Etagen in die Tiefe reichte. Dabei waren die Gemüsegärten nur die Randbebauung. Im Zentrum befand sich ein geschäftiger Campus mit hochmodernen, vollverglasten Laboren und weißen Ratten. Geduckt liefen sie kreuz und quer durch labyrinthische Röhren aus Plexiglas. Fast wie bei einem riesigen Experiment. Hier also lebten und forschten Professor Sumos wissenschaftliche Mitarbeiter. Niemand sah nach oben. Noch nicht.

»In Deckung!«, schrie Ian, als der Boden trotz seines hektischen Hauens auf das Sensorauge nicht wieder zu Milchglas wechselte.

Hastig rutschten und schlitterten die Freunde zum einzigen vertrauenerweckenden Punkt: dem flauschigen Teppich.

Einzig Xplode ließ sich alle Zeit der Welt. Vielleicht würde er ihnen später, in einer ruhigen Minute, berichten, dass der Boden von unten verspiegelt war. Kichernd glitt er wie auf Schlittschuhen über das Glas und drehte eine Pirouette. Der Dreifach-Axel! Gefolgt von einem doppelten Rittberger mit perfekter Landung. Er stand da wie eine Eins. Nach vollendetem Paarlauf mit seinem Bruder schloss er eine elegante Verneigung mit Kratzfuß an. Sicher eine glatte Zehn …

Nein! Außerhalb der Wertung, denn leider völlig ohne Publikum. Vor lauter Panik hatte niemand nach hinten gesehen. Keiner hatte bemerkt, was die Ratte da trieb. Echt schade.

Am Teppich ballte sich derweil das Leben. Honeyball stürmte gleichzeitig mit Maxim heran. Der Papillon machte einen Satz, um sich als Erster auf den soliden Grund zu stürzen. Im letzten Moment packte ihn der IT-Experte am Halsband und zerrte ihn zurück.

»Halt!« Er ließ den Hund zappeln. »Ein magischer Teppich«, raunte Maxim ehrfürchtig und betrachtete den Bodendecker auf dem Boden liegend aus der Froschperspektive. »Das Ding passt auf wie ein Schießhund.«

»Scheißt der Hund drauf«, knurrte Honeyball. Er hasste es, unsanft angepackt zu werden. Mit gerunzelter Stirn starrte er auf den unschuldig aussehenden Teppich. Wie hatte ihm das entgehen können?

Schulmeisterlich zeigte Maxim mit der Pfote darauf: »Was ihr hier seht, sind keine einfachen Fransen. Das sind hochempfindliche Sensoren. Sie reagieren auf Zeitpunkt, Frequenz und Stärke der Berührung. Wurde ursprünglich zwecks Vitalüberwachung allein lebender Zweibein-Oldies entwickelt. Taugt aber besonders zur Einbruchserkennung. Ganz sicher hat Sumo hier seine üblichen Tagesroutinen, Laufwege und sein Gewicht gespeichert. Alles, was auch nur im Entferntesten davon abweicht, löst Großalarm oder Schlimmeres aus.«

Schlimmeres, was könnte das noch sein?, fragte sich Ian. Dem Verbrecher war alles zuzutrauen. Bis auf Sessel und Teppich war der Raum unmöbliert. Er stellte die empfindlichen Augen auf die Himmelsbewegung ein und blickte nach oben. Konzentriert suchte er die Kuppel ab. Bald wurde ihm wieder mulmig. Doch er entdeckte es.

»Seht ihr die versteckten Düsen genau über uns? Ich wette,

das sind keine Nebelwerfer für die nächste Discoparty. Bei Eindringlings-Alarm tritt da Gas aus.« Ian schüttelte entgeistert den Kopf ob dieser Hinterlist. »Maxim, du musst den Teppich hacken! An dem kommen wir nicht vorbei, wenn wir an Sumos Daten wollen. Sieht jemand etwas Ungewöhnliches? Einen Anschluss, eine Buchse oder so was?«

Aufmerksam musterte das iCats-Team den Teppich.

Kilo Foxtrott stand mit verschränkten Flügeln abseits und schmollte. »Hat mich eigentlich auch noch jemand auf dem Schirm?«, fragte er beleidigt. Er breitete die Schwingen aus. »Schaut her, ist das ungewöhnlich genug? Was fällt euch dazu ein?«

Maxim blinzelte gehässig. »So einiges – angefangen bei lästigen Federn zwischen den Zähnen.« Demonstrativ pulte er mit der Kralle am Eckzahn. »Aber Spaß beiseite. Wir wissen nicht, wie hoch die Sensorreichweite ist. Vielleicht bezieht sie sich auch auf den Luftraum.«

Der Spatz war sauer. Er hielt nicht viel von langem Federlesen. Ungeduldig schwirrte er ab. »Testen wir's doch einfach mal aus.«

In einer Steilkurve schraubte er sich auf die Kommandoeinheit zu und checkte den Landeplatz. Der Sessel verfügte über Sensoren und mechanische Elemente für Körper-Feedback. Rechts war ein gläsernes Display in die Armlehne integriert. Überflüssigerweise leuchtete darauf der Hinweis: »Lebensgefahr! Nur für autorisiertes Ratten-Personal.« Das Kopfende beherrschte eine futuristische Datenbrille für die Spracheingabe. An die Nackenstütze waren runde Lauscher angesetzt, die an Micky-Maus-Ohren erinnerten.

Das Team hielt den Atem an. Kilo Foxtrott landete sanft wie eine Daune auf dem Steuerpanel. Und es passierte … nichts.

»Puuuhh.« Maxim fiel ein Stein vom Herzen. »Flieg nachher bloß nicht tiefer. Die Luftschwingungen könnten ebenfalls den Teppichsensor auslösen.«

143

»Roger, Whitey – was soll ich tun?«, zwitscherte Kilo Foxtrott, vergnügt über seinen Erfolg.

»Versuch mal, das Ding zu starten.«

Nach einigem Suchen fand der Spatz eine versenkte Kugel mit Fingerprintsensor als Maus-Ersatz. Wieder tat der Handschuh, den Honeyball im Ankleidezimmer hatte mitgehen lassen, gute Dienste. Das System erwachte aus dem Schlaf. Die Sternenkuppel begann wie ein frühmorgendlicher Sonnenaufgang zu leuchten. Vogelgezwitscher ertönte.

»Sshhhh. Sei leise«, zischte Maxim Kilo Foxtrott zu.

»Selber! Das bin ich nicht. Das ist das Startfenster des Programms«, pfiff der Spatz zurück.

Jetzt leuchtete der Himmel strahlend blau über einer grünen Frühlingswiese. Ein umwerfend hübsches Maulwurffräulein kam von ferne herangesprungen. So unglaublich realistisch animiert, dass man das Gefühl hatte, sie anfassen zu können. Kokett beugte sie sich vor, plinkerte mit den langen Wimpern und sagte mit melodisch klingender Stimme: »Willkommen, Professor.«

Sie sahen sich erschrocken um. Es hörte sich an, als würde das Maulwurffräulein hier zwischen ihnen stehen.

»Miow, Klangfeldsynthese«, bemerkte Maxim neidisch. »Das System kann Geräusche mitten im Raum erzeugen. Dieser Unter-Erdling ist so was von auf dem neuesten Stand! Das braucht mehr als zweihundert Lautsprecher für den feinsten Sound, den man sich vorstellen kann. Wahnsinnig teuer. Um nicht zu sagen unbezahlbar.«

Ian nickte. Die Boxen am Rand der Kuppel. Jetzt war ihm alles klar.

Die sanfte Stimme unterbrach Maxims Schwärmerei.

»Meister … Es ist mir eine unendliche Freude, Euch erneut dienen zu dürfen. Was ist Euer Begehr?«

»Pfffft.« Xplode verschluckte sich fast vor Lachen und sagte: »Zuerst ändern wir mal den Begrüßungstext! Wie heißt du, Süße?«

»Jeanny«, hauchte die digitale Assistentin.

»Okay, Jeanny, dann sagst du in Zukunft bitte als Erstes: ›Was willst du schon wieder hier, du hohle Nuss? Egal, was du willst – geh weg, ich habe Kopfschmerzen!‹ Und ändere Klang und Tonalität bei der gesamten Interaktion auf weibliche Kratzbürste, alt, zickig und verbittert.«

»Hör auf mit dem Blödsinn, Xplode.« Maxim hatte die Faxen der Ratte langsam satt. »Wir sind hier, um Indy zu retten. Du gefährdest noch unsere Mission.« Er schaute zum Maulwurfmädchen, das irgendwie verhärmter wirkte. »Jeanny, nenn uns den Aufenthaltsort der Maine-Coon-Katze Indy!«

»*Wie* heißt das Zauberwort?« Jeanny keifte los wie ein altes Waschweib. »Da warte ich stundenlang, dass du nach Hause kommst, und dann fällt dir nichts Besseres ein, als nach irgendeiner hergelaufenen Katze zu fragen? Kenne ich das Weib? Ist das dein neues Liebchen oder was?«

»Computer – Ton aus!« Maxim schnappte sich die gackernde Ratte und schüttelte sie samt Rucksack ordentlich durch. Wütend herrschte er Xplode an: »Da siehst du, was du angerichtet hast! Wie kommen wir jetzt an die Information?«

HIGH-END-VERSCHWÖRUNG

»Lass *mich* mal.« Honeyball versuchte, sich das Lachen zu verbeißen. »Jeanny, Schätzchen, lässt sich der Befehl widerrufen?«

Totale Stille.

»Äh – Ton an!«

»Ich denke ja nicht daran, mich ständig rumschubsen zu lassen! Wäre ich zwanzig Jahre jünger, würdest du mich nicht so behandeln!«

Der Schoßhund seufzte. »Aber Süße, für mich bist du das

schönste Programm der Welt! Dein Soundsystem, deine Rechenleistung, deine phantastischen Displays. Da kann keine andere mithalten.«

»Wirklich?« Die Stimme hatte fast wieder den geschmeidigen Klang von vorher. »Man merkt, du bist ein Mann von Welt, Sumo. Was möchtest du denn wissen?«

»Ich suche eine sehr ungehorsame Katze, die wegen ihres Fehlverhaltens bestraft werden soll. Niemand weiß, wo sie sich rumtreibt. Du bist dank deiner überragenden Fähigkeiten die Einzige, die sie aufspüren könnte … wenn du dir das zutraust.«

Jeanny schnaubte verächtlich. »Meine Suchmaschine hat sie längst gefunden. Das ist ganz leicht für mich. Aber das Dossier ist gelöscht, Sumo.«

»Was meinst du damit? Du musst entschuldigen – mein Gehirn arbeitet derzeit nicht ganz so präzise wie deine brillante Programmierung. Schau doch bitte noch mal nach. Wohin habe ich die Mieze noch gleich geschickt?«

»Hier gibt es nur einen leeren Ordner. Mit dem Namen ›Tierversuchsanstalt‹.«

Honeyball schluckte. »Wo genau?«

»Darüber habe ich keine Informationen mehr. Der Ordner ist leer.« Ihre Stimme kippte wieder ins Aggressive. »Adresssatz und Dateien sind sogar im Papierkorb gelöscht worden. VON DIR!«

Keiner brachte mehr einen Ton heraus. Die Gewissheit lähmte sie. Das »graue Verderben«, aus dem kein Tier je wiederkehrte, wenn die Zweibein-Häscher es ohne Dosenöffner-Kennzeichnung antrafen, war ihnen nur zu gut bekannt. Mütter ermahnten ihre unartigen Kindern damit zu Sorgfalt und anständigem Benehmen.

Endlich fand Ian seine Sprache wieder. »Sie lebt. Ich spüre es. Indy ist zäh! Meine Schwester lässt sich nicht kleinkriegen. Wir finden raus, wo die Anstalt ist, und holen sie uns wieder. Jetzt gleich!«

Maxim nickte eifrig und sprang auf. Verstohlen wischte er sich eine Träne aus dem Augenwinkel. Er liebte Indy heiß und innig, auch wenn er das nie zugeben würde.

Honeyball bremste die allgemeine Aufbruchsstimmung: »Wartet mal! Wir dürfen die Interessen der Nation nicht vergessen. Indy war doch etwas Wichtigem auf der Spur. Was genau bedeutet das Fragezeichen im Code? Das haben wir noch nicht gelöst. Gebt mir drei Minuten. Ich finde heraus, was es ist. Bestimmt hat es was mit ihrem Aufenthaltsort zu tun.«

Bevor jemand reagieren konnte, sprang er vor der Teppichkante in die Luft und stellte seine beiden großen Ohren waagerecht zur Seite auf.

»Krass, Dumbo ist zurück!«, kicherte Xplode begeistert. Nun war ihm klar, woher die Papillons – zu Deutsch Schmetterlinge – ihren Namen hatten.

In hohem Bogen segelte Honeyball auf den Kommandosessel und setzte sich die Datenbrille auf. Der Sessel streckte sich automatisch in Liegeposition. Die virtuelle Assistentin verschwand von der Projektionsfläche. Das Bild zoomte aus der grünen Wiese heraus auf die Weltkugel und zurück auf Deutschland.

Der BND-Agent konzentrierte sich. Die geografische Darstellung von Sumos bundesweiten Aktivitäten der letzten sechs Monate füllte das Bild. An verschiedenen Stellen wuchsen große Leuchttürme aus dem Boden. Einige ließen stumm ihr Licht über die Umgebung kreisen. Dazwischen gab es weitere Gebilde, die zum Teil inaktiv und ohne Bezeichnung waren. Honeyball fokussierte auf die großen Objekte und las laut vor, was ihm die Datenbrille dazu an Informationen aufzeigte.

»Berlin: Flughafen BER, BND-Zentrale, Staatsbibliothek, Kanzleramt, Außenministerium, Bundesrat, Bauministerium. Hamburg: Elbphilharmonie. Köln: U-Bahn, Dom, Stadtarchiv. Stuttgart: Bahnhof. Spliens: Bundesforschungsinstitut für Tiergesundheit, Seuchenlabor …«

Er stockte, denn der folgende Eintrag war durch Verpixeln unkenntlich gemacht worden.

Ian hatte genug gehört, er rief: »Stopp! Das ist es. Das ist die logische Ergänzung unseres Codes: Berlin, Hamburg, Köln, Stuttgart – und Spliens. Die Tierversuchsanstalt ist die fünfte große Baustelle, das Fragezeichen nach dem zweiten S. Honey, geh mal auf das Teil und aktiviere es.«

Honeyball war schon dabei. Er las das nur für ihn sichtbare Menü, während gleichzeitig ein Image-Werbevideo des Versuchslabors an der Kuppel eingeblendet wurde.

Auf der Ostseeinsel Spliens gab es eine Tierversuchsanstalt mit Hochsicherheitstrakt zur Erforschung von Tierseuchen und Viren. Ein neues Alcatraz für Versuchstiere. Die Baukosten lagen wie bei den anderen Bauskandalen weit über dem Zehnfachen der zuerst veranschlagten Summe. Schlappe zweihundertsechzig Millionen Euro waren dafür verbraten worden. Mit über achtzig Laboren und der Ausrüstung für die höchste mikrobiologische Sicherheitsstufe L4 war es das modernste Hochsicherheits-Versuchslabor weltweit.

»Scheiße«, knurrte Maxim, »wenn Indy auf der Seuchen-Insel ist, kriegen wir sie da nie wieder raus.«

»Warte.« Honeyball war einem unauffälligen Link gefolgt. »Ich sehe eine verdeckte Verbindung nach Berlin. Hier, ich mach das mal groß.«

Ein kleiner, vorher transparenter Leuchtturm erschien auf der vergrößerten Karte von Berlin.

»Da ist es. Seht mal die Geldströme, die von der Regierung in das Projekt geflossen sind. Und jetzt haltet euch fest, ein Teil davon ging an die alte Tierversuchsanstalt zur Faulen Spree. Jeanny, Süße, bitte stell diese Datei wieder her«, bat er.

»Immer dieses Hin und Her, mir zieht's schon ganz schlimm im Arbeitsspeicher«, klagte die virtuelle Assistentin. »Ich brauche Zeit zur Wiederherstellung. Falls du dich erinnerst, habe ich die Daten auf deinen Befehl sehr gründlich gelöscht.«

Mit diesem gegrummelten Vorwurf verstummte Jeanny und begann, im Hintergrund zu rechnen. Honeyball konzentrierte sich wieder auf Berlin und wählte den Flughafen-Leuchtturm an. Diverse Seiten mit Kostenaufstellungen erschienen auf dem Schirm.

Ian glaubte, etwas entdeckt zu haben. »Honeyball, zeig noch mal die letzte Seite.«

Der Hund erfüllte ihm den Wunsch.

»Seht mal hier – vierzig Millionen Euro Staatsausgaben *monatlich* für Berlin-Brandenburg. Die Regierung bezahlt für den Flughafen mittlerweile jeden Monat den Gegenwert eines neuen Bundesarchivs. Unfassbar. Und jetzt schaut euch das an, eine Auflistung der Detailkosten mit hinterlegten Rechnungsempfängern: ›500.000 € Untertagebau Ratt und Co, 750.000 € Blauer Dunst Klimatechnik AG, 999.999 € Ex&Hopp Türsteher GmbH, 310.500 € Brandschutz Xplode GbR‹.«

»Moment! Brandschutz *Xplode*?« Alle sahen stirnrunzelnd die selbstgefällig grinsende Ratte an.

»Was denn?«, nölte Xplode. »Kann ich etwa kein Firmeninhaber sein? Irgendwer muss doch dafür sorgen, dass nichts ungeplant brennt oder explodiert.« Er stierte in ungläubige Gesichter. »Okay, dann habe ich eben vor einigen Jahren ein Papier unterzeichnet, das Sumo als Geschäftsführer einsetzt. Was soll's? Bei dem Kabel- und Röhrensalat wissen nur noch Ratten, wo es langgeht. Bolle, der Konstrukteur von Blauer Dunst, war Rohrverleger für die Sprinkleranlage. Nach hunderttausend Metern kreuz und quer ist er einfach durchgedreht, der Ärmste. Tobt sich neuerdings in der Klapse aus. Total gaga! Dafür sind die neuen Automatiktüren schlauer als das Personal. Eine hat sogar ihren Doktor gemacht, glaube ich. Kann jetzt auf hundertvierzig Brandszenarien reagieren und erkennt jedes einzelne Schengen-Mitglied. Der Rest ist ziemlich launisch. Öffnet sich nur, wenn ihm gerade danach ist. Tja.«

Er sinnierte lächelnd vor sich hin. »Was meint ihr denn, wer die Entrauchungsanlage geplant hat? Mein Halbcousin, Alfonso di Mauso. Er ist zwar kein Architekt, Ingenieur oder so was. Aber dafür Mitglied in der Mafia. Raucht und zeichnet gern. Gut, er hat das alles vielleicht ein bisschen zu klein angesetzt. Als Wühlmaus ist er ja auch nur sieben Zentimeter groß. Ohne Schwanz natürlich. Und wenn schon. Irgendwann fliegt denen das Ding sowieso um die Ohren. Sollten die Zahlungen an Sumo irgendwann ausbleiben, darf ich machen, was ich will. Ein kleiner Funke ins Gas: Kabumm! Das war jedenfalls der Deal, bevor ich … ihr wisst schon.«

Maxim hob drohend eine Pfote über den Rattennacken. »Weiter!«, fauchte er.

Xplode zog den Kopf ein. »So genau kenne ich Sumos Einnahmen und Ausgaben nicht. Ich selbst habe nur zweihundertfünfzig Piepen pro Monat für meine Sprengstoffeinkäufe gesehen. Meine schöne Brandschutzfirma ist inzwischen in Planinsolvenz gegangen. Ein glattes Abschreibungsmodell für den Big Boss. Habe ich zumindest gehört. Fakt ist aber, dass er beste Kontakte zum Finanzministerium für Liegenschaften und offizielle Prachtbauten hat. Beim obersten Regierungsfuzzi des FLoP macht er schon seit Jahren den strategischen Bauberater. Ist doch cool, auf beiden Seiten die Hand aufzuhalten – obwohl ich das moralisch natürlich zutiefst verurteile!«, schob er nach, als er die aufgebrachten Mienen der anderen bemerkte.

»Das nenn ich clever. Sumo verursacht Chaos durch falsche Ratschläge als bezahlter Berater und verdient sich als Geschäftsführer der Scheinfirmen gleichzeitig eine goldene Nase.« Honeyball empfand eine gewisse Bewunderung für diese Dreistigkeit. »Dabei bringt er die Bauprojekte durch Pfusch oder Sabotage nur weiter an den Rand des Zusammenbruchs. Siehe Kölner U-Bahn. Der mit Sand gestreckte Beton kam doch nicht von ungefähr.«

Ian kombinierte messerscharf: »Wenn meine Schwester das aufgedeckt hat, gefährdete sie damit Sumos Pläne. Garantiert ließ er sie deshalb in die Tierversuchsanstalt bringen. Da kräht kein Hahn mehr nach ihr. Nur hat er dabei nicht mit uns gerechnet.«

»Ich habe den gelöschten Datensatz rekonstruiert und sichtbar gemacht«, meldete Jeanny leicht verstimmt. Auf der Berlin-Karte wurde der transparente Leuchtturm vollfarbig und begann hektisch zu blinken. »Sicherheitseinstufung: Ultrageheim – nur für Maulwurfaugen!«

»Berlin-West, Zentrum für molekulare Biologie, militärische Forschungsabteilung«, las Honeyball vor. »Dann folgt eine Excel-Liste mit den Namen und Daten von vielen, vielen als vermisst geltenden Tieren – samt Abteilung und Versuchszweck.« Er las nicht weiter, sondern scrollte hastig zum Ende der Liste. Dort angekommen, musste er schlucken. »Der letzte Eintrag lautet: ›Indy, Maine Coon, Testserie: Erprobung Kampfdroge Catkill mit angereichertem Methamphetamin‹.«

»Honeyball, kannst du die Beweise auf den USB-Stick hier kopieren?«, fragte Maxim und räusperte sich. Er nestelte den Anhänger aus seiner Glückskette und warf ihn dem Papillon zu.

»Sicher. Gute Idee.« Honeyball steckte ihn in einen kleinen Schlitz am Rande der Konsole und tippte an die Brille. Die Präsentation gefror zu einem Standbild. Dann verdoppelte sich die Grafik wie von Geisterhand und verschwand mit Lichtgeschwindigkeit in der Ferne. Das Bild wurde zu einer blutrot pulsierenden Fläche, die alles ausfüllte, und von den Brillenbügeln ging ein stroboskopartig grelles Blitzen aus.

Alarmstufe Rot.

Ohrenbetäubende Huptöne dröhnten aus allen zweihundert Lautsprechern der Kommandozentrale, dass ihnen Hören und Sehen verging. Synchron gingen sie vor Schmerz auf den Boden.

»Weg hier ... Kopierschutz ...«, brüllte Maxim gegen den Lärm an.

Ian sah besorgt zu Honeyball, der sich unter der Brille heftig zuckend aufbäumte und schließlich bewusstlos im Kommandosessel zusammensank. Scheiß auf den Teppich, magisch oder nicht, dachte er. Mit zwei riesigen Sätzen überwand er die Distanz zum hilflosen Hund, packte ihn beim Schlafittchen und sprang in einer fließenden Bewegung auf der anderen Seite des Sessels wieder hinunter. Im selben Moment glühte der Stuhl unter einem Starkstromstoß auf. Die Düsen in der Decke entließen mit einem leisen Zischen irgendeine geruchslose Substanz.

Kilo Foxtrott riss den Stick im Flug aus dem Port und jettete zum Ausgang. Xplode pfiff ihn harsch zurück.

»Nicht ... lang! Wir ... nicht ... Weg hinaus. Hierher!«, rief er. »Vorne ... gleich ... Security!«

Er zog seinen Bruder-Rucksack vom Rücken und kramte hektisch darin herum, während er auf den Hinterpfoten weiterlief. Schließlich fand er, was er suchte.

»Nobel sei Dank!« Mit den Zähnen pellte er eine Schutzschicht von einer Glasphiole und schleuderte sie dann mit weit ausholender Armbewegung in Laufrichtung voraus gegen eine Revisionsklappe in der Kuppelwand. Noch im Werfen schmiss er sich auf den Boden und schrie: »Runter!«

Während die anderen es ihm hektisch nachtaten, explodierte die gesamte Wand mit einem gigantischen »KA-WUMM!«.

Entweder das Alarmsignal ebbte ab, oder ihre Ohren waren hin. Ian hörte nur noch einen lauten Pfeifton. Kilo Foxtrott hatte die Explosion bis an die gegenüberliegende Wand zurückkatapultiert, wo er benommen seine Knochen und Federn ordnete.

»Nächstes Mal rufst du erst ›Deckung‹, und *dann* wirfst du die Bombe, was auch immer das für ein Teufelszeug war«, brüllte Maxim. Er war gelinde gesagt ungehalten.

»Das war feinstes Nitroglyzerin. Eine winzige Erschütterung, und das Zeug macht ein scheunentorgroßes Loch – wie man unschwer erkennen kann. Klasse, was?«

Stolz wie Oskar lief Xplode auf sein Werk der Zerstörung zu. Mehrere LED-Panels waren mit ganzen Wandteilen komplett aus den Verankerungen gerissen und in Einzelteile zerlegt worden. Die Kuppel flackerte. Lose Stromkabel wischten funkensprühend über den Boden, der sich wieder in Mattglas verwandelt hatte. Ein spektakuläres Desaster. Durch das Loch, das in der Kuppel klaffte, hätten selbst mehrere Zweibeine bequem hindurchgepasst.

»Hopp, hopp«, forderte die Ratte sie auf. »Es sei denn, ihr wollt noch gemütlich eine Nase voll Giftgas nehmen.«

GASKAMMER UND SASHIMI

Ian schaute über die Schulter. Ein riesiger schwarzer Königspudel mit wasserblauen Augen und Irokesenkamm, der einen ausrasierten Drachen im kurz geschorenen lockigen Fell trug, wütete vor der einwegverspiegelten Eingangstür im Ballettsaal. Stumm und präzise trat er wiederholt mit der Hinterpfote gegen die Verriegelung der Sicherheitstür, die bei jedem Tritt in ihren Grundfesten erzitterte.

»Xplode, was ist das denn für ein schreckliches Vieh?«, keuchte er erschrocken.

Die Ratte sah ebenfalls zurück und erschauderte. »Mist, das ist Bruce Sashimi. Hochintelligenter Killer ohne Gnade. Sieh ihm bloß nicht in die Augen. Das macht dich zu seiner persönlichen Beute. Der wird dich so lange jagen, bis er dich hat. Zum Glück ist die Tür aus Panzerglas und hält lange stand. Das Sicherheitssystem hat alles automatisch abgeriegelt. Die nächsten Minuten sind wir noch sicher vor ihm.

Tja, das war die gute Nachricht. Die schlechte ist, dass er immer im Team arbeitet. Lee, sein weißes Wurfgeschwister, dürfte versuchen, die Kommandozentrale zu umrunden und uns den Weg abzuschneiden.«

Ian und Maxim verständigten sich mit einem kurzen Blick. »Aufschließen«, herrschten sie den zerzausten Kilo Foxtrott an, nahmen den verwirrten Hund, dem die Zunge wie ein Waschlappen aus dem Maul hing, in die Mitte und schleiften ihn im Laufschritt zwischen sich mit.

Xplode lief durch das Loch in der Kuppel und quer über einen schmalen Gang für Wartungspersonal auf eine gegenüberliegende Tür zu, die mit einem Zeichen aus drei Sicheln gekennzeichnet war.

»Rein da und keinen Mucks«, befahl er.

»Ich komme gleich.« Ian seilte sich ab und rannte den sich verbreiternden Gang entlang auf zwei überlebensgroße Zweibein-Statuen zu. Eine hatte eine Krone, die andere eine Papstmütze auf. Beide hoben ihre Hände zur Decke und trugen darauf einen großen Maulwurf mit Doktorhut. Zu Füßen der Figuren hockten schlanke Hunde mit komischen Frisuren, die Pudeln nicht unähnlich sahen. Alle zusammen bildeten sie einen malerischen Triumphbogen mit prächtigem Fächergewölbe, das sich im hohen Bogengang dahinter fortsetzte.

Ian ließ seinen Schwanz erzittern und markierte mit einer vollen Ladung Urin eines der Hundegesichter. Dann lief er eilends zurück und huschte in letzter Sekunde, gerade als ein weißer Schatten um die Ecke bog, durch die Tür.

Lee erstarrte und schloss die Augen. Die Ohren spielten, und die feuchte rosa Nase weitete sich. Ein Ausdruck höchster Konzentration machte sein schmales Gesicht richtiggehend schön. Dann schoss er wie von der Tarantel gestochen auf den Tunneleingang zu und fing an, seinen steinernen Kameraden zu beschnuppern.

Das Nackenfell des Pudels richtete sich zu einer drohenden Bürste auf, und seine merkwürdig tot wirkenden Augen scannten den gesamten Bereich ab. Sie verharrten nachdenklich auf der Tür mit dem kryptischen Symbol. Da hörte man in der Kommandozentrale Glas splittern. Bruce kam an der Spitze eines Ratten-Eingreiftrupps angeprescht und flog auf seinen Jagdgefährten zu. Lee bellte heiser, sprintete los, und gemeinsam liefen sie dem Kommando voraus in den Tunnel hinein.

Maxim, der hinter der Tür gewartet hatte, haute Ian anerkennend auf die Schulter. »Klasse«, flüsterte er. »Die Idee könnte glatt von mir sein.«

»Hast du das Zeichen an der Tür gesehen? Mir kam es so vor, als ob der Pudel Respekt davor hatte«, fragte Ian zurück.

»Schon wieder eine Schnapsidee der Bomber-Ratte?«, überlegte Maxim.

»Mag sein«, entgegnete Ian, »bis jetzt haben seine Einfälle immer irgendwie funktioniert – das zählt.«

Im Schleichgang huschten sie den anderen hinterher. Vorbei an riesigen Plastikkanistern, aus denen große Stutzen mit Schläuchen ragten. Obwohl die Distanz zur an der hinteren Wand wartenden Ratte nicht allzu groß war, fiel ihnen das Atmen zunehmend schwer.

Xplode wies mit zugehaltener Nase stumm auf eine weitere Revisionsklappe, die mit einem Vierkantschloss gesichert war. Mit seinen aufgeblasenen Backen sah er nun tatsächlich wie ein Hamster aus. Hier mussten sie durch.

Maxim gab zusätzlich Gas und warf sich Schulter voran mit seinem ganzen Gewicht gegen die dünne Wand aus Pressspanplatten. Er krachte durch und machte einen nahtlosen Abgang in den senkrecht nach unten führenden Schacht mit Rohrleitungen, der sich dahinter befand. Xplode und Foxtrott stürzten sich, ohne zu überlegen, hinterher. Ian legte sich den benommenen Hund über die Schulter, fuhr die Krallen aus und glitt an einem dicken Plastikrohr nach unten. Es dauerte nicht lange, und der Schacht machte einen Knick.

155

Unsanft setzte er mit dem Hintern auf dem Boden auf und purzelte mit dem Hund in den nunmehr waagerecht verlaufenden Tunnel. Die anderen erwarteten sie bereits.

»Und äh … irgendwelche Schwierigkeiten beim Einatmen?«, erkundigte sich Xplode beiläufig. »Oder vielleicht ein kleines Sabberproblem?«

Alle schauten auf Honeyballs heraushängende Zunge. Der Papillon hing merklich in den Seilen. Ein dünner Speichelfaden tropfte unter ihm auf den Boden. »Nich mehr alf fonft«, versuchte er es mit Humor und schwankte dabei wie ein Blatt im Wind.

»Prima«, entgegnete die Ratte fröhlich, »mit Neurotoxinen ist nämlich nicht zu spaßen.«

»Neurowas?«, fragte Maxim verwirrt.

Xplodes gesundes Augenlid zuckte hektisch. »Nervengift. Das war der Lagerraum für die Giftgasbehälter. Hast du nicht die großen Kanister gesehen? Von irgendwoher muss das Zeug in der Kommandozentrale ja kommen! Ich war mir ziemlich sicher, dass keiner unserer Verfolger verrückt genug wäre, uns dorthin zu folgen.«

»Ach, aber wir sind blöd genug oder was?«, regte sich Maxim auf.

»Was willst du denn? Ist doch alles gut gegangen«, entgegnete Xplode eingeschnappt. »Du kannst auch gern wieder hochgehen und dich gepflegt von Bruce und Lee zerfleischen lassen. Die sind nämlich deutlich schneller und kaltblütiger als du. Sumo hat sie als heimatlose Welpen im Wald gefunden. Ihre Mutter floh damals mit dem ganzen Wurf aus einer illegalen Hundezucht in Tschechien bis kurz vor Berlin. Nur Bruce und Lee überlebten – allein im Wald. Soll heißen, die Brüder sind null sozialisiert. Sumo hat sie als Jagdhunde abgerichtet und total isoliert aufgezogen – mit Hilfe von alten Karatefilmen.«

»Regt euch ab«, beschwichtigte Ian die beiden. »Wie gesagt: Die Hauptsache ist, es hat funktioniert. Richtig?«

Mürrisch nickte Maxim.

»Also, ich meine, mir fallen gerade ein paar Federn von dem Giftgas aus«, mischte sich Kilo Foxtrott besorgt ein.

»Kommt von Al.ter, nicht von Gas«, erklärte der Wurm in seiner trockenen Art. Was ihn beim Luftakrobaten nicht beliebter machte und Dreipunkteins von diesem einen unheilverkündenden Seitenblick eintrug.

»Können wir wieder?«, fragte Xplode. »Ich will nicht drängeln, aber die Sashimi-Brüder haben sicher schon gemerkt, dass sie sich von Ians Markierung«, er nickte ihm anerkennend zu, »in die falsche Richtung locken ließen. Sie dürften nicht weit sein.«

»Follen nur kommen, die Prüder.« Honeyball fuchtelte wild boxend mit den Vorderpfoten in der Luft herum und fiel dann mit einem bemitleidenswerten Seufzen nach hinten um.

»Auweia, den hat's echt schwer erwischt«, meinte Maxim. »Ich nehme ihn am besten huckepack.«

»Na, dann weiter, hier entlang.« Xplode trabte schon wieder munter vorneweg. »Sammelt eure Kräfte. Wenn wir zur Versuchsanstalt wollen, müssen wir zurück, quer durch den gesamten Tiergarten und im Anschluss durch die Tango-Sümpfe.«

DER GROSSE FALL

Xplode hatte alles mobilisiert, was seine kurzen Rattenbeine hergaben, und raste den anderen voraus durch Sumos unterirdisches Labyrinth aus verzweigten Gängen. Dank seiner findigen Abkürzungen waren sie den Verfolgern stets eine Katzensprunglänge voraus.

»Ich glaub, ich hör 'nen Elefanten«, verkündete Honeyball erstaunt.

»Kann schon sein«, meinte die Ratte. »Wir sind jetzt fast unterm Zoologischen Garten. Wer weiß, was gleich noch alles auf uns zukommt. – Kleiner Scherz. Und bevor es wieder Ärger gibt, sag ich's euch lieber gleich: Wir müssen noch mal ins Wasser, wenn wir den feinen Nasen der Pudel entkommen wollen. Sonst ist es nur eine Frage der Zeit, bis sie uns erwischen. Die werden uns hetzen, bis sie unsere Spur verlieren oder wir vor Erschöpfung auf den Schnurrhaaren kriechen.«

»Verstanden«, bestätigte Ian, der die Nachhut bildete, und warf einen sichernden Blick über die Schulter nach hinten. Im Moment waren ihre Verfolger noch unsichtbar. Doch sein Gehör war auf feinste Stufe tariert. »Sie sind nicht weit und holen auf. Wir sind zu langsam.« Besorgt schaute er auf Honeyball, der zwar allein laufen konnte, zwischendurch aber immer wieder in Schlangenlinien verfiel und an den Tunnelwänden entlangschrammte.

»Auch gut, dann nehmen wir den großen Fall.« Xplode kicherte. »Das wird ein Spaß.«

Maxim und Honeyball beäugten ihn misstrauisch, Kilo Foxtrott reagierte gleichmütig. »Fein, mir soll es recht sein. Aufstieg und Fall sind meine Spezialität. Da kenne ich mich bestens aus.«

Sie verloren weiter an Vorsprung und hörten bereits das Hecheln der Verfolger, als der Tunnel sich zu einem Abwasserkanal erweiterte und nach wenigen Metern mit drei weiteren vereinigte. Xplode rannte unbeirrt weiter, legte sogar noch einen Zahn zu, derweil ein lauter werdendes Tosen die Verfolgergeräusche zunehmend überdeckte. Feiner Sprühnebel verdichtete sich am vage erkennbaren Ende des Kanals und trübte die Sicht auf das über die Kante hinabstürzende Abwasser.

»Denkt dran«, warnte Xplode die anderen keuchend: »Das Wichtigste ist ein ordentlicher Anlauf mit einem ultraweiten Sprung. Sonst landet ihr unten direkt im Auffangbecken für Metallschrott. Das könnte echt wehtun.« Er holte tief Luft.

»Endspurt jetzt«, schrie er gegen das Donnern des Wasserfalls an. »Gebt Gummi, wenn euch euer Hintern lieb ist!«

»Los, Honeyball, wer als Erster unten ist«, feuerte Ian den eiernden Papillon an.

Xplode stieß derweil einen schrillen Kampfschrei aus, breitete die Pfoten aus und war weg. Kilo Foxtrott tat es ihm nach und schoss im Sturzflug hinunter in den Abgrund, der nur aus wild schäumendem Wasser zu bestehen schien. Dabei registrierte er, dass Xplode seinen Bruder-Rucksack als Fallschirm benutzte und wie ein Flughörnchen zu Boden segelte. *Fucking clever*, dachte er belustigt, die anderen werden wohl deutlich härter landen.

Im selben Moment sprangen Ian, Maxim und Honeyball im vollen Lauf über die Kante. Absturz. Der Hund hatte noch nicht begriffen, dass der Boden unter seinen Pfoten Geschichte war, er rannte in der Luft weiter. Was zugegeben ziemlich komisch aussah. Maxim zog alle viere zur Arschbombe an den Körper, Ian schnellte mit einem Hechtsprung vorwärts.

Foxtrott stieg steil wieder auf und sah die Verfolgermeute an der Kante abbremsen. Die Pudel waren offenbar nicht halb so verrückt wie die Ratte und ihre Anhängerschar, die sich blindlings in die tosenden Fluten gestürzt hatten. Kurz beratschlagten Bruce und Lee am Ufer. Dann liefen sie mit dem Rattenheer im Schlepptau den Weg zurück, den sie gekommen waren.

Der Vogel wandte sich erleichtert ab, da drehte Bruce auf einmal wieder um, nahm Anlauf, stürzte sich mit einem Riesensatz über die Kante und erwischte Kilo Foxtrott um Federbreite am Schwanz. In letzter Sekunde spürte der fliegende Aufklärer die Gefahr und konnte sich durch ein gewagtes Ausweichmanöver retten. Noch im Looping hielt er Ausschau nach seinen Freunden, die durch die reißende Strömung bereits ein gutes Stück abgetrieben waren. Die Köpfe der Katzen tauchten immer nur kurz und mit panischem

Gesichtsausdruck an der strudelnden Oberfläche auf, während der Hund unbeirrt wie eine Maschine durch die Fluten kraulte. Nacheinander verschwanden die Schwimmer in einer Betonröhre und waren außer Sicht.

Kilo Foxtrott fluchte derb und wechselte in den Blindflugmodus. Er würde seine Einheit nicht wieder verlieren. Noch so ein Drama wie damals in Afrika könnte er nicht ertragen.

Ein letzter Blick zurück zeigte ihm, dass der Königspudel unten angekommen war und die Kondition eines Ärmelkanalschwimmers besaß. Xplode hatte recht gehabt. Dieser Hund gab niemals auf.

In der Röhre war es erstaunlicherweise nicht dunkel. Das Wasser leuchtete von innen heraus geheimnisvoll giftgrün. Gut für die Sicht. Schlecht für die Haut, schlussfolgerte Kilo Foxtrott. Etwas weiter voraus neigte sich der bis dahin waagerecht verlaufende Tunnel und verwandelte sich in eine riesige Wasserrutsche, die die Truppe mit ihren wilden Biegungen ordentlich durcheinanderwirbelte.

Was für eine Herausforderung! Kilo Foxtrott erinnerte sich an seinen Einsatz im Luftkampf und absolvierte artistische Kunstflugmanöver, um dem Röhrenverlauf mit Höchstgeschwindigkeit folgen zu können. Er fand den geeigneten Rhythmus und war wieder ganz in seinem Element. Mit einem letzten großen Schwall brackigen Abwassers spuckte die Röhre das durchgebeutelte Team samt Vogel ins blendende Tageslicht, direkt in einen hurtig dahinfließenden Fluss. Kilo Foxtrott entdeckte zu seinem Schrecken, dass Ian reglos mit dem Gesicht nach unten im Wasser trieb.

Er schoss zu ihm hin und packte den Kater mit den Krallen am Genick, um Ians Kopf unter Aufbietung all seiner Kräfte aus dem Wasser zu hieven. »Fass gefälligst mit an«, pfiff er seinen Kumpel Honeyball an, der ganz in der Nähe wie ein Roboter durch das Wasser pflügte. In seinem beschränkten Modus hatte der Papillon nichts um sich herum wahrgenom-

men. Auch jetzt guckte Honeyball nur verständnislos auf den
»Katzenvogel«.

»Fass!«, wiederholte der Spatz und hielt dem Hund Ians
Nacken hin.

Diesen Teil der Grundausbildung hatte Honeyball nicht
vergessen. Er packte zu und zog den Kater erstaunlich kraftvoll bis ans nächstgelegene Ufer. Der Rest der Meute kroch
bereits triefend nass an der Böschung hoch. Maxim watete
jedoch sofort wieder zurück ins Wasser, als er die beiden auf
sich zukommen sah, hangelte nach Ians Vorderpfoten und
zog ihn wie einen nassen Sack ans Ufer. Sogleich kontrollierte
er Puls und Atmung.

Kein Atemhauch. Kein Herzschlag. Nichts.

Kalt, schwer und still lag der Maine-Coon-Kater am Ufer.
Alle schauten betroffen auf die schreckliche Szenerie.

»So nicht, Freundchen!« Maxim wurde wütend. »Ich hab
mir im Schacht doch nicht umsonst 'nen Wolf geschleppt.
Honeyball, du machst auf mein Kommando Schnauze-zu-
Schnauze-Beatmung. Ich übernehme die Herzdruckmassage.
Kilo Foxtrott: Verschaff uns etwas Zeit und heiz dem lästigen Killerpudel, der dahinten um die Ecke geschwommen
kommt, ordentlich ein.«

»Ehrensache«, zwitscherte der Spatz und salutierte. Er
flog umgehend zum Pudel und pickte ihm mit seinem scharfen Schnabel wieder und wieder in den Nacken und auf den
Kopf. Was dieser mit mörderischen Blicken, Knurren und
erfolglosem Schnappen quittierte, denn Kilo Foxtrott achtete peinlich genau darauf, außerhalb der Beiß-Reichweite
zu bleiben.

Ian war unterdessen weit, weit weg. Er befand sich auf dem
Weg in den Katzenhimmel, wo sieben hübsche Kätzinnen mit
mandelförmigen Augen um seine Gunst buhlten. Die eine
brachte ihm gerade sein Lieblingsfutter. Die zweite kraulte
ihn sacht hinter dem Ohr. Und die dritte massierte seine kräf-
tige Brust mit den Worten: »Oh Ian, du bist so gut gebaut.«

Verlegen murmelte er etwas von regelmäßigem Klickertraining, als die Schönste von allen fragte, ob sie ihm die
Schnurrhaare richten dürfe. Ian nickte gütig, und als sie sich
kokett seiner Schnauze näherte, leckte er ihr zärtlich übers
Gesicht.

»Wau, Süther, nich übel fürn Anfang.« Honeyball war
trotz schleppender Zunge begeistert. »Da hab ich aber chon
viel chlechtere Küther erlebt.«

Ian spuckte hustend einen Schwall Wasser aus und schaute
verwirrt in die Runde. Wo war seine Favoritin geblieben?
Stattdessen erleichterte Gesichter von durchweg männlichen
Wesen. Die zudem sehr mitgenommen und klatschnass aussahen.

»Püppi?«, fragte er Maxim verunsichert.

»Ich bin nicht dein Püppi. Merk dir das!«, fauchte der
Norweger und haute ihm eine runter. Das katapultierte Ian
schlagartig in die Realität zurück.

»Ähem.« Er räusperte sich. »Sorry, Maxim. Mir scheint,
ich bin da einem kleinen Irrtum aufgesessen.«

Doch Maxim, dessen Dosenöffner im irrtümlichen Glauben, er besitze eine weibliche Katze, durch ähnliche Bemer-
kungen ein tief sitzendes Trauma bei dem Kater verursacht
hatte, war beleidigt. Erhobenen Hauptes zog er sich zurück
und putzte sein Fell trocken, das durch das Bad im Schleu-
dergang wieder weiß geworden war.

»Amüsiert ihr euch?«, rief Kilo Foxtrott, der sich im Landeanflug befand und erschöpft zu ihnen zurückkehrte. »Ich
kann den Typen nicht länger aufhalten. Der ist stocksauer
und wird schnell wieder hier sein.« Dank seiner Attacken
hatte der schwarze Killerpudel nicht anlanden können. Er
war an ihnen vorbei und weiter flussabwärts getrieben, wo er
sich nun paddelnd dem Ufer näherte. »Hi, Ian, alter Absäufer,
willkommen zurück.«

Kilo Foxtrott tat, als nehme er den Vorfall auf die leichte
Schulter. Suchend sah er in die Runde und fragte Honeyball

diskret hinter vorgehaltenem Flügel: »Sag mal, ich hab den Wurm lange Zeit nicht gesehen. Hat der sich bei dir abgemeldet?«

Der Hund fasste erschrocken an den Totenkopfanhänger, spähte hinein und drehte ihn um. Etwas Wasser floss heraus. Ansonsten war das Ding leer.

8

FREIHEIT MIT INKUBATIONSZEIT

»Mami, ich hab Bauchschmerzen!« Schneuzi krümmte sich und erbrach einen Schwall halb verdautes Futter auf den klinisch sauberen Boden. Indy zog sich angeekelt ein Stück zurück.

Das war einer der Gründe, warum sie keine Kätzchen wollte. Andererseits sah der Kleine wirklich schlecht aus. Kalter Schweiß stand auf seiner Stirn, er zitterte wie Espenlaub. Sie überwand ihre Abscheu und schnupperte vorsichtig am Erbrochenen. Merkwürdig. Äußerst merkwürdig. Da war etwas Fremdes im Geruch. Sie überlegte, was die kleine Rotznase gegessen hatte, und erinnerte sich an den Futternapf hinter der Tür. Ihre Inspektion desselben brachte sie zu einem klaren Ergebnis.

»*Das* hier war ganz sicher kein Katzenfutter! Riecht eher wie Maus ganz hinten unterm Schwanz. Bah, ziemlich alt. Kein Wunder, dass dir schlecht ist.« Ärgerlich spähte sie zur Ausgangstür zum Flur, durch die das weibliche Zweibein verschwunden war, und machte sich ihre Gedanken.

Schneuzi hielt sich den Bauch und würgte wieder.

»Na super.« Indy war echt angesäuert. »Wir müssen sofort hier weg.«

Der Flur war verbranntes Territorium. Sie befanden sich inzwischen im Erdgeschoss, der schnellste und sicherste Weg führte also direkt nach draußen. Prüfend sah sie sich um, hakte das mit einem Schließzylinder gesicherte Fenster ab und musterte stattdessen die Verbindungstür zum verbotenen Nebenraum. Nur ein einfacher Türdrücker. Kein Problem für eine Agentin des KGB.

Kurz entschlossen reckte sie sich an der Tür empor und

bekam die Klinke mit beiden Pfoten zu fassen. Sie machte einen Klimmzug und stieß sich mit der Hinterpfote sanft vom Türrahmen nach hinten ab. Mit einem leichten Knarzen öffnete sich die Tür und schwang auf. Na bitte. Wäre ja gelacht.

Im dahinterliegenden Zimmer bemerkte sie eine weitere Tür, die vermutlich auf den Flur hinausführte. Der obere Teil war aus eingesetztem Riffelglas und von außen mit einem Schriftzug versehen. »eigolohtaP«, las sie. Schlagartig wurde ihr die Bedeutung dieses kurzen und doch so brutalen Wortes bewusst: »Pathologie«.

Sie befand sich im siebten Kreis der Hölle. Jetzt nur nicht in Panik geraten. Sie riss sich zusammen, glättete ihr gesträubtes Fell und checkte den Rest des Raumes.

Ein Drehstuhl. Ein ellenlanger Arbeitstisch. Darauf ein hochmodernes Elektronenrastermikroskop. Fächer mit Glasträgern, Reagenzgläsern und silbernen Schalen. Alles ordentlich aufgereiht und beschriftet. Dahinter ein Regal, das sich über die ganze gegenüberliegende Wand zog. In dessen Mitte prangte als Herzstück ein überdimensional großer, hermetisch geschlossener Glaskasten, der mit Erde und emsigem Leben gefüllt war. Unzählige Gänge, in denen sich monströs große Ameisen mit kräftigen Kiefern und Stacheln bewegten, waren darin zu sehen. Indy trat vorsichtig näher, um das kleine Schild zu lesen. »Australische Riesenameise«, stand darauf. Sie erinnerte sich, dass selbst Menschen durch das extrem starke Gift dieser Spezies getötet werden konnten.

Ein besonders riesiges Ameisenexemplar machte kurz halt und musterte Indy emotionslos durch seine Facettenaugen. Sicherlich prüfte es sie auf Fressbarkeit.

Brrrr. Befremdet wandte sich Indy ab.

Unzählige säuberlich beschriftete Aktenordner reihten sich im Regal aneinander. Im oberen Bereich bot sich der Katze ein Kabinett des Grauens: Schrumpelige, in Flüssigkeit eingelegte abgetrennte Gliedmaßen von Vierbeinern standen dort dicht an dicht. Nackte Katzenbabys mit zwei

Köpfen und acht Beinen stierten sie blicklos aus ihrem trüben Gefängnis an. In kleineren Einweckgläsern daneben waren innere Organe konserviert worden. Dazwischen stand ein ausgedrucktes Selfie vom weiblichen Zweibein, das ihren mit einem albernen bunten Papierhütchen geschmückten Nachwuchs auf dem Arm hielt. Im Hintergrund sah man zwei fette Möpse mit heraushängender Zunge zwischen Inseln aus tadellos rund geschnittenen Buchsbaumkugeln über einen akkurat gemähten, saftig grünen Rasen toben.

Dieser Ausschnitt aus dem Zweibein-Leben mutete an wie aus einer anderen Welt und machte das Gruselkabinett noch unheimlicher. Indy fror. Nebenan hörte sie Schneuzi keuchend würgen.

Bestand da ein Zusammenhang? War der kleine Kerl bewusst vergiftet worden? Rasende Wut kochte in ihr hoch und drohte erneut die Kontrolle über ihr Handeln zu übernehmen. Mit ganzer Kraft musste sie an sich halten, um nicht wieder in den Hulk-Modus zu verfallen.

Konzentriert absolvierte sie eine ausgedehnte Tai-Chi-Übung ihres alten Meisters. Wie beim Bogenschießen zeigte ihr ausgestreckter Arm dabei zufällig auf ein technisches Gerät. Interessant. Vielleicht eine mögliche Schwachstelle.

Geschmeidig sprang sie auf den Arbeitstisch, um den Kasten an dessen hinterem Ende zu inspizieren. Dieser Apparat sah aus wie ein Inkubator, angeschlossen an ein eigenes Entlüftungssystem. Ein großes gebogenes Rohr führte von dort in die Außenwand des fensterlosen Labors. Bot sich hier ihre Fluchtmöglichkeit?

Sie stockte mitten im Schritt. Der merkwürdige Geruch war wieder da, jedoch ungleich intensiver als zuvor. Und dann sah sie es: In einer der fein säuberlich aufgereihten Silberschalen befanden sich die Reste dessen, was einmal ein Lebewesen gewesen sein musste.

Sie erkannte einen Schenkel mit einem silbernen Ring um die schmale rosa Pfote und trat interessiert näher. Eine Laborratte, unter wer weiß welchen Umständen gestorben. Und das bekam ihr Ziehsohn zu fressen! Unverantwortlich von dem Zweibein. Sie beschloss, das bei Gelegenheit angemessen zu vergelten. Jetzt musste sie erst mal ruhig bleiben und einen Ausweg aus diesem Horrorkabinett suchen.

Sie sah durch die dicke Glasscheibe des Inkubators und erkannte verschiedene Zell- und Gewebekulturen in Petrischalen. Die Frontscheibe war warm. Zum Öffnen der Tür musste eine Zahlenkombination in eine Tastatur eingetippt werden. Lächerlich. Wenn die Menschen meinten, dass sie sich dadurch aufhalten ließe, hatten sie sich geschnitten. Indy rief sich das weibliche Zweibein vor Augen und ging die Informationen durch, die ihr über diese Person zur Verfügung standen. Offensichtlich hatte die Wissenschaftlerin einen Beschriftungswahn. Was noch?

Das Foto! Darauf war sie mit dem zu sehen, was ihr wichtig und demnach ihre größte Schwäche war. Indy erkletterte das Regal, umrundete die grausigen Ausstellungsstücke und kam beim Bilderrahmen mit dem Selfie an. Sie drehte ihn um und grinste verächtlich. Wie von ihr vorhergesehen, gab es dort eine handschriftliche Notiz: »5. Geburtstag von Felix am 12. August.«

Indy stellte das Foto wieder zurück und lief zum Inkubator. Ohne zu zögern, tippte sie »1208« ein und hörte ein bestätigendes Signal, als sie auf die Öffnen-Taste drückte.

»So simpel, die Menschen«, schnaubte sie verächtlich. Ein Kinderspiel für jemanden mit ihren überlegenen Fähigkeiten.

Mit einer Pfotenbewegung fegte sie die sorgfältig beschrifteten Schälchen im Gerät achtlos auf den Boden und betrachtete die Öffnung zum Luftschacht. Ein feines Metallgitter mit Filtereinsatz reinigte die angesaugte Luft. Sie schob ihre messerscharfen Krallen in die Zwischenräume und schloss die Pfote. Ein kurzer, heftiger Ruck mit voller Kraft, und die Barriere war nicht mehr.

Lässig schüttelte sie den Einsatz von der Pfote und schaute

nach oben in die Röhre. Freie Bahn. Schade, dass sie keine Kamera dabeihatte. Ihr Aufstieg wäre eines Schulungsvideos für Sondereinsatzkräfte würdig.

Behände erklomm sie das senkrecht emporführende Rohr. Bis sie den Knick erreichte und ein neues Hindernis auftauchte. Kurz vor dem Auslass in die Freiheit versperrten ihr Filterwatte und ein Schutzgitter aus stabilen weißen Plastiklamellen den Weg nach draußen. Ärgerlich, aber kein No-Go. Sie zerpflückte die Watte und wickelte sich einen Teil davon um die Pfote. Dann fing sie an, in bester Kung-Fu-Manier wieder und wieder mit gestreckter Pfote auf die Lamellen einzuhämmern. Sie hielt erst inne, als im Hintergrund ein dünnes, zitterndes Stimmchen erscholl: »Mami, was machst du?«

Ausgerechnet! Indy seufzte. Sie würde sich um den Kleinen kümmern müssen. »Bleib, wo du bist. Ich komme gleich runter und hole dich.«

Wie ein Dampfhammer schlug sie weiter auf die immer gleiche Stelle des Gitters ein. Da registrierte ihr feines Gehör ein Störgeräusch: Auf dem Flur näherten sich harte Zweibein-Schritte der Labortür. Frauenschuhe mit hohen Absätzen. Gefahr im Verzug. Ihre Flucht wurde jetzt zu einem Wettlauf mit der Zeit.

Hastig rutschte sie das Belüftungsrohr hinunter und sprang auf den Boden neben das Chaos aus kaputten Petrischalen. Just als die Tür aufging, packte sie Schneuzi am Genick.

Die Frau im weißen Kittel erfasste die Situation auf Anhieb. Stumm maßen sich Zweibein und Superkatze mit Blicken.

»Bleib!«, befahl die Wissenschaftlerin und wies mit dem Zeigefinger auf den Boden.

Indy fauchte höhnisch zwischen zusammengebissenen Zähnen. War sie ein dummer Hund oder was? Sie machte auf der Pfote kehrt und sprang zurück auf die Arbeitsplatte.

»Oh nein, meine Forschungsarbeit!« Das Zweibein kniete sich auf den Boden und versuchte, von den Gewebeproben zu retten, was noch zu retten war.

Indy verschwand derweil mit einem Hechtsprung im Inkubator und kletterte mit Schneuzi am Schlafittchen das Lüftungsrohr hinauf.

»Das wirst du mir büßen!«

Die Wissenschaftlerin war außer sich, sie versuchte, Indy am Schwanz zu packen und rückwärts aus dem Rohr heraus-zuziehen. In dem Moment krümmte sich Schneuzi qualvoll zusammen und kackte semiflüssig das Rohr hinunter. Direkt auf die Hand der Häscherin.

»Igitt!«, kreischte das Zweibein. »Was ist das denn Wider-liches? Das stinkt ja wie die Pest!«

Indy hielt den Atem an, erreichte die Stelle, an der das Rohr in die Wand mündete, und setzte den kleinen Kater vorsichtig ab.

»Tut mir leid, Mama.«

»Alles gut, Kleiner. Perfektes Timing. Still jetzt, ich muss mich konzentrieren.«

Unten hörte sie etwas rumoren und scheppern. Die Tür des Inkubators wurde zugeschlagen. Gedämpft vernahm sie die hämischen Worte: »Viel Spaß mit den Ameisen! Mal se-hen, wie gut ihr damit klarkommt.«

Indy wurde zur Maschine. Unnachgiebig hämmerte sie auf das äußere Lüftungsgitter ein, bis ihre Pfote blutete. Spröde Risse begannen sich rund um die Einschlagstelle auszubilden.

»Schau mal nach unten, was die Ameisen machen«, wies sie Schneuzi an.

Gehorsam drehte sich der kleine Kater auf engstem Raum und spähte das Rohr hinunter. »Die Erste hat gleich deinen Schwanz erreicht. Mami. Sie guckt ganz böse.«

»Keine Angst, die will nur spielen«, beschwichtigte Indy ihn wider besseres Wissen und zog ihren Schwanz so hoch es ging.

Beflügelt von Verzweiflung und ihrem unbeugsamen Wil-len, schnellte sie wie ein abgeschossener Torpedo im Rohr vorwärts und benutzte ihre Schulter als Rammbock. Mit einem gequälten Ächzen gab das Gitter endlich nach, und Indy stürzte kopfüber auf den Kiesweg.

Jede andere Katze hätte sich unweigerlich das Genick gebrochen. Nicht so die erfahrene KGB-Agentin. Geschmeidig drehte sie sich während des kurzen Falls und kam sicher auf ihren vier Pfoten auf. »Spring«, ermunterte sie Schneuzi, »ich fang dich auf.«

Zeitgleich kniff die erste Riesenameise in den Schwanz des kleinen Katers. Schneuzi fiepte erschrocken auf und ließ sich, ohne zu zögern, in die Pfoten seiner Adoptivmutter fallen. Ein kurzer, gezielter Krallenhieb von Indy, und das riesige Insekt hauchte durch die Luft fliegend sein Leben aus.

»Wo du dich immer rumtreibst«, schimpfte sie scherzhaft und checkte den Kleinen kurz durch. »Nächstes Mal bringst du noch Flöhe mit.«

Schneuzi leckte sein Schwanzende. »Wenn wir nicht bald weglaufen, kriegst du auch welche«, schniefte er beleidigt und zog hörbar eine Fuhre Schnodder hoch. »Guck, da kommt der Rest.«

Erstaunlich. Die Ameisen marschierten militärisch präzise im Gleichschritt auf sie zu. Fast wirkten sie wie ein einziges großes, emotionsloses Wesen, das auf dünnen Insektenbeinen lautlos und unaufhaltsam dem Feind entgegenstrebte. Indy schüttelte unbehaglich die Pfote. Mit denen gab es nichts zu diskutieren. Die wollten sie umbringen und aus.

DER POLYP

»Wir verschwinden von hier. Noch sind wir nicht frei. Ich wette, es gibt einen Elektrozaun um das Gelände. Also Vorsicht.« Indy betrachtete prüfend Schneuzis Gesichtsfarbe. »Ruh du dich aus, ich werde dich tragen.«

Sie nahm den kleinen, struppigen Kerl erneut behutsam auf. Jede Deckung nutzend, lief sie geduckt von der vielbeinigen Gefahrenquelle fort, die Soldat um Soldat aus dem Entlüftungsrohr kletterte. Die Vorhut des Ameisenheeres stockte nur kurz und schlug dann eine neue Richtung ein. Diese beharrliche schwarmintelligente Spezies würde sich von einem vorübergehenden Misserfolg nicht aufhalten lassen.

Geschmeidig lief Indy weiter. Sie war wieder im »Phantommodus«. Unfangbar. Schnell. Unsichtbar für jeden Feind. Sie, die Superkatze und KGB-Agentin, würde jedes Ziel erreichen, das sie sich setzte.

Ihr Atem ging schneller, Schaum bildete sich an den Lefzen. Erneut spürte sie diese heiße, kaum zu bändigende Wut in sich aufwallen, die keinen realen Ursprung hatte außer dem, was die Weißkittel ihr verabreicht hatten. Sie biss ihre Zähne zusammen im Bemühen um Kontrolle.

Von Weitem hörte sie den Schmerzensschrei eines Kätzchens. Was ging das sie an! Sie musste irgendeinen wichtigen Einsatz durchführen. *Das* wusste sie noch genau. Wilde Phantasien von Kampf und Sieg überkamen sie.

Ehe sie sich's versah, tauchte ein neuer Gegner vor ihr auf. Ein riesiger Krake mit tödlich langen Stacheln und roten Saugnäpfen an den mächtigen Armen, die wie wild nach ihr peitschten. Indy fauchte laut auf und legte die Ohren an. Etwas entglitt ihren Lefzen, doch dem schenkte sie keine Beachtung. Darum konnte sie sich später kümmern. Hier war ein würdiger Widersacher, der Ehre versprach. In vollem Lauf ging sie auf die Hinterpfoten und sprang das mächtige Wesen mit ausgefahrenen Krallen an.

Miautsch, tat das weh. Lange Dornen bohrten sich in ihre feine Haut, als der Krake ihren Brustkorb umklammerte und sie zu erwürgen drohte. Seine freien Arme peitschten nach ihrem Kopf. Zweifellos enthielten die Stacheln ein Kontaktgift, das zur baldigen Lähmung der Opfer diente. Dem durfte sie sich nicht aussetzen. Indy flippte aus vor Wut. Wie eine

Rasende hieb sie ihre Krallen wieder und wieder in die stählernen Arme der Bestie. Ihre verletzte Pfote begann noch stärker zu bluten, doch sie hörte nicht auf. Sie musste ins Zentrum vordringen und dort das Gehirn des Untiers zermalmen. Sonst wäre sie in der tödlichen Umarmung des Katzenfressers verloren.

Trotz der schlimmen Schmerzen kämpfte sie sich verbissen zum Maul des Kraken vor. Ihr schwanden bereits die Sinne. Dabei war eines sonnenklar: Sie durfte nicht aufgeben. Nicht jetzt, auf dem unmittelbaren Weg in die Freiheit. Auch wenn sich ihr Sichtfeld immer weiter einengte, bis sie nur noch Blutrot sah. »Kämpfen, Katze, kämpfen!«, hörte sie ihren alten Ausbilder brüllen. Wild schlug sie um sich. Sprechchöre setzten ein, und eine fanatische Menge feuerte sie an: »Mach ihn kalt, kalt, *halt*.«

Erschöpft merkte sie auf. Was war das für eine Dissonanz im Chor der Unterstützer? Ein feines Stimmchen nur, das jetzt deutlich wie ein Echo zu ihr durchdrang: »*Halt, halt, halt!*«

Sie stellte voll auf selektiven Empfang und identifizierte eine ihr bekannte Stimme in unbegreiflichem Entsetzen: Schneuzi. Sie schüttelte den Kopf, um klarer zu sehen. Die rote Farbe verblasste allmählich zu Rosa und machte einer merkwürdigen Szene Platz.

Während der Polyp noch immer ihren Brustkorb umschlungen hielt, hing der kleine Kater an ihrem Schwanz und versuchte, sie zu bremsen. Grüne Blätter flogen um sie herum durch die Luft und segelten langsam zu Boden. Kurz flackerte das Bild eines grauenvoll zerstückelten Kätzchens durch Indys gequälten Verstand. Dann übernahm die Vernunft wieder das Ruder.

»Was ist?«, fauchte sie den Kleinen an.

Der ließ sich nur bedingt einschüchtern. »Das frage ich mich aber auch, Mama! Erst beißt du mir ins Nackenfell, lässt mich fallen und stürzt dich dann wie verrückt auf den doofen Dornenstrauch. Ich hab noch versucht, dich festzuhalten, aber du hast überhaupt nichts mehr gemerkt.«

Tatsächlich. Nun sah sie es auch.

Vorsichtig zog sich Indy Schritt für Schritt aus dem Gebüsch zurück. Das war jetzt peinlich. Zum Glück dämmerte es bereits. Sie hoffte, dass im Zwielicht des hereinbrechenden Abends niemand außer ihrem Sohn etwas bemerkt hatte. Verlegen putzte sie sich und suchte nach einer Erklärung, während sie ihren ramponierten Körper von stecken gebliebenen Dornen befreite. Schneuzi schaute sie immer noch mit vor Schreck aufgerissenen Augen an.

»Weißt du, es sieht vielleicht manchmal so aus, aber ich bin nicht wirklich verrückt. Die Zweibeine haben Mami etwas gegeben, was sie hin und wieder sehr böse werden lässt. Besonders wenn sie sich aufregt. Also sei immer schön brav, damit das nicht wieder passiert. Okay?«

Der kleine Kater nickte wortlos mit offener Schnauze.

»Und schau nicht so blöd! Sonst geht es gleich wieder von vorne los.«

Wie gemein. Schnell klappte der kleine Kater das Maul wieder zu. Trotzdem, Indy war und blieb sein großes Vorbild. Er lief zu ihr hin, machte einen kleinen Buckel und rieb sich an ihrer Vorderflanke.

Widerstrebend leckte die Superagentin über sein zerzaustes Köpfchen. »Bilde dir ja nichts darauf ein«, wehrte sie ab, als er glücklich zu ihr hochlächelte. »Da war nur ein hässlicher Käfer auf deinem Kopf.«

»Ja, klar. Und jetzt sitzt er auf deinem Schwanz«, antwortete er, während er kräftig auf selbigen haute. »Wo sind eigentlich die A–«

»Ssshhht«, unterbrach ihn Indy. »Ich höre Zweibeine kommen. Los, unter den Busch. Unter meinen Bauch und im Gleichschritt, marsch.«

Sie krochen zusammen unter das stachelige Buschwerk.

Dort lagen sie gut versteckt – die große Katze schützte die

kleine mit ihrem Körper gegen die nadelspitzen Dornen –, während die Schritte der Menschen immer näher kamen.

»Mami …«, flüsterte Schneuzi.

»Schschsch!«, zischte Indy.

»Ich muss wieder brechen.«

»Mach's, und Mami bricht dir das Genick.«

Auch das war gemein, aber es zeigte Wirkung.

»Die *müssen* hier irgendwo sein! Das sind doch keine Geisterkatzen.«

Indy erkannte die Stimme sofort: Sie gehörte dem mit der Schlachterschürze, den sie in den Unterarm gebissen hatte. Er schimpfte laut vor sich hin.

»Schrei am besten noch lauter«, bremste ihn der andere, der ihr die Injektion verabreicht hatte. »Damit jeder gleich weiß, dass uns das wichtigste Militärexperiment, das wir je hatten, so richtig aus dem Ruder läuft. Wir kriegen ja auch nur dreizehn Millionen Subvention! Da werden die sich sicher freuen, dass die erste Katze, die den Versuch seit der Vorstudie überlebt hat, einfach abgehauen ist. Und der kleine Mutant ist auch noch weg.«

»Nur weil du nicht aufgepasst hast!«

»Wer von uns beiden ist denn hier für die Sicherheit zuständig?«

Genau vor dem Dornbusch hielten die beiden an und gingen sich an den Kragen. Das hatte Indy gerade noch gefehlt.

Ein wütendes Handgemenge mit gegenseitigen Schuldzuweisungen entstand. Bis der ohne Armverband schließlich einen sauberen Kinnhaken landen konnte und den anderen zu Boden schickte. Direkt vor dem Versteck von Indy und Schneuzi.

Der Schlächter kniff die Augen zusammen und versuchte, das Dornendickicht mit Blicken zu durchdringen.

»Warte mal. Ich glaub, da ist was im Busch.«

»Ja, klar, deine Entlassung. Und jetzt komm hoch, oder diese fetten Ameisen da machen Frikassee aus dir.«

Ihr Widersacher drehte den Kopf und sah sich Auge in Auge mit den anmarschierten Kämpfern des Ameisenheeres. Flink wie eine Katze war er wieder auf den Beinen. »Verdammt, was sind das denn für Monster? Die sind ja riesig!«

»Du sagst es. Und sie haben einen Stachel, mit dem sie ihren Feinden das schmerzhafteste Gift der gesamten Insektenwelt injizieren. Wie es aussieht, hat auch unsere Kollegin aus der experimentellen Pathologie einige illegale Abgänge aus ihrem Labor zu verzeichnen.«

Indy schloss die Augen. Sie war so unsäglich müde. Zwischen ihren Pfoten spürte sie das zitternde Bündel, das mühsam versuchte, seinen Würgereiz zu unterdrücken. »Kleiner Mutant« hatte der Weißkittel ihn genannt. Was meinte er damit? Die Beschriftung von Schneuzis Ohrmarke fiel ihr wieder ein. »MaSK«, stand darauf und eine ID-Nummer. Diesem Rätsel müsste sie bei Gelegenheit nachgehen. Aber nicht jetzt. Sie war den Kampf ums nackte Überleben leid und wollte nicht immer und immer wieder von vorne beginnen müssen. Wie schön wäre eine kleine Auszeit. Zu Hause sein, verwöhnt vom Dosenöffner, und einfach nur schlafen, nichts tun. Ein Traum, der jetzt in weiter Ferne schien.

Was wohl ihr Bruder machte? Suchte er sie? Garantiert! Er war zwar krank. Aber wenn es drauf ankam, war er absolut loyal. Sie beide waren Wurfgeschwister. Und sie würden immer füreinander da sein. Das war einfach klar.

Indy seufzte leise. Es war müßig, jetzt auf Rettung zu hoffen. Sie musste sich und ihrem Schutzbefohlenen selbst helfen. Intensiv fokussierte sie die kleinen Widersacher, die sich ihnen und den Zweibeinen nur langsam näherten, da sie beständig im Zickzack umeinanderliefen. Das Schwarm-Bewusstsein der Ameisenschar versuchte, eine Entscheidung zu fällen. Katze oder Mensch? Wer würde das Opfer ihres gnadenlosen Angriffes sein und damit unvorstellbare Qualen erleiden müssen? Die Freund/Feind-Erkennung der gefährlichen Vielbeine lief auf Hochtouren.

Indy wunderte sich nur über Schneuzis hohe Schmerztoleranz. Entweder war der Biss im Luftschacht ins Fell gegangen, oder der Winzling war noch tapferer, als sie dachte.

Nach kurzem Zögern war die Entscheidung gefallen. Die Armee wandte sich ruckartig in eine Richtung und marschierte geschlossen auf die Zweibeine zu. Sie waren die Urheber ihrer langen, ausweglosen Gefangenschaft, während die Vierbeiner der Grund für ihre Freiheit zu sein schienen.

Wie ein einziges Wesen steuerte der Schwarm Australischer Riesenameisen das Ziel an. Denn ein Ziel musste es immer geben.

Ohne das wäre ihr Leben bedeutungslos.

Die Zweibeine verstanden die Vorwärtsbewegung als Zeichen, fluchtartig den Schauplatz zu verlassen. Falls sie hofften, sie könnten schneller als die Insekten sein, hatten sie die Rechnung ohne die Krieger des südlichsten Kontinents gemacht.

ERLEUCHTUNG IM BUSCH

Hier saß sie nun, feige versteckt unter einem Busch, gedemütigt und zugedröhnt, mit einem Kind unter dem Bauch. Indy starrte blicklos in die Ferne. Sah und sah doch nicht die Ameisen kreisförmig ausschwärmen, um den Wissenschaftlern den Weg abzuschneiden und ihnen in die Hosenbeine zu kriechen. War dies das Abenteuer, das sie sich vom Agentenjob versprochen hatte, um der häuslichen Enge mit dem kranken Bruder zu entfliehen? Warum war sie nicht lieber Supermodel geworden? Oder wenigstens »The Cat of Germany«? Die Anlagen dazu waren ihr schon in die Wiege gelegt worden.

Immerhin hatte sie etwas aus sich gemacht. Dank ihrer überragenden Fähigkeiten und der kompromisslosen Spezialausbildung inklusive Abhärtungsmaßnahmen mit kalten

Duschen stand sie ihres Erachtens schon jetzt als nächste Nummer eins beim KGB fest. Der alte Kurilen mit seinem kurzen Knickschwanz, der den Posten derzeit innehatte, kam vom russischen Militär, befand sich aber ständig auf Kuschelkurs mit aller Welt. Er war weich geworden. Das würde sie ändern und frischen Wind in die Führung bringen. Allein ihre Ermittlungserfolge in den vom Drogenhandel überschatteten Bauskandalen waren die Beförderung nach ganz oben wert. Sie musste sie nur endlich an die Katze bringen. Sicher würde es dann bei ihrer Rückkehr in die Zentrale einen großen Bahnhof geben.

Sie schloss die Augen, um sich ihren Triumphzug vorzustellen. Wie Flashbacks tauchten entscheidende Szenen vor ihrem inneren Auge auf: die fieberhafte Suche nach dem spurlos verschwundenen Bondy. Ihre Entdeckung, was die von Sumo verursachten Bauskandale anging, als sie wie er die Drogenlieferungen zu ihrer Quelle zurückverfolgen wollte. Und schließlich die Undercover-Ermittlung im Finanzministerium für Liegenschaften und offizielle Prachtbauten beim leitenden Regierungsdirektor oder vielmehr seinem inoffiziellen Vertreter, die beides aufdecken sollte.

Eine ehrgeizige Mission.

Zu ehrgeizig.

Sie maunzte bitter auf. Inzwischen hatte sie Bondy unter traurigen Umständen gefunden, saß aber nach wie vor in der Falle. Immerhin hatte sie so einen weiteren Skandal entdeckt. Sumos Ratten setzten bei der Durchführung seiner Untaten nicht nur Drogen ein. Auch schienen sie mit der Tierversuchsanstalt zusammenzuarbeiten.

Eine plötzliche Erkenntnis durchzuckte sie. Jetzt, da ihr Kopf klarer wurde, entsann sie sich der Laboreinzelheiten am Schauplatz ihrer Katzen-Peepshow. Komplexe Versuchsanordnungen waren im Hintergrund zu sehen gewesen. Große Packungen mit Chlorephedrin.

Gestochen scharf hatte sie auf einmal die chemische Formel auf dem Whiteboard vor Augen: »$C_{10}H_{15}NO$«. Mit durchgestrichenem letztem Buchstaben. Das machte Ephedrin, ein Alkaloid, das zu medizinischen Zwecken eingesetzt wurde, faktisch zu Methamphetamin. Zu Ice, Crystal, Meth oder wie immer man das auch nennen wollte.

Ziemlich clever, in einem offiziellen Tierversuchslabor Drogen »für Versuchszwecke« zu synthetisieren. Und mit diesem Zeug als Grundlage inoffizielle Tests mit entführten Tieren von der Straße zu starten. Wie sie selbst und vermutlich Bondy hatten todsicher auch andere Leidensgenossen die mit weiteren, streng geheimen Zusätzen angereicherte Droge am eigenen Leib zu spüren bekommen.

Der unverschnittene Stoff ging mit Sicherheit direkt an die Regierung. Falls Sumo nicht schon erste Zweibein-Versuche durchführen ließ. Was, wenn die weiterentwickelte Droge bereits an Menschen ausprobiert wurde? Gar nicht so unwahrscheinlich. Das merkwürdige Verhalten einiger Regierungschefs könnte dazu passen. Indy dachte mit Grausen an Amerika und Nordkorea. War dies sogar eine weltweite Verschwörung? Erschrocken duckte sie sich und kam sich ganz klein vor in ihrem Versteck.

Zumindest hatte sie nun die Antwort, woher die Drogen stammten, mit denen Sumo die Mitarbeiter in den Baubehörden und Ministerien gefügig machte. Der Assistent des Finanzministers für Liegenschaften und offizielle Prachtbauten war ihr gegenüber ja ungewöhnlich aufgekratzt und mitteilsam gewesen. Sie kannte den sogenannten »Laberflash« von anderen Abhängigen. Das passte perfekt ins Puzzle ...

Nebenbei spülte der Crystal-Meth-Verkauf garantiert eine Menge Geld in die Laborkasse. Geld, das sich hervorragend in »Parteispenden« an Regierungseinrichtungen investieren ließ. So lief das heute mit der Lobbyarbeit.

Sie wurde jäh aus ihren Überlegungen gerissen, als ein kleiner Kopf gegen ihren Unterkiefer drückte und ihr den Mund verschloss.

»Sei leise, Mami, sonst hören uns die Weißkittel noch.«

Verdammt! Sie hatte laut mit sich selbst geredet. Und Schneuzi hatte alles mitgehört. Nun war der kleine Kater ein unbedarfter Mitwisser. Sie schauderte. Das hatte sie nicht gewollt. »Du hast nichts gehört, verstanden?«, fauchte sie scharf.

»Stimmt nicht. Ich kann schlecht gucken, aber sehr gut hören.«

Sie seufzte. Bei dem waren Minze und Malzpaste verloren! Vermutlich hatte er inhaltlich aber sowieso nichts begriffen. »Dann horch mal, wo die Feinde sind, und stör Mami nicht ständig, die muss ganz wichtig nachdenken.«

Sie führte ihren Gedankengang fort. Wie kam es, dass sowohl Bondy als auch sie ausgerechnet bei den Ermittlungen im Büro des FLoP-Direktors abgepasst worden waren? Es gab nur eine Antwort auf diese Frage: Sumos Schergen mussten es nahtlos überwachen. So waren sie bestens über alles auf dem Laufenden, was dort vor sich ging …

»Die Luft ist rein.«

Erneut riss Schneuzi sie aus ihren Überlegungen. Diesmal zu Recht. Sie mussten los. Komisch, ihre Krallen waren schon wieder ausgefahren. Unbehaglich zog Indy sie wieder ein. Zunächst einmal galt es, mit heiler Haut zu entkommen. Danach konnte sie immer noch in Ruhe ihre Schlussfolgerungen ziehen. Es wurde bereits dunkel. Vorsichtig geduckt witterte sie unter dem Dornenbusch hervor. Niemand zu sehen. Weder Mensch noch Ameise.

Sie stellte die Ohren auf. Von ferne drang ein leiser Ruf an Indys Ohren. Er erinnerte sie an ihre frühe Kindheit. Konnte das sein? Falls ja, bedeutete er ihre Rettung! Er schien von der rechten Seite des großen Versuchsgeländes zu kommen. »Steh auf – die Freiheit ruft«, raunte sie Schneuzi zu und kroch unter dem Busch hervor.

9

SUMPF-TANGO

»*Ich* habe den Wurm jedenfalls nicht gefressen«, sagte Xplode mit einem schrägen Seitenblick auf Kilo Foxtrott. »Macht hin, wir müssen weiter zu den Sümpfen. Hier haben wir keine Chance, wenn die Sashimi-Brüder kommen. Die machen uns platt, bevor ihr Miau sagen könnt.«

»Erfäl daf deinen Welpen«, erwiderte Honeyball und bohrte sich mit einer Klaue tief in der Ohrmuschel rum. »Irgenwie hör ich dich ganth chlecht.«

Die anderen im Team grinsten.

»Kein Schers.« Mit schräg gelegtem Kopf hopste er auf den rechten Pfoten auf und nieder und fluchte: »Verdammd, jets hab ich auch noch 'nen Hörfehler.«

Er haute sich kurz und kräftig mit der flachen Vorderpfote auf die andere Kopfseite. Da machte es »flupp«, und etwas Kleines flog durch die Luft.

»Ein Guppy.« – »Ein Ohrstöpsel.« – »Rattenkacke«, mutmaßten die aufmerksamen Beobachter.

»Falsch«, keuchte Dreipunkteins, der sich hektisch krümmte und hörbar nach Luft schnappte.

»Dreipunkteins!«, rief Honeyball erfreut. »Waf machft du in meim Ohr?«

»An.hän.ger nass. Ohr tro.cken«, war der schlichte, aber ärgerliche Kommentar des Wurmes. »Dan.ke für Fra.ge. *Mir* geht gut!«

Honeyball lächelte verlegen und bot ihm die Pfote zum Einstieg. »Frieden?«

»Frie.den«, grummelte Dreipunkteins und schlängelte sich in seinen bewährten Unterschlupf.

»Dann ist ja alles bestens«, meinte Maxim. »Und wie geht

es dir?«, fragte er Ian, der sich einem allgemeinen System-
check unterzog.

»Keine ernsthaften Verletzungen«, meinte der, »nur ein
paar Schrammen am Ego. Lasst uns los, ehe Bruce zurückkommt.«

Erschöpft rappelten sich die Gefährten hoch. Sie starteten
langsam, liefen aber immer schneller, um wieder warm zu
werden. Ihnen war eiskalt im nassen Fell. Hier draußen über
der kargen Ebene war die Luft deutlich kälter als in dem un-
terirdischen Tunnelsystem.

Nach und nach veränderte sich die Landschaft. Dürres
Sumpfgras, das wie herausgerissene Haarbüschel vor sich
hin kümmerte, ragte vereinzelt aus dem Boden. Dazwischen
befanden sich sandig-nasse Flächen in ständiger leichter
Bewegung. Leises Zischen und Rieseln begleitete die träge
aufwallenden und in Zeitlupe dahinfließenden Sandströme.
Vereinzelt hörte man ein sachtes Ploppen, wenn Gasblasen
an der Oberfläche zerplatzten. Über dem Boden lag eine wa-
bernde Nebelschicht, die wie durchbrochene Spitze wirkte.
Ansonsten war es totenstill. Selbst der Wind schien einge-
schlafen zu sein.

»Ist das eine Einöde«, meinte Kilo Foxtrott, »ich werde
mal die nähere Umgebung checken.«

»Lass das lieber«, riet ihm Xplode.

Aber der Spatz war schon längst in der Luft über dem
Sumpf, froh, dass er seine Flügel nach der langen Zeit unter
Tage wieder frei entfalten konnte. Kurz darauf kam er ins
Trudeln, flatterte hektisch und stürzte unsanft ab.

»Ja, ja, hier treten viele Gase natürlichen und unnatür-
lichen Ursprungs auf. Unser Freund hat da sicher gerade
ein Vorkommen von farb- und geruchlosem Sumpfgas oder
auch Methan gefunden«, dozierte Xplode. »Hat wegen seiner
geringen Dichte echt unangenehme Auswirkungen auf die
Tragfähigkeit von Luft und Wass… is was, Kilo?«

Während Xplodes überflüssigem Vortrag versank der

Spatz langsam in einem Sandstrudel und stieß gurgelnde Pfiffe wie von einer kaputten Trillerpfeife aus.

»Tja, dann will ich mal Tango tanzen gehen. Ihr bleibt hier und verhaltet euch absolut still!« Xplode schaute das unruhig in den Startlöchern stehende Team warnend an. »Ich habe keine Lust, gleich noch jemanden von euch retten zu müssen. Ruhe jetzt.«

Er stellte die Ohren auf und lauschte auf die Melodie, die die platzenden Gasblasen erzeugten. Dann erhob er sich auf die Hinterbeine, nahm Körperspannung an und tänzelte wie ein Profi im Tangoschritt vorwärts. Glitt elegant hin und her, hob und senkte die kleinen Füße und warf den Kopf zur Ortung vor und zurück.

Xplode schien völlig selbstvergessen im Tanz versunken zu sein, während Kilo Foxtrott weiter unterging und sein Pfeifen immer abgehackter klang. Schließlich hatte die Ratte ihn erreicht und warf den Bruder-Rucksack auf den versinkenden Vogel, der gerade noch den Schnabel öffnen und sich am Schulterriemen festbeißen konnte. Damit zog Xplode das fliegende Leichtgewicht Stück für Stück auf eine Insel aus Grasbüscheln, die ihm Halt gab.

Kilo Foxtrott schrillte wie ein Rauchmelder. »Das war fucking knapp. Ging das nicht etwas schneller?«

»Gern geschehen, du mich auch«, erwiderte Xplode. »Nur zu deiner Info: Es gibt hier keinen festen Weg. Die Beschaffenheit des Bodens ändert sich andauernd. Will man hindurchlaufen, muss man das Lied des Sumpfes erkennen und sich seinem Rhythmus anpassen. Nur wer zuhören und tanzen kann, kommt hier durch.« Erhobenen Hauptes wandte er sich um und wollte sich auf den Rückweg machen.

»Warte!« Kilo Foxtrott ließ die Flügel hängen. »Ich kann nur singen, nicht tanzen.«

Xplode sah ihn stirnrunzelnd an. »Du solltest vielleicht deinen Namen überdenken. Komm her und lerne. Ich führe. Und wehe, du trittst mir auf die Pfoten.«

Kilo Foxtrott ergab sich seufzend in sein Schicksal und legte zusammen mit seinem rättischen Tangopartner eine denkwürdige Tanzeinlage hin.

An den Ausläufern des Sandmeeres verfolgte der Rest der Truppe gebannt den Zickzackkurs der beiden. Kaum angekommen, verneigte sich Xplode unter ihrem begeisterten Applaus und trat leichtfüßig auf Ian zu. »Ich hoffe, du hast jetzt eine Vorstellung davon, mit welcher Präzision wir vorgehen müssen, wenn uns Sumos Killer hier auf den Fersen sind. Die Pudel können sich am Klang im Gelände mindestens ebenso gut orientieren wie ich. Ein Fehltritt von nur einem von uns, und wir sind ein gefundenes Fressen für Bruce und Lee.«

Ian schluckte. »Wir brauchen einen Plan. Es macht keinen Sinn, das Leben von uns allen zu riskieren. Wie ich Maxim kenne, ist er der Erste, der im Sumpf versinkt.« Mit einer Pfotenbewegung beschwichtigte er den aufkeimenden Protest des Norwegers. »Ich werde den Lockvogel spielen und die Pudel in den Untergang führen. Die beiden haben mich auf dem Riecher, seit ich ihr Ebenbild markiert habe.« Ian lächelte. »Ich weiß auch schon genau, wie ich es anstellen werde. Ein wenig Unterstützung könnte ich aber brauchen. Von dir und Dreipunkteins, der als Einziger das Terrain präparieren und für mich markieren kann. Ich verlasse mich auf euch.«

»Guter Witz.« Xplode kicherte so irre, dass dem Kater angst und bange wurde. Er bemerkte jedoch, dass der Nager ihn dabei aufmerksam aus den Augenwinkeln beobachtete. Vielleicht testete er ihn?

Ian beschloss, sich nicht beirren zu lassen. »Dreipunkteins, bist du bereit?«, fragte er.

Der Wurm wand sich aus dem Totenkopf, sprang auf die dargereichte Katzenpfote und ließ sich auf dem Kopf des Katers nieder.

»So, dann dasselbe noch mal in Grün«, forderte die Ratte.

»Nase hoch und möglichst wenig einatmen, Ian. Finde deinen Rhythmus und fühle den Sumpf-Tango bis in die Pfotenspitzen.«

Sie setzten sich gleitend in Bewegung und warfen synchron die Hacken und Köpfe hin und her, um den Treibsand beim kleinsten Plopp-Geräusch zu umtanzen. Xplode genoss seine Rolle als Vortänzer sichtlich. Nach kurzer Zeit erreichten sie eine strategisch günstige Stelle. Auf Ians Zeichen glitt der Wurm nach unten und bohrte sich in den tragfähigen Untergrund.

»Buddel, was das Zeug hält«, rief ihm der Kater hinterher. »Mein Leben wird von deiner Effizienz abhängen.«

Das musste man Dreipunkteins nicht zweimal sagen. Er liebte es, endlich wieder Bodenkontakt zu haben, und war innerhalb weniger Sekunden spurlos verschwunden. Kater und Ratte kehrten konzentriert tanzend zu den anderen zurück. Ian versuchte sein musikalisches Gespür zu verfeinern und übernahm die Führung. Nur dann und wann korrigierte ihn Xplode ganz leise.

Nach erfolgreicher Ankunft auf festem Grund und Boden scheuchten sie Maxim, Honeyball und Kilo Foxtrott auf, die es sich bequem gemacht hatten und das seltsame Schauspiel mit Noten bewerteten.

»So, Jungs, genug gegafft«, erklärte Xplode. »Ich schlage vor, ihr macht euch unsichtbar, während Ian hier auf Warteposition geht.« Eine eher nette Umschreibung für das geplante Himmelfahrtskommando.

Maxim hob die Pfote und wünschte Ian Glück. »Soll ich nicht lieber?«, bot er vorsichtshalber an.

Ian schaute seinem Bewacher in die Augen und schüttelte den Kopf. »Danke, Großer. Aber das ist meine Prüfung. Die werden hinter *mir* her sein. Meine Pinkelattacke hat Bruce wild gemacht, und der ist vom Fluss aus garantiert als Erster hier. Dich brauche ich als Rückendeckung, sobald Lee mit der gesamten Rattenarmee anmarschiert. Falls er mir nicht ebenfalls in den Sumpf folgt, bekommst du es mit dem größeren Gegner zu tun.«

Maxim nickte. »Ich halte mich bereit.«

DES PUDELS KERN

Ian lief denselben Weg zurück zum Flussufer, den sie gekommen waren. Alle paar Meter markierte er das Gelände und stimmte lauthals eine schräge Katzenmusik an, in der es um ein Paar Pudelhunde mit moralisch zweifelhafter Mutter ging.

Als sich danach nichts tat, stellte er weiterführende Vergleiche zwischen Aussehen und Gestank von altem, rohem Fisch und dem Körpergeruch gewisser Hunderassen an.

Endlich hörte er in der Ferne ein näher kommendes tiefes Keuchen, das an eine stampfende Dampfmaschine erinnerte. Ian ging hinter einem abgestorbenen Busch in Position und wartete.

Der schwarze Pudel schoss mit geschätzten hundert Sachen heran und ratschte schwungvoll an den ausgefahrenen Krallen der vorgestreckten Katerpfote entlang. Sie schlitzten ihm, gemildert durch die drahtig dichte Wolle, auf ganzer Länge die Flanke auf, wenn auch nicht sehr tief. Was die Laune des Pudels nicht sonderlich verbesserte. Kein Mucks kam über seine hochgezogenen Lefzen, keine Regung zierte sein Gesicht. Nur das strahlende Blau seiner Augen wurde noch einen Tick intensiver, da sich die Pupillen beim Fokussieren des Urhebers vollkommen zusammenzogen.

Schlechtes Zeichen, dachte Ian, das spricht für exzellente Ausbildung und Selbstkontrolle. Hier braucht es keine weitere Provokation. Er setzte auf den guten alten Jagdinstinkt und hechtete, was das Zeug hielt, in Richtung der präparierten Stelle im Sumpf. Der mit Xplode eingeübte elegante Tanz-stil war vergessen. Sein Katzen-Tango ähnelte eher einem Breakdance. Er holte beim schnellen Hakenschlagen nach Gehör völlig neue Tanzfiguren aus seinem Körper heraus. Ein paarmal trat er mit einer Pfote ins Nichts. Der Killer blieb ihm dabei mühelos auf den Hinterpfoten. Er hatte es auch einfacher, er musste nur folgen. Ian meinte, seinen heißen Atem bereits im Nacken zu spüren.

Erneut verfluchte Ian das bequeme Leben auf Frauchens Sofa. Gern direkt ins Maul gefüttert mit gefriergetrockneten Fischhäppchen. Die heiß geliebten Leckereien hatten seine Kondition nicht eben verbessert. Er schwor sich, mehr Aus-dauertraining am Kratzbaum zu machen, sollte er das hier überleben. Keuchend erreichte er das Zielgebiet. In letzter Sekunde erspähte er den rosa Zipfel von Dreipunkteins und bündelte seine verbliebenen Kräfte zu einem großen Hecht-sprung. Schreckerfüllt spürte er, wie ihm bei der Landung die Hinterpfoten wegsackten. Er nutzte den restlichen Schwung, krümmte sich und machte eine Judorolle vorwärts, nach der er sich auf festem Boden wiederfand.

Sein Verfolger deutete das Manöver richtig und versuchte, der tückischen Stelle durch Bremsen auszuweichen. Doch seine Geschwindigkeit war zu hoch. Er schlidderte direkt in die Falle. Die obere Sandschicht gab unter dem Gewicht nach, sackte nach unten, schloss sich um seine Hinterläufe. Der Pudel saß aufrecht mitten im Treibsand und versank reglos Zentimeter um Zentimeter. Ruhig fixierte er Ian und knurrte: »Bist du tot. Weißt du nur noch nicht.«

»Interessant, dass ausgerechnet du das Thema anschnei-dest«, entgegnete Ian atemlos und hielt sich die Seite. »Falls du auf Rettung durch deinen Bruder zählst, der amüsiert sich gerade mit meinem Kumpel«, bluffte er und gab Maxim ein verstecktes Zeichen, in Deckung zu bleiben.

Bruce runzelte die Stirn und schaute ihn verächtlich an. »Was willst du, Opfer?«

»Informationen«, schnaufte Ian. »Sag mir, was ihr mit Indy gemacht habt, und ich hol dich da raus.«

»Das Miststück is deine Schwester«, stellte der Königspudel fest und verzog angewidert die Lefzen. Mittlerweile war er bis zum Hals versunken. »Die Schlampe ist ex. Voll scheiße verreckt in der Tierklapsenanstalt Faule Spree.«

Im sicheren Bewusstsein, Ian mit dieser Nachricht den ultimativen Schlag zu versetzen, beschrieb der schwarze Köter äußerst plakativ die übelsten Stationen von Indys Leidensweg, bevor sie qualvoll verendet war. Schließlich tauchte er lautlos unter. Der Sand floss über ihm zusammen, und von Bruce war nichts mehr zu sehen.

Ian blieb erstarrt sitzen. Zu keiner Regung mehr fähig. Weder körperlich noch emotional. Es fühlte sich an, als habe in ihm jemand die Glühbirne herausgedreht. Seine Indy, die er von Kätzchenbeinen an kannte, tot? Wie betäubt sammelte er den Wurm auf und wankte mechanisch in seinen verschwimmenden Fußstapfen zu den anderen zurück. Er wollte nichts mehr hören. Es war ihm egal, ob er jetzt auch unterging.

Das Team hatte sich am Rand des Moores versammelt und bestürmte ihn mit Fragen.

»Was hat Bruce gesagt?«

»Wo ist Indy?«

Ians Muskulatur drohte zu versagen. Ein schwerer Fall von Katerplexie stand bevor. Er spürte, gleich würde er für lange Zeit weg sein. Mit zitternden Pfoten nestelte er zwei Pervitin-Tabletten und eine Portion Antidepressiva aus dem Notfallgeschirr. Er warf den Cocktail ein, schluckte mühsam und musste sich kurz sammeln, ehe er stockend berichtete, was Bruce' letzte Worte gewesen waren.

»Scheiße«, fluchte Maxim, »das glaube ich einfach nicht! Der Idiot ist doch bloß ein Fußsoldat, nie im Leben weiß der, was die mit den Versuchstieren im Detail veranstalten. Ich glaube, es gibt immer noch eine Chance, die Süße zu retten. Indy ist widerstandsfähiger als wir alle zusammen. Ich jedenfalls gebe nicht auf.«

Wider Willen brachen seine Gefühle durch. Tränen schimmerten in Maxims Katzenaugen. Verstohlen wischte er sich über die Schnauze und bekräftigte: »Bis ich ihre Leiche gesehen habe, gehe ich davon aus, dass Indy noch lebt. Zumindest werde ich alles tun, um in Erfahrung zu bringen, was wirklich aus ihr geworden ist. Ganz sicher traue ich nicht den letzten Worten eines gestörten Sadisten! Der Hund lügt doch wie gedruckt.«

»He, seht mal!« Honeyball schien sich allmählich wieder zu erholen. »Was is das große Chwarze, das uns da entgegenkriecht?«

Alle drehten sich in Richtung des Moores, auf das er mit der Pfote deutete, und sahen, dass Sumos Häscher sich zur Hälfte wieder herausgekämpft hatte.

»Verdammt, wie hat er das gemacht?«, ächzte Ian.

»Wie ich – gra.ben«, antwortete Dreipunkteins kurz und bündig.

»Wie konnte ich Knalltüte das vergessen!«, schimpfte Xplode und haute sich selbst eine runter. »Bruder, du hättest mich warnen müssen!« Er schüttelte sich den Rucksack vom Rücken und würgte den Balg da, wo einst der Hals gewesen sein musste. Anscheinend war er nicht sehr tolerant bezüglich seiner eigenen Fehler. »Großpudel sind Wasserhunde. Gehen aus Spaß auf Entenjagd. Immer rein ins Tiefe. Die sind mit allen Wassern gewaschen – und können sehr lange die Luft anhalten.«

»Wir sind so oder so im Arsch.« Maxim schnaufte entsetzt und deutete nach rechts. »Seht mal da. Das nette Hundchen Nummer zwei mit seinen Anhängern.«

»Folgt mir«, brüllte Xplode, ehe seine Freunde in Panik verfallen konnten. »Wenn ihr leben und Indy retten wollt, müssen wir sofort hier weg!«

Gesagt, getan. Während sie gemeinsam Pfotengeld gaben,

hörten sie hinter sich ein zweistimmiges Jagdgeheul, das ihnen sämtliche Haare zu Berge stehen ließ.

DER SCHLÄFER

Sie rannten und rannten. Ians Medikamente begannen zu wirken. Er lief schneller und ausdauernder als alle anderen und setzte sich kurzerhand an die Spitze.

Schließlich war es Honeyball, der nicht mehr konnte. »Lasst mich zurück«, verlangte er, »ich werde mit meinen Artgenossen verhandeln.« Offenbar hatte die Bewegung an der frischen Luft seine Zunge wieder in den Normalzustand gebracht.

Ian stoppte. »Niemand bleibt zurück!«, ordneten er und Maxim wie aus einem Munde an.

Der Norweger war genau in der richtigen Stimmung für einen ordentlichen Kampf. Wenn er nur nicht mehr laufen musste. »Ich hab ohnehin keinen Bock mehr«, sagte er und warf sich in die Brust. »Wollen doch mal sehen, was diese Angebertypen so draufhaben.«

Ian zögerte. Er war Pazifist und hasste Raufereien. Seine Spezialität war eher das taktische Vorgehen. Außerdem ließen sich die meisten Konflikte durch diplomatische Verhandlungen lösen. *Das* war seine Stärke. Nicht rohe Gewalt. Die könnte er nur emotionslos anwenden. Dazu musste man gemacht sein. Ich bin nicht aus diesem Holz geschnitzt, dachte er. Aber ihm blieb nichts anderes übrig, also stellte er sich an Maxims Seite in Position.

Das versprach ein interessanter Kampf zu werden: zwei Königspudel versus die Vertreter der beiden größten Hauskatzenrassen der Welt.

Sie mussten nicht lange warten. Lee kam mit seinem Rattengefolge näher und ging Maxim sofort an.

»Her mit den geklauten Daten, und wir regeln das Ganze wie zivilisierte Vierbeiner«, knurrte er mit rauer Stimme.

»Klar, machen wir«, entgegnete Maxim. »Sind die Winzratten da deine Schläger, die mich einschüchtern sollen?«

Der Pudel wischte sich gedankenverloren die Pfoten sauber. »Humor, wie nett. Die meisten klemmen den Schwanz ein, wenn ich einmal Wau sage. Doch das Lachen wird dir bald vergehen.«

»Dann lass uns gleich damit anfangen. Du bekommst die Daten nicht. Mach was dagegen!«

Der weiße Sashimi-Bruder sah Maxim aufmerksam in die Augen, ging in den sicheren Stand und winkte ihn mit der Pfote heran. »Hau rein.«

Was nun folgte, sollte unter dem Begriff »White Fight« als eine der dramatischsten Begegnungen zwischen Hund und Katze in die Geschichte eingehen. Es zeigte sich, dass der Pudel seine langen Krallen geschliffen hatte. Sie waren so scharf wie bei einer Katze. Und er verstand damit umzugehen. Der Spitzname der Sashimi-Brüder kam nicht von ungefähr: Wie ein Spitzenkoch, der einen Kugelfisch filetierte, verarbeitete auch der Pudel seine Gegner zu etwas Ungefährlichem. Maxim sah schon nach kurzer Zeit aus wie ein rohes Stück Thunfisch.

Sicher, er konnte Lee ein paar schwere Treffer beibringen. Seine Pfoten fanden mit schlafwandlerischer Sicherheit und großer Kraft die empfindlichen Stellen des Hundes. Aber es war offensichtlich, dass er mit seinem Straßenstil auf Dauer nicht gegen die kämpferische Eleganz des Pudels bestehen konnte. Auch Honeyball erkannte das und beschloss, die Geheimwaffe zu aktivieren, als er den sadistisch grinsenden Bruce auf Ian zukommen sah. Er trat vor und flüsterte Indys Bruder etwas ins Ohr.

Ian erstarrte. Etwas ganz und gar Fremdes passierte mit ihm. Es war, als ob ein verborgener innerer Mechanismus bei ihm anspringen würde. Etwas löste sich, fiel ab – und er

wurde ein anderer. Verschwommen sah er Maxim, das weiße
Fell blutrot. Der Norweger hatte kaum noch die Kraft zu
stehen. Ian sah diese Farbe. Rot. All seine Sinne richteten sich
darauf aus. Statt der üblichen Muskelschwäche verspürte er
auf einmal extreme Stärke. Dann wusste er nicht mehr, was
er tat.

Als er keuchend, mit blutigen Pfoten und Fellfetzen im
Maul wieder zu sich kam, lagen beide Hunde wie vom Blitz
getroffen am Boden und rührten sich nicht mehr. Die Rattenarmee war in heillosem Entsetzen geflüchtet. Seine Kameraden starrten ihn fassungslos und auch ein wenig ängstlich
an. Nur Honeyball murmelte ehrfürchtig: »Der Schläfer ist
erwacht.«

Maxim tat verärgert, um seine Verunsicherung zu über-
spielen. »Alter, was war das denn? Das war *mein* Jahrhun-
dertkampf. Kater gegen Rüde. Und du mischst dich da ein
und drehst komplett durch. Bist du jetzt der Katerminator
oder was?«

»Entschuldigung«, stammelte Ian verwirrt, »was ist denn
passiert? Ich … ich habe doch gar nichts gemacht?« Er blickte
auf die bewusstlosen Sashimi-Brüder. »Wer … wie … Ich …
ich hab die Kontrolle verloren. Das ganze Blut, Maxim, du
warst so voller Blut! Ich … ich …« Er brach weinend zusammen, in seinen Grundfesten erschüttert.

Xplode ging zu ihm und legte ihm tröstend die Pfote auf.
Er kannte sich aus mit posttraumatischen Belastungen.

»Blut?« Maxim sah erstaunt an sich hinab und glotzte verständnislos auf seine unzähligen Wunden. Eine feine Blässe
überzog sein Gesicht. »Ich … kann kein Blut sehen«, gestand
er schwach und musste sich erst mal hinlegen.

Honeyball drückte seine Gliedmaßen in Schocklage und
bettete Maxims Hinterpfoten erhöht auf einen Stein. Dann
machte er sich schweigend daran, des Katers Wunden an
Brust, Gesicht und Pfoten mit Fetzen von Sumos kanarien-
gelbem Chiffonschal zu säubern und notdürftig zu verbin-

den. Der Norweger sah danach aus wie mit gelben Schmetterlingen bedecktes Hackfleisch. Er würde mit Sicherheit keinen Schönheitswettbewerb mehr gewinnen. Außer vielleicht zu Halloween. So viel stand fest.

»Wie wär's mit etwas Vorsprung?« Kilo Foxtrott flog heran und legte eine halb aufgerissene Tüte mit Kabelbindern, die er am Rand des mit Plastikmüll verunreinigten Flusses gefunden hatte, vor die bewusstlosen Pudel.

Honeyball wechselte seinen Wirkungsbereich und fesselte die beiden Hunde, indem er ihre vier Pfoten zusammenband und sie so zu zwei handlichen Paketen verschnürte. Dann kümmerte er sich wieder um seine Freunde.

Als sie sich zum Aufbruch wandten, drehte sich der Papillon noch einmal bedauernd zu dem weißen Pudel um und strich ihm sanft über die muskulöse Flanke. Er lockerte ein wenig die strammen Fesseln. »So ein hübscher Kerl«, flüsterte er wehmütig, ehe er den anderen folgte.

Unter anderen Umständen hätte aus ihnen beiden etwas ganz Besonderes werden können …

SPEED

Mit jedem Schritt, den sie sich von der Stelle seines Ausrasters entfernten, gewann Ian Stück für Stück seine Fassung zurück. Er spürte seine Schwester in Gedanken, ganz intensiv. Ihre Trauer, ihre Wut und noch etwas, das sich anfühlte wie zärtliche Fürsorge. Ian hielt inne. Das Gefühl war neu. In diesem Moment wurde ihm klar: Sie war nicht tot. Aber Indy brauchte ihn. Ihren bereits vermuteten Aufenthaltsort hatte ihm der im Sumpf versinkende Bruce unabsichtlich bestätigt: die Anstalt an der Faulen Spree. Im Zentrum für molekulare Biologie hielt man seine Schwester in der militärischen

Forschungsabteilung gefangen. Ian würde Kilo Foxtrott um Luftaufklärung bitten, damit sie auf kürzestem Weg dorthin gelangten.

Langstrecken-Laufschritt. Ian war durch die Tabletten immer besser drauf und gab das Tempo vor. Er konnte alles schaffen. Keine Zeit zum Reden. Vorwärtslaufen. Vorwärts in die Richtung, in die der Spatz geflogen war. Immer weiter. Weiter. Weiter.

Stumm und mit sich selbst beschäftigt, legte der kleine Trupp erstaunlich ausdauernd und schnell große Strecken zurück. Sie liefen durch unbewohnte Gebiete, die zunehmend industrieller wurden. Es roch nach gefilterter Abluft und verbrannten Rückständen.

Welcher Tag war heute? Der Kater hatte das Gefühl für Zeit verloren. Zeit war nur noch Tempo auf Strecke.

Ihr fliegender Späher hielt sie über Geländebeschaffenheit und die Distanz zum Ziel auf dem Laufenden. In der Ferne hinter ihnen war ein schauerliches Heulen zu vernehmen. Noch war es weit genug weg, doch es schien näher zu kommen. Die Rattenarmee hätten sie inzwischen vielleicht abhängen können. Nicht jedoch die langbeinigen Königspudel. Sie waren wieder frei. Viel zu schnell. Hatte da jemand die Pfote im Spiel gehabt? Jedenfalls schien eine weitere Auseinandersetzung unvermeidbar.

Kilo Foxtrott kehrte zurück und erstattete Bericht: »Anstalt auf zwölf Uhr in zwanzig Minuten Laufdistanz. Bei eurem derzeitigen Tempo noch dreißig Minuten bis zum Feindkontakt. Ihr müsst schneller werden, sonst bleiben uns höchstens zehn Minuten, um Indy zu retten.«

Erschöpft sahen die Marathonläufer den Kundschafter an, während sie mechanisch weiterhasteten. Schneller werden? Wie sollte das gehen? Viel zu lange schon hielten sie dieses mörderische Tempo durch und näherten sich dem Ende ihrer Kräfte. Ihrer aller Pfoten bluteten. Sie hatten furchtbaren Durst. Jeder Muskel und alle Knochen im Leib taten ihnen weh. Xplode musste bereits seit einer Viertelstunde von Maxim auf der Schulter getragen werden. Seine kleinen Rattenpfötchen waren durchgelaufen. Honeyball dagegen hielt sich erstaunlich gut. Unter dem niedlichen Äußeren des Leichtgewichts verbargen sich ein stahlharter Wille und ein durchtrainierter Körper.

»Alsdann, ihr müden Gesellen, legen wir noch einen Zahn zu.« Der Papillon schnaufte einmal tief durch und verfiel in gestreckten Galopp. Die Katzen waren genötigt mitzuhalten. Maxim blutete wieder aus mehreren Wunden. Mit den rot-gelben Schleifchen in seinem Fell sah er aus wie einem Horrorfilm entsprungen. Niemand hatte Zeit, ihn noch mal zu verarzten. Blieb zu hoffen, dass kein Dreck in die Wunden gelangte. Trotzdem holte auch er mit zusammengebissenen Zähnen das Letzte aus seinem geschundenen Körper heraus. Ian lief jetzt an seiner Seite und beobachtete ihn besorgt. Wie lange würde der Norweger das noch durchhalten? Und wie lange würde *er selbst* noch durchhalten? Wie viel Zeit blieb ihm bis zum nächsten Blackout?

»Was ist das für ein Geräusch?« Ian drehte seine Ohren auf vollen Empfang.

»Das?« Kilo Foxtrott räusperte sich verlegen. »Das ist die Autobahn. Die Tierversuchsanstalt liegt auf der anderen Seite. Ich dachte, ich sag's euch erst, wenn's so weit ist.«

»Auch das noch!« Honeyball war der Einzige, der noch genug Kraft hatte, sich aufzuregen. »Vier- oder sechsspurig?«

»Rate mal.«

»War ja klar.« Maxim verdrehte die Augen. »Das zählt jetzt auch nicht mehr. Katzen haben sieben Leben.« Schnaufend konzentrierte er sich auf den Endspurt.

Ein mit meterhohem Drahtgitter eingezäuntes Gelände kam in Sicht und wurde immer größer. Oben war der Zaun mit Stacheldraht versehen.

»Scheiße, das ist Guantanamo«, fluchte Maxim, als er

die Sicherheitseinrichtung aus der Nähe sah. »Elektrozaun, Kameraüberwachung, Bewegungsmelder. Und alles voller Wachpersonal. Guckt euch mal an, wie viele Zweibeine auf dem Gelände rumwieseln. Die suchen was.«

»Kann sein«, meinte Ian, »aber lösen wir ein Problem nach dem anderen. Erst die Autobahn.« Er schnaufte hechelnd durch. »Wir gehen auf Foxtrotts Kommando geschlossen rüber. Das erhöht unsere Chancen. Er hat aus der Vogelperspektive den Überblick und kann uns leiten. Wenn wir drüben sind, bleibe ich an der Straße und halte euch den Rücken frei, sollten Bruce und Lee auftauchen. Maxim, du musst den Elektrozaun lahmlegen. Das kann nur ein Spezialist.«

Ian beugte sich zum Kater und flüsterte ihm ins Ohr: »Maxim, hör zu: Wenn du da bist, schreist du Folgendes, so laut du kannst …« Er nannte ihm den geheimen Geschwister-Code. »Wenn Indy dich hört, wird sie sofort wissen, dass ich hier bin, und sich melden.«

»Alter Nostalgiker«, brüllte Maxim gegen den zunehmenden Autolärm an. »Viel Spaß mit den Pudeln, die schaffst du ja locker allein – wenn du nicht gerade pennst.«

Alle konzentrierten sich nun auf den Vogel. Kilo Foxtrott hatte von seiner Position über ihren Köpfen aus aufmerksam den fließenden Verkehr beobachtet.

»Ich pfeife, wenn ich eine große Lücke sehe. Alle bleiben dicht an mir dran. Erst bis zum Mittelstreifen. Dann kurze Pause, während ich die Lage auf der anderen Fahrbahn checke. Etappe zwei ebenfalls auf meinen Pfiff. Ready?«, schrie er, um den Höllenlärm der vorbeirasenden Autos zu übertönen.

»Verstanden.« Sie nickten und gingen an der abgasverseuchten Fahrbahn in Startposition. Es dunkelte bereits. Bei den Autos leuchteten die Scheinwerfer. Bis Kilo Foxtrott in der Reihe der Fahrzeuge eine ausreichend große Lücke ausmachen konnte, dauerte es eine gefühlte Ewigkeit. Endlich war es so weit. Auf seinen Pfiff liefen sie sauber in zwei Etappen über die Bahn.

Während die anderen weiter zum Zaun des Institutes liefen, blieben Ian und der fußlahme Xplode als Verteidiger am Fahrbahnrand stehen. Sie beobachteten das Gelände jenseits der Autobahn durch die Lücken zwischen den fahrenden Autos. Der Verkehr floss rasend schnell und stetig an ihnen vorbei. Kilo Foxtrott kreiste wie ein Raubvogel über ihnen und informierte sie präzise über die Fortschritte des Rettungsteams und die Position der sich nähernden Verfolger.

Dann waren sie da.

Die Rattenmeute blieb verschwunden, doch das Königspudel-Killerduo jagte vereint. Bruce hatte seinen Intimfeind bereits gesichtet und fixierte ihn über sämtliche Fahrbahnen hinweg mit seinen eiskalten blauen Augen, ohne mit der Wimper zu zucken. Ian konnte mühelos sein eigenes Todesurteil darin ablesen. Also ging es um alles. Nun gut. Er würde diese Bestien nur über seine Leiche zur Schwester und den Freunden durchlassen.

Die Pudel verständigten sich wortlos mit Blicken und trennten sich. Schlau, sehr schlau. Lee lief etwa fünfzig Meter nach rechts zu einer Haltebucht. Bruce trabte ebenso weit nach links. Sie würden die Autobahn auf sich allein gestellt überqueren, um Ian anschließend von beiden Seiten gleichzeitig in die Zange nehmen zu können. Er entschied, Bruce im Auge zu behalten, und näherte sich dessen Position. Foxtrott konnte sich um den Weißen kümmern.

Wie auf Kommando liefen die beiden Hunde los und erreichten unbeschadet den Mittelstreifen. Kilo Foxtrott attackierte Lee mit wirkungslosen Scheinangriffen, die dieser unbeeindruckt hinnahm. Dann folgte Phase zwei: Wieder liefen die Brüder synchron auf die Fahrbahn. Bruce kam mit hochgezogenen Lefzen direkt auf Ian zugerannt und sprang auf den letzten Metern kraftvoll ab. Ian fauchte furchterregend und sträubte sein rotes Fell. Er wich mit dem Hinterteil zurück. Dann legte er alle verfügbare Kraft in seine muskulösen Hinterbeine und stieß sich vom Boden ab. Während er durch die Luft flog, rollte er sich zu einer kompakten Kugel zusammen und zog die Pfoten ein. Bei Pudelkontakt würde er sich mit allen vieren frontal von Bruce' schlanker Brust abstoßen.

Genau über der Linie für den Seitenstreifen prallten sie wie in Super-Zeitlupe aufeinander und wurden wie zwei Flipperkugeln in die Richtung zurückkatapultiert, aus der sie gekommen waren. Ein Umstand, der sich als fatal für den angriffswütigen Hund erwies. Denn just in diesem Moment fuhr ein riesiger Lkw mit Hirschfänger an der Zugmaschine vorbei, der den Pudel-Zwilling mit einem sehr, sehr hässlichen Geräusch frontal auf den Kühlergrill nahm. Weg war der Widersacher.

Kilo Foxtrott hatte ebenfalls ganze Arbeit geleistet. In dem Bewusstsein, dass er zu klein war, um Lee ernsthaft zu schaden, hatte er sich mit voller Absicht vor einen herannahenden Kleinwagen gestürzt, den eine korpulente Frau im rosa Kostüm steuerte, und auf ihre Tierliebe gesetzt.

Er hatte recht behalten. Die Fahrerin verriss das Steuer, um der Kollision mit dem Vogel auszuweichen, und erwischte dabei die Flanke von Lee, der gerade die Einfahrt der diesseitigen Haltebucht erreichte. Eine sofort eingeleitete Vollbremsung brachte das Auto ins Schleudern und schließlich im Haltebereich mit abgewürgtem Motor zum Stehen. Kilo Foxtrott war derweil von der Wirbelschleppe des nachfolgenden Kleintransporters erfasst und wie in einer Waschmaschine durch die Luft geschleudert worden, ehe er unsanft an einem Baum bruchlandete.

Bleich wie ein Geist schälte sich die Fahrerin aus dem Auto und hastete zu dem im Scheinwerferlicht ihres Wagens reglos daliegenden weißen Pudel. »Oooooh, du armes süßes Hundilein. Habe ich dir wehgetan, mein Hübscher?«

Schnaufend bückte sie sich und streichelte dem Königspudel über den Kopf. Als dieser nicht reagierte, hob sie ihn ächzend hoch und schleifte den ohnmächtigen Krieger auf ihren Beifahrersitz. »Keine Angst, Mutti kümmert sich um dich.«

Foxtrott konnte sich trotz eines schmerzhaft verstauchten Flügels ein schadenfrohes Grinsen nicht verkneifen. Er stellte sich den gefürchteten Killerpudel mit einem rosa Strasshalsband und passendem Schleifchen im Haupthaar vor.

Gründlicher konnte man einen gefürchteten Gegner und sein beinhartes Image nicht vernichten.

10

ELEK-TRICK

»Da ist die Stromversorgung.« Maxim war hoch konzentriert. »Zweibein-Stümper! Unten nicht vernünftig abisoliert.« Er drehte sich um, streckte die Hinterbeine durch, ließ seinen Schwanz erzittern und schickte einen gezielten Strahl Urin direkt an die betreffende Stelle. Ein kurzer Blitz und die Verpuffung des Katersekrets waren die Folge.

Honeyball würgte und wusste jetzt schon, dass er den widerlichen Geruch nie wieder aus seiner empfindlichen Nase bekommen würde.

»Mauabunga«, schrie Maxim übergangslos. Ians alter Schlachtruf, mit dem die Maine-Coon-Geschwister in ihrer Kindheit »Ninja Turtles« gespielt hatten. »Mauabunga!«

Honeyball fing an, fieberhaft zu buddeln. Der Zaun stand nicht mehr unter Strom, war aber immer noch unüberwindbar. Indy würde einen Tunnel in die Freiheit sicherlich sehr begrüßen.

Maxim beobachtete erstaunt, wie viel Energie noch immer in dem winzigen Hundekörper steckte. Prüfend schaute er sich um. Niemand zu sehen. Die Luft war rein. Mit einem gottergebenen Seufzer machte er sich für sein Kunststück bereit. Er duckte sich, sammelte Kraft und flog wie von der Sehne geschnellt über zwei Meter hoch in den Zaun, dessen oberes Ende sich v-förmig verzweigte. In der Mitte lag die Stacheldraht-Spirale. Die Zwischenräume waren zu klein, als dass ein Mensch sich hätte hindurchzwängen können. Aber groß genug für einen wendigen Kater. Er verhakte sich natürlich mit seinem Fell. Ärgerlich riss er sich los, überwand das heikle Stück, sprang hinab und fiel voll auf die Schnauze. Er rappelte sich hoch und grub sich von der anderen Seite aus zu Honeyball durch. Dabei rief er immer wieder laut: »Mauabunga.«

Gut, dass ihn jetzt keiner aus seiner alten Straßengang sehen konnte. Buddelnd wie ein Hund und rufend wie ein kleines Kätzchen. Er schüttelte sich kurz vor Schreck. Dann machte er weiter.

KUGELFANG

Indy spitzte die Ohren. Deutlich klarer drang der altbekannte Ruf an ihre Ohren. »Hörst du das auch?«, fragte sie Schneuzi, der nah an ihrer Flanke schlich.

»Mauer... was?«, flüsterte der Kleine.

»Mauabunga – das heißt, mein Bruder ist hier. Er ist gekommen, um uns zu befreien.« Aufgeregt tätschelte sie Schneuzis Kopf. »Warte, woher kommt der Ruf?«

Beide lauschten aufmerksam mit aufgestellten Ohren.

»Da hinter der Ecke muss es sein. Ich höre aber jemanden graben«, meinte Schneuzi.

»Dann los, bevor das Zweibein zurückkommt.«

Tiefergelegt pirschten die beiden Katzen jede Deckung nutzend durch das Gelände. Sie spähten um die Ecke. Indy sah einen rot-weiß gefleckten Kater, übersät mit gelben Tüll-Schleifchen. Er drehte ihr den böse zerschrammten Hintern zu, buddelte wie wild im Boden und brüllte dauernd ihren Schlachtruf. Lächerlich. Das war niemals ihr Bruder!

»Wer bist *du* denn, du Clown?«, fauchte Indy den riesigen Artgenossen an. Der machte einen Riesensatz aus dem Loch heraus.

»Ich freue mich auch, dich zu sehen.« Maxim stierte seiner heimlich Angebeteten wie hypnotisiert auf ihren steil erhobenen vielfarbigen Schweif mit den langen Haaren. Er sah sehr buschig aus, fast wie eine Palme. Sie hatte wahrlich den schönsten Schwanz, den er je gesehen hatte.

»Beim Zerberus, Indy!«, bellte Honeyball erfreut. »Ich wusste, wenn es jemand schafft, dann du!«

»Und ein kleines Töchterchen hat sie auch noch«, ergänzte Maxim säuerlich mit hochgezogenen Brauen.

»Ich bin ein Junge, alter Sack«, verteidigte sich Schneuzi kratzbürstig und fauchte.

Maxim schaute Indy fragend an, während diese sich betont gelangweilt die Pfote leckte. Vielsagend musterte sie den lädierten Kater von oben bis unten. »Wollen wir hier eine Familienaufstellung machen oder was? Ich kannte mal einen ähnlich hässlichen Typen.« Indy rümpfte die Nase. »Hieß Maxim oder so.«

»Na sicher. Wer ist auch sonst so blöd, dich Beißzange zu suchen«, knurrte der Norweger, geschmeichelt, dass sie sich an seinen Namen erinnerte. »Los jetzt, rein in den Tunnel. Ist gerade fertig geworden. Euer Ticket in die Freiheit läuft allmählich ab.«

Wie aufs Stichwort kam eins der beiden mittlerweile mehrfach verletzten Zweibeine um die Ecke gehinkt und krakeelte laut: »Da! Ich hab sie! Hierher! Die wollen abhauen.«

Schwarz gekleidete Typen kamen von allen Seiten angerannt. Sicherheitsleute. Vermutlich dieselben, die Indy im Fahrstuhl gestellt und mit dem Betäubungsgewehr erwischt hatten.

»Zack, zack«, bellte Honeyball, »hebt euch eure Wiedersehensfreude für später auf. Oder wir machen demnächst alle einen Exklusivrundgang durch die Versuchsabteilung.«

Indy schob Schneuzi in den Tunnel und folgte ihm dichtauf. Maxim zwängte sich als Letzter in das enge Loch, gerade als das erste Zweibein den Zaun erreichte. Zum Glück ahnten die einfältigen Söldner nicht, dass der Zaun deaktiviert war.

»Außenrum! Durchs Tor!«, brüllte ihr Verfolger. Da waren die drei Katzen bereits sicher unter der Erde.

Am Tunnelausgang schaute sich Indy um und entdeckte den anderen schreienden Weißkittel, der ein gutes Stück entfernt neben dem Gebäude einen wahren Affentanz aufführte – im Bemühen, die wütenden Riesenameisen abzuschütteln, die ihn von beiden Seiten in die Zange genommen hatten, an der Hose hochkrochen und kräftig zustachen. Natürliche Reproduktion dürfte für diesen Wissenschaftler in naher Zukunft kein vorrangiges Thema mehr sein.

Das Versuchsgelände jenseits des Zauns war jetzt in gleißend helles Flutlicht getaucht. Am Himmel hing ein makelloser Vollmond, der die Natur auf der anderen Seite mit kühlem Schein beleuchtete. Ganz schlecht für einen diskreten Abgang. Zumal es bis zum Waldrand keine Deckung gab.

In abgeklärter KGB-Agentinnen-Manier prüfte Indy die möglichen Fluchtwege. Rechts lag ein Feld, das in den angrenzenden Wald hineinführte. Geradeaus rauschten die Lichter der Fahrzeuge dicht an dicht auf der Autobahn vorbei. Direkt davor sah sie den Umriss einer Gestalt, die hoch aufgereckt auf den Hinterpfoten stand. Entweder war das ein übergroßes Erdmännchen in Alarmbereitschaft oder …

»Ian!«, maunzte sie erfreut und rannte schnurstracks auf ihren Bruder zu. Schneuzi folgte ihr dicht auf den Fersen.

Ian traute seinen Augen kaum. Da war sie. Gesund und munter. Als sei nichts geschehen. Na gut, bis auf das leichte Humpeln und den irren Glanz in ihren Augen. Aber das war ja eigentlich nichts Neues. Und etwas Kleines sprang hinter ihr her. Wer war dieser Wurmfortsatz? Welcher Art von Experiment war seine Schwester unterzogen worden? Er schloss die Augen und schnupperte nach ihrer nahen Präsenz. Er würde wieder den Familiengeruch teilen können. Endlich. Voller Vorfreude stellte er die Ohren auf, um ihrer zarten Stimme zu lauschen.

»Warum kommst du erst jetzt?«, hörte er sie vorwurfsvoll zischen. »Und schickst dann andere vor, um mich zu retten?«

Da war es wieder, das alte Lied. Er konnte sich für seine Schwester den Schwanz rausreißen. Es war nie genug. Enttäuscht öffnete er die Augen und wollte ihr gerade antworten, als er ihre schelmisch blitzenden Augen sah.

»War nur Spaß.« Spielerisch hieb sie ihm mit der Pfote auf die Schnauze. »Was macht denn das hässliche Fressen bei dir? Das lebt ja noch«, bemerkte sie mit einem lauernden Blick auf Xplode.

»Aua! Pass doch auf!« Er rieb sich die Nase, auf der ein blutiger Streifen zu sehen war, und trat näher an die Ratte heran, damit seine Schwester nicht auf dumme Gedanken kam. »Darf ich vorstellen, das ist unser Führer durch die Unterwelt und guter Freund Xplode. Er steht unter meinem persönlichen Schutz. Kein Fressen. Wehe, du tust ihm was!« Warnend schlug er mit dem Schwanz und machte sich ein bisschen größer.

»Geschwisterliebe. Wie ergreifend«, spöttelte Kilo Foxtrott, der sich den verletzten Flügel hielt. »Hey, Indy, kennst du mich noch? Wir haben zusammengearbeitet, als das Handy der Kanzlerin abgehört wurde.«

»Aber klar. Schön, dich zu sehen, Vögelchen.« Indy nickte der Spätzin zu und bog die Schnurrhaare zurück. Sie ahnte seit Langem, dass sie es hier nicht mit einem Hahn zu tun hatte. Das sagte ihr der weibliche Instinkt. Sie würde das aber nicht aufklären, sollten die anderen es doch selbst herausfinden. »Das ist mein Ziehsohn Schneuzi. Ich bilde ihn zum KGB-Nachwuchsagenten aus.«

»Dürfte ich den erhebenden Moment der Wiedervereinigung kurz mit einer Durchsage stören?«, warf Xplode ein. »Es nähert sich mit einem Affenzahn ein aufgebrachter Zweibein-Mob. Mir scheint, wir sollten bei Gelegenheit das Weite suchen.«

Tatsächlich, vom Tor her kamen die Schwarzvermummten auf sie zugerannt. Jetzt galt es, die Pfoten in die Hand zu nehmen.

»Lass dir was einfallen, um die Verfolger abzulenken. Auf der Ebene haben die uns voll im Visier«, bat Ian die Ratte.

Xplode grinste, salutierte und rief: »Klar, Chef, habe bereits eine zündende Idee.« Kichernd nahm er den Rucksack vom Rücken. »Mal sehen, was haben wir denn da? Ah, das gute alte TNT. Jetzt noch eine lange Zündschnur«, er biss ein passendes Stück von der Rolle ab, »und die Überraschung ist perfekt.«

Der Sprengmeister wies sie mit winkender Pfote an, das Weite zu suchen, tarnte die Ladung mit ein paar Zweigen und entzündete das Ende der Lunte. »Eine nette Überraschung für das Untier-Gesindel«, murmelte er schadenfroh, während er den anderen nacheilte.

Der Menschenmob aus weiß bekittelten Wissenschaftlern und schwarz gekleideter Security kam näher und lief genau über die Sprengladung hinweg. Nichts passierte.

Verdammt! Ein Blindgänger. Xplode stampfte ärgerlich auf. Nun blieb auf die Schnelle nur noch eins: Mit nervöser Pfote wühlte er im Seitenfach des Bruder-Rucksacks herum und erwischte die letzte Rauchgranate.

Einer der schwarz gekleideten Jäger blieb stehen, hob das Gewehr und zielte auf Indy. Ein kleiner roter Punkt tanzte zuckend auf ihrer Flanke, was von Schneuzi sogleich bemerkt wurde. Ein rotes Glühwürmchen. Super. Das musste er haben! Begeistert sprang er seine Beschützerin an, versuchte, das Ding zu erwischen, und warf Indy in genau dem Moment aus der Bahn, als der Mann den Abzug drückte. Sie strauchelte und überkugelte sich in vollem Lauf. Schneuzi hingegen flog wie von einer unsichtbaren Faust getroffen in hohem Bogen durch die Luft. Ihn hatte die Kugel erwischt, die Indy gelten sollte.

»Schneuzi!«, schrie die sonst so abgeklärte Agentin außer sich. Mit einer gekonnten Judorolle kam sie zum Halt und hechtete ansatzlos zu ihrem Ziehsohn hinüber, der reglos auf der Seite lag. »Bastet, große Göttin, nimm mir nicht den

Kleinen«, schickte sie ein Stoßgebet zum Himmel. Ihr blieb keine Zeit, den kleinen Kater zu untersuchen. Sie packte den schlaffen Körper am Genick und jagte weiter auf den Waldrand zu. Fast hatten sie es geschafft. Die ersten Mitglieder der Truppe verschwanden bereits zwischen den Bäumen.

Xplode zog unterdessen mit den Zähnen den Splint aus der Granate und warf das zischende Ding im Laufen hinter sich. Sie landete direkt vor den Zweibeinen und vernebelte ihnen die Sicht.

»Endlich. Gute Arbeit, Xplode«, hörte er im Geiste seinen Bruder flüstern, als er zu den anderen aufschloss.

SCHWERES KALIBER

Der kleine Schneuzi baumelte schlaff in Indys Maul. Keuchend hetzte sie an Maxim vorbei, der immer langsamer lief. Er hatte kaum noch Kraft und stolperte mehr vorwärts, als dass er rannte. Er gelangte allmählich an seine körperlichen Grenzen.

Auf einer Lichtung machte der Konvoi kurz halt. Behutsam legte Indy ihren Schutzbefohlenen ab und untersuchte den kleinen Körper auf Schusswunden. Sie fand nichts. Nur eine winzige Beule im verfilzten, borstigen Fell, da, wo ihn die Kugel erwischt haben musste.

Schneuzis Augenlider flatterten. Er atmete tief ein und stieß ein merkwürdiges Knurren aus, an dem er sich verschluckte. Hustend kam er zu sich und fragte: »Was ist los, Mama?«

Indy war außer sich vor Freude. Ihr Kleiner hatte das Attentat unbeschadet überlebt. Erleichtert versuchte sie, sein widerspenstiges Fell zu richten. »Alles in Ordnung, wir sind bald in Sicherheit.«

Keiner außer Xplode hatte den fehlgeleiteten Fangschuss mitgekriegt. Dass das Zweibein nicht mit Erbsen geschossen hatte, war der Ratte aber klar. Der kriegserfahrene Sprengmeister schaute nachdenklich auf den kleinen Kater mit dem kugelfesten Fell und machte sich so seine Gedanken dazu.

Wackelig rappelte sich Schneuzi auf die Beine, stellte die Ohren auf und witterte. »Ich fühle mich komisch.« Wieder entrang sich seiner Kehle ein dumpfes Grollen.

Ian war verstimmt. Wie kam seine Schwester dazu, dieses schäbige Junge in die Familie einzuschleppen? Das war ja nicht mal von ihr. Er konnte es jetzt schon nicht leiden. »Kleiner, du stehst im Wald«, raunzte er Schneuzi verärgert an.

»Wir müssen wieder zur Autobahn«, ergänzte Honeyball. »Ich wollte eigentlich, dass Kilo Foxtrott meine Limousine holt. Leider hat er sich den Flügel verstaucht. Der Stick mit den Daten aus Sumos Zentralcomputer muss trotzdem schnellstmöglich der Regierung übergeben werden. Zusammen mit den sicherlich ebenso brisanten Informationen unserer Freundin hier.«

Indy war schon wieder ganz die Alte und haute ob dieser Ansage im pseudomilitärischen Gruß ihre Pfote an die Stirn. »Jawohl, Sir, Honeyball, Sir«, parodierte sie. »Auf zum nächsten Gefecht, die Welt retten. KGB-Agentin Indy zu Ihren Diensten.«

»Freches Biest«, flüsterte Maxim entzückt. Er war der Katze wahrlich mit Haut und Schnurrhaaren verfallen.

»Solange der Feind mit der Rauchgranate beschäftigt ist, könntest du uns doch vielleicht kurz erzählen, was du entdeckt hast«, bohrte Honeyball nach.

Indy sah den Hund stirnrunzelnd an. »Okay. Ihr seid hier, also hat Ian meine Nachricht erhalten und den Code entschlüsselt. Ihr wisst demnach, dass ich Professor Sumos Beteiligung an den jüngsten Bauskandalen untersucht habe. Ich denke, das offene Fragezeichen im Code ist ebenfalls gelöst.

Es handelt sich um den überteuerten Neubau der Tierversuchsanstalt Spliens.«

Der Papillon nickte. »Wir kennen Sumos Rolle in den deutschlandweiten Bauskandalen und konnten die entsprechenden Beweise sichern.«

»Aber ihr wisst vermutlich nicht, wer die Verantwortung auf Regierungsseite trägt. Wer der zentrale Kontaktmensch ist, der uns die Suppe eingebrockt hat.«

Die Freunde waren mucksmäuschenstill und fixierten die KGB-Agentin mit erwartungsvollem Blick.

»Sag schon, mach's nicht so spannend«, drängelte Honeyball.

Indy stand auf und lief ein wenig umher. Unruhig witterte sie in Richtung ihrer Verfolger. »Das FLoP wird offiziell vom Regierungspräsidenten geleitet. Aber schaut euch mal das Organigramm an«, sagte sie. »Steht ganz offen im Internet. An höchster Führungsposition lautet der Eintrag ›N.N.‹ – das heißt ›nomen nominandum‹: der noch zu Benennende. Tatsächlich ist der Präsident so sehr mit anderen Dingen beschäftigt, dass er im FLoP praktisch unbekannt ist. Sein Assistent und vormaliger Praktikant Kevin trägt ganz allein die Führungsverantwortung. *Er* ist das Bindeglied zur Unterwelt. Weil er völlig überfordert ist, nimmt er Crystal Meth. Sumo beliefert ihn kostenlos. Und das macht den Burschen gnadenlos erpressbar. Ein Gefallen für den Professor hier, ein Auftrag an sein Unternehmen da. Ein Junkie ist Sumos Schlüsselkontakt! Ich folgte der Spur der Drogen, als sie mich erwischten. Genau wie der Agent vor mir ahnte ich nicht, dass Sumo Kevins Büro aus Sicherheitsgründen lückenlos überwachen lässt. Die Rattenplage im Regierungsviertel ist kein Witz. Das sind alles Späher und Drogenkuriere aus Sumos Stall. Sie sind mir und meinem Kollegen«, Indy senkte traurig den Kopf, »zum Verhängnis geworden. Bondy ist tot. Wer Kevin alias ›Mister Wichtig‹ zu nahe kommt, wird von Sumos Armee sofort aus dem Verkehr gezogen. Seine Leute sind überall. Wahrscheinlich auch hier!« Sie sah Xplode durchdringend an.

Die Ratte war tief beleidigt. »Ich kann auch gehen!«, schnappte er und verschränkte die Pfoten vor der Brust.

Keiner der anderen sagte ein Wort. Indy positionierte sich sprungbereit. Der Nager war in einer extrem heiklen Situation.

Ian seufzte. »Hier wird niemand gegangen oder gefressen. Xplode gehört zum Team. Ich vertraue ihm.« Schützend trat er vor den Kriegsveteranen und schaute Indy herausfordernd an. »Du hast es nicht mitbekommen, aber dieser angebliche Spion hat uns mehrfach das Leben gerettet. Nicht alle Nager sind schlecht, weißt du?« Zur Bekräftigung machte er einen Buckel und streckte die Beine durch.

Kilo Foxtrott flatterte etwas linkisch auf seinen Rücken und stärkte ihm selbigen: »Ich vertraue Xplode ebenfalls.«

Auch Honeyball schlug sich auf Ians Seite. »Ohne den Irren wären wir nicht hier. Und die iCats nicht wieder komplett.« Er warf Indy einen beschwörenden Blick zu.

»Ge.nau!«, rief Dreipunkteins und streckte zur Bekräftigung den Kopf aus dem Auge des Anhängers.

Indy war irritiert. Was für ein Aufhebens um gefundenes Fressen. So viel Gegenwind war sie nicht gewohnt. »Noch ein dummer Esel im Team, und ihr könntet als die Bremer Stadtmusikanten auftreten«, witzelte sie. »Aber ich lasse den Wurm mal gelten.«

Wo war eigentlich ihr Schützling schon wieder hin? Hatte Schneuzi sich in die Büsche geschlagen? Sie sah sich suchend um. Ian, der sich gerade dasselbe gefragt hatte, tat es ihr nach.

In der Tat, der Kleine scharrte hektisch an einem niedrigen Strauch, hockte sich hin und machte mit andächtigem Gesicht ein wahrlich überdimensionales Häufchen. Wäre Ian nicht unfreiwillig Zeuge gewesen, er hätte geschworen, dass diese Menge unmöglich aus so einem kleinen Kerl kommen konnte. Angewidert wich er zurück und hielt sich die Nase zu. Das Zeug stank wie die Pest.

»Nur eine kleine Rattenvergiftung«, meinte Indy lakonisch. Xplode ignorierte ihre Worte.

»Grab das bloß ordentlich zu, sonst müssen wir alle an Vergasung sterben«, ächzte Maxim, und Schneuzi buddelte brav, was die Pfoten hergaben.

Kilo Foxtrott fächelte sich mit seinem gesunden Flügel Frischluft zu. »Puh, das war wirklich übel.«

»Gut, dass wir so gar keine Eile haben.« Maxim wies ungeduldig in Richtung Waldrand. »Sind das dahinten nicht die netten Wissenschaftler aus der Anstalt?«

Schneuzi sprang erschrocken zur Seite und drückte sich zitternd an Indys Flanke. »Lass das!«, fauchte sie den großen Kater an. »Über deine doofen Scherze kann hier keiner lachen.«

»Aber −«

»Kein Aber!«

»Hallo, wenn ich mal unterbrechen darf?« Honeyball wurde das Ganze zu bunt. »Maxim hat recht. Dahinten kommt was, und zwar«, er wies auf das umgebende Buschwerk, über das rote Lichtpünktchen tanzten, »etwas mit Zielerfassung im Gepäck.«

»Noch mehr Glühwürmchen«, staunte Schneuzi.

»Genau. Warte hier, bis sich eins genau zwischen deine Augen setzt. Das bringt Glück«, riet ihm Maxim. »Wir legen uns solange hin.«

»Es *reicht*!« Indy starrte ihn böse an. »Lass meinen Kleinen in Ruhe.«

Der Kater wusste, es war besser, klein beizugeben, wenn seine Angebetete diesen speziellen Tonfall anschlug. Er schnaubte leise und humpelte los. Der Rest der Truppe folgte ihm dicht an dicht und überholte ihn bald ungeduldig einer nach dem anderen. Maxim bildete das Schlusslicht und fiel immer weiter zurück. Kurz bevor er im Unterholz verschwand, verweilte ein roter Punkt auf seinem aschfahlen Fell. Leise machte es »fffop«.

Der Norweger erstarrte. Wie in Zeitlupe brach er auf dem weichen Waldboden zusammen. Er riss die Augen auf und stierte verständnislos auf das kleine Loch in seinem Pelz.

11

SCHLUSSLICHT

»Ich habe den weißen Tiger erwischt«, jubelte ein Zweibein und riss sein Gewehr triumphierend in die Höhe. Maxim schwanden die Sinne. Ihm fiel wieder ein, was das Orakel prophezeit hatte: »Gäkige Gaddse schbiehld mit'm Feiorr. Vorrgoofd ihr Fell irre deier. Am Ändä fälld een Schuss, nu is aus und Schluss.« Das helle Fell war ihm zum Verhängnis geworden. Jetzt hieß es »Aus und Schluss«.

»Kater getroffen!«, brüllte Xplode. »Ungesichertes Kolonnenende!«

Die Flucht der Gemeinschaft geriet ins Stocken. Betroffen scharte sich das Team um den niedergeschossenen Kater.

Maxim atmete ganz flach. Es tat so weh.

»Hoch mit dir«, forderte Ian ihn gepresst auf. »Ist nicht so schlimm, wie es aussieht.«

Maxim schüttelte müde den Kopf. Er konnte nicht mehr. »Lauft ohne mich weiter«, flüsterte er heiser. »Ich warte hier auf die Jäger und lenke sie ab. So habt ihr die Chance zu fliehen.«

»Kommt nicht in Frage!«, protestierten Xplode und Kilo Foxtrott unisono. Ausgerechnet die beiden meistgejagten Katzen-Beutetiere setzten sich als Erste für den Kater ein! Jeder Zwist war vergessen.

»Ohne dich gehen wir nicht. Punkt. Aus. Ende«, bekräftigte auch Indy. Sie dachte nicht im Traum daran, ihren Retter allein im Wald zurückzulassen.

Honeyball tänzelte nervös auf der Stelle und sah sich nach ihren Verfolgern um, die immer näher kamen. Ian dachte nach. Er hatte Angst vor sich selbst, beherrschte sich aber. Entschlossen trat er vor und sagte mit belegter Stimme: »Ihr geht. Ich bleibe bei Maxim.« Er räusperte sich. »Das ist der einzige Ausweg. Ihr wisst, wozu ich imstande bin, wenn es hart auf hart kommt. Außerdem kann mich niemand von euch Leichtgewichten tragen, falls ich schlappmache«, stellte er fest.

Verunsichert sahen sich die Teammitglieder an. Ians Worte erschienen logisch, wie immer.

Honeyball gab als Erster nach. »Dann los«, brummte er, während er nervös in Richtung der heranstampfenden Zweibeine schielte. »Sonst kriegen die Jäger uns alle auf einen Streich.« Er scheuchte den Rest auf die Pfoten und übernahm das Kommando. »Husch, husch!«, bellte er. »Wenn die Gefahr gebannt ist, kommen wir zurück.«

Unauffällig trat er an Ian heran und flüsterte ihm zum Abschied etwas ins Ohr.

Der Kopf des Katers ruckte hoch. Steifbeinig stakste er zu Maxim, der mühsam nach Atem rang. Er biss in den Nacken des Norwegers, hob ihn mühelos hoch und schleifte ihn wie ein übergroßes Stofftier unter ein Geflecht aus Baumwurzeln. Der Rest der Truppe gab Pfotengeld vor den bewaffneten Verfolgern.

Indy drehte sich zum Abschied noch mal um. Entsetzt sah sie, dass ihr Bruder Erde und Laub über den reglosen Maxim scharrte. So begruben Katzen ihren Unrat – bevor er anfing zu stinken. Als sie Ians Blick begegnete, schauderte sie. Ihr Fell zuckte wie wild. Der Bruder hatte nichts Kätzisches mehr an sich. Seine rabenschwarzen Pupillen wirkten wie tiefe Brunnen, in denen ein Stein minutenlang fallen konnte, ohne unten aufzukommen. Sie enthielten seelenlose Dunkelheit. Verzweifelt maunzte Indy auf. Mit gesträubtem Fell und aufgestelltem Flaschenbürsten-Schwanz rannte sie den anderen hinterher.

Ian ignorierte das Verschwinden seiner Freunde und verwischte alle Spuren. Auf Honeyballs Zuruf war er zu einem

Wesen mutiert, das keine Gefühle mehr kannte. Sich selbst fremd, entfernte er sich von Maxims frischem Grab inmitten der alten Wurzeln. Verwundert spürte er zahlreiche ungekannte haptische Reize unter den hochsensiblen Pfoten. Er war jetzt ein Super-Sensor und erweiterte die Sinne in alle Richtungen. Mit den weichen Ballen konnte er den von schweren Stiefeltritten vibrierenden Boden spüren. Sieben Zweibeine bewegten sich auf ihn zu.

Diese Ignoranten. Traten die fruchtbare Erde achtlos mit Füßen. Sahen sie denn nicht die unglaubliche Kraft in den Wurzeln, die wie pulsierende Adern den Untergrund durchzogen? Überall um sie herum wimmelte es von Leben, selbst im Tod. Der Verwesungsprozess des Laubes erzeugte Nahrung für die kleinsten und gleichzeitig wichtigsten Lebewesen. Die schon seit Millionen von Jahren existierten. Und die selbst dann noch da sein würden, wenn alle anderen tot waren.

Der Kater grub seine Krallen in den Boden und wurde eins mit der Natur. Er spürte, fühlte, erlebte die immense Bedeutung der Bakterien für den Zyklus des Lebens. Auch in ihm wirkten sie. Gut so. Ians Organe arbeiteten in Harmonie. Interessant, seine Zirbeldrüse war extrem aktiv. Manche hielten sie für den Sitz der Seele. Doch das war Unsinn. Sie war sein drittes Auge. Gleichzeitig nahm er die Schwerkraft wahr. Bemerkte, wie sich die Welt mit ihm zusammen drehte. Ian war das Zentrum, der Nullpunkt, die Konstante. Bei ihm liefen alle Fäden zusammen. Er empfand sich als untrennbaren Teil des Systems. Er war alles, der Wald, die Erde, die Luft. Mit jeder Faser seines Fells atmete er ein. Er registrierte die vielfältigen Gerüche und sah die kommende Temperaturveränderung durch einen Wetterumschwung voraus. Selbst Zeit schien relativ. Mit Leichtigkeit berechnete er, wie sich die Geschwindigkeit der Verfolger zu der der Fliehenden verhielt. Nicht gut. Das Schicksal jedes einzelnen Teammitgliedes stand ihm klar vor Augen.

Die ausgelaugten Freunde konnten nicht entkommen. Der Vogel hätte vielleicht eine Chance, wenn er die anderen rechtzeitig verließ. Auch der unscheinbare Wurm könnte sich in den schützenden Boden bohren. Die Vierbeiner hingegen würden zur Jagdbeute werden. Es sei denn, er verhinderte es. Hier stand er, mitten auf dem Weg. Und war bereit.

Aus voller Kehle sang Ian ein uraltes Kater-Kampflied aus dem kanadischen Hochland und zog damit die Aufmerksamkeit der Jäger unweigerlich auf sich. Das Einsatzkommando änderte wie gewünscht die Richtung und stürzte sich auf ihn. Sie waren da!

Die Zeit fiel von Ian ab wie ein zu groß gewordener Mantel. Sieben schwarz gekleidete Wachleute aus der Tierversuchsanstalt bewegten sich drohend auf ihn zu – bis an die Zähne bewaffnet. Ians Schnurrhaare bogen sich nach vorn wie eine feingliedrige Radarschüssel. Er öffnete leicht das Maul und flehmte. Gerüche nach Männerschweiß und Testosteron wehten ihm entgegen. Deutlich erhöhte Körpertemperaturen vom schnellen Lauf. Zwei Männer keuchten laut. Mangelnde Fitness. Ein Dicker mit hochrotem Kopf, viel zu schnellem Puls und rotbrauner Aura hatte ein Herzproblem. Die Informationen überlagerten einander wie transparente Folien, die er einzeln oder gemeinsam wahrnehmen konnte. Zusammen formten sie ein Bild von Ians Umgebung, das unfassbar klar und schön war. Die Welt in reiner Perfektion. Seine Welt!

Ian schloss die Augen und verließ sich ganz auf die neuen Wahrnehmungen. Gelassen ging er in die Hocke und stellte sich der Zweibein-Meute. Wie langsam sie agierten. Drei Bewaffnete legten mit ihren Schusswaffen auf ihn an. Sollten sie!

Aus dem Stand sprang er hoch und hing für den Bruchteil einer Sekunde schwerelos in der Luft. Lange genug, um seinen ersten Gegner niederzuringen. Mit gestreckter Hinterpfote griff er das Zweibein an. Keine Reaktion – der Kerl stand bewegungslos wie eine Schaufensterpuppe. Ian trat ihm mit einer beiläufigen Bewegung gezielt gegen den Kehlkopf.

Ohne besondere Kraft, er wollte den Knorpel nur stauchen, nicht brechen.

Sein Widersacher rang nach Luft und brach in die Knie. Noch während er fiel, stieß sich Ian von ihm ab. Rollte rückwärts, weiter zum Nächsten. Dem brachte er tiefe Kratzwunden an der Stirn bei, direkt über den Augen. Blut strömte. Viel Blut. Blind vor Angst ließ der Mann seine Waffe fallen und griff sich aufheulend an die Stirn. Abgehakt.

Nummer drei ging wachsam in die Knie. Er war offensichtlich kampferprobt. Ian registrierte die Gewichtsverlagerung nach vorn. Die Hände waren zu weit oben. Aus der Übung. Eine Kleinigkeit.

Ian wütete wie ein vierbeiniger Berserker unter den Wachleuten. Dank seiner Schnelligkeit hatte er vier Typen ausgeschaltet, noch ehe der Erste am Boden aufschlug.

Weiter. Er musste sie alle kriegen. Und zwar schnell. Sein nächster Blackout stand kurz bevor, das spürte er mit unumstößlicher Gewissheit. Blieb nur ein Einziger übrig, war er verloren.

Als ihm die Kraft ausging, hatte er fünf kampfunfähig gemacht und einen in die Flucht geschlagen. Er stand Auge in Auge mit seinem letzten verbliebenen Widersacher, starrte ihm provozierend ins Gesicht und zog die Lefzen hoch. Lauernd maßen sich die Gegner mit Blicken wie bei einem Western-Duell. Showdown auf staubiger Straße. Ein Lied von Ennio Morricone spielte im Hintergrund. Jeder wartete, dass der andere den Anfang machte. Langsam bewegten sie sich aufeinander zu. Zu langsam. Der Kater hatte sich verausgabt. Er fauchte. Nur keine Schwäche zeigen, sonst war er geliefert … todmüde. Ian gähnte aus vollem Herzen. Dabei bleckte er sein Raubtiergebiss mit den vampirartigen Eckzähnen. Der zitternde Lichtstrahl aus der Stirnlampe des Zweibeins traf auf die reflektierende Schicht seiner Katzenaugen. Geisterhaft blitzten sie auf. Glühten.

Höllenfeuer.

Erschrocken wich das Zweibein zurück und rannte davon, als sei der Teufel persönlich hinter ihm her.

Ian war von einem Moment auf den nächsten vollkommen ausgebrannt. Die strahlende Supernova wurde zum roten Zwerg. Er hatte nicht einmal mehr die Kraft, die Lider zu schließen. Steif wie eine Statue kippte er schwer ins Zentrum des Kreises aus Schusswaffen, Kleidungsfetzen und Blut. Mit offenen Augen lag er da – mitten auf dem Weg. Einsam. Schutzlos. Angreifbar.

Sollte er in diesem Zustand gefunden werden, wäre das Schicksal des Katers besiegelt.

NEBEN DER SPUR

Der letzte Funke erlosch. Wie ein Stück Totholz lag der große rote Kater im Mondlicht auf dem staubigen Wanderweg. Nur ein paar Schritte von dem Ort entfernt, an dem er Maxim verscharrt hatte. Als ob der Wald etwas gutmachen wollte, zeigte er sich von seiner schönsten Seite. Das Wetter schlug um, warme Luft zog herein. Leise bewegte sich das Laub – als tuschelten die Bäume über das Geschehen. Am Boden wimmelte es von nachtaktiven Insekten, die auf Nahrungssuche aus ihren Verstecken krochen. Darunter große Rindenbrüter. Ein gestreifter Nutzholzborkenkäfer krabbelte am Kater hoch und prüfte, ob er ihm seine Eier unter die Haut legen sollte. Der gefürchtete Forstschädling besaß einen besonderen Instinkt für geschwächte Lebensformen. Bald erkannte er, dass das kein Toter war. Dieser Gefallene bestand nicht mal aus Holz. Enttäuscht breitete der Käfer die Flügel aus und flog davon. Er überließ das steife Fleisch den Schmeißfliegen, die damit garantiert mehr anfangen konnten.

Ian bekam das alles ganz genau mit – aber er verstand es

nicht. Mit weit aufgerissenen Augen lag er auf der Seite und erahnte dunkel die Gefahr. Kein konkretes Signal fand den Weg in sein Gehirn. Ihm war die Hauptsicherung herausgeflogen. Wo er vorher mühelos ein Übermaß von Signalen kombinieren und verarbeiten konnte, herrschte nun totale Unfähigkeit. Sämtliche Eindrücke verliefen im Sand. Ian war weder warm noch kalt. Er war eingeschlossen in der Leere.

Allmählich sickerten Emotionen in das Gefängnis. Dumpfe Gefühle von Angst und Einsamkeit erfüllten sein schlichtes Dasein. Vielleicht war es gerecht, dass er von allem verlassen war. Das Gleiche hatte er seinem besten Freund angetan, als dieser seine Hilfe brauchte. Warum nicht einfach loslassen, was ihn noch an dieses Leben band? Einer wie er war den anderen nur eine Last.

Ians Herz krampfte sich zusammen vor Trauer um seine Familie. Wie gern hätte er Schneuzi an Indys Seite aufwachsen sehen. Es sollte nicht sein.

Gerade als die Gefühle übermächtig schienen, rieselten sie langsam wieder aus ihm heraus wie aus einem dieser reiskorngefüllten Spielzeugtiere, bei dem die Naht aufgeribbelt war. Bald war er nur noch eine leere Hülle. Dunkle Stille herrschte in ihm und um ihn herum. Eine sehr lange Zeit war er katerseelenallein.

Die Nacht dehnte sich. Bis von ferne langsame Schritte heranschlurften. Ein alter Mann mit Hund. Der struppige Mischling lief vorweg und schnupperte neugierig am Po des Katers.

»Aus, Waldi! Pfui! Bei Fuß! Was hast du da schon wieder?«, schimpfte der gebeugt gehende Wanderer. Auf seinen Gehstock gestützt, taperte er unsicher näher. Über einem Schlafanzug trug er einen zerschossenen Frottee-Bademantel für die nächtliche Hunderunde.

Nach kurzem Zögern folgte Waldi dem »Bei Fuß!«-Kommando. Schwanzwedelnd sah er zu, wie der Alte seinen Stock prüfend in Ians Bauch und Flanke pikte.

»Sieht fast aus wie 'n Luchs, was?«, meinte der Alte. Der Vierbeiner bellte zur Bestätigung.

Als vom Kater kein Mucks kam, schlurfte das greise Zweibein näher und entdeckte die Waffen am Boden. »Du liebe Güte, was'n hier passiert? Wuffi, kannste mir das sagen?«

Der Hund bellte aufgeregt. Wuffi war nicht sein Name.

»Braver Kerl.« Der Alte tätschelte den schmalen Kopf seines Gefährten und sondierte das Schlachtfeld. Gedankenverloren nagte er an der Unterlippe. »Was die Dinger wohl wert sind?«, überlegte er laut. Forschend musterte er den Waldrand. Zwischen den Nadelbäumen lag aufsteigender Nebel. Um diese Uhrzeit war außer den beiden Bummelanten niemand unterwegs. »Das Glück is mit die Tüchtigen«, grummelte er, bückte sich ächzend und sammelte die Schießeisen ein. »Hehehe, gut in Schuss«, kicherte er. »Ist 'n schönes Zubrot für die schmale Rente, nich, Bello? Wenn dein Frauchen – Gott hab sie selig – *das* noch erleben könnte.« Nachdenklich kratzte er sich am Kopf. »Wie hieß sie noch mal? Emma? Eva? Hmmm, hab ich doch glatt vergessen.« Skeptisch sah er den Hund an. »Egal, *die* hätte die Ballermänner Knall auf Fall verkauft.«

Er verstaute die Waffen im mitgebrachten Faltbeutel fürs Hundegeschäft und blickte versonnen auf den reglos daliegenden Kater.

»Ob *der* das war?«, flüsterte er und beugte sich über Ian. »Ach Quatsch!« Er winkte ab. »Du wirst alt!«, rügte er sich. »Sonst kämste im Traum nich auf solche doofen Gedanken.«

Mit dem ausgelatschten Haus-Slipper am unbestrumpften rechten Fuß schubste er den Kater mit kleinen Tritten vom Weg und unter einen wilden Brombeerstrauch. Der Hund nutzte die Verschnaufpause, um sein großes Geschäft direkt daneben zu verrichten. Er hielt nicht viel von Katzen. Dann zog das Gespann weiter seines Weges.

Lediglich der Vierbeiner schien zu wissen, wo es langging. Von Waldi, Wuffi oder Fiffi geführt, ließ sich der Alte beim Weitergehen laut darüber aus, wie viel Geld die Waffen auf dem Schwarzmarkt wohl bringen würden. Großzügig versprach er dem Hund eine Extrawurst als Finderlohn.

Vergessen war der beiseitegetretene Kadaver. Außer ein paar verstreuten Stofffetzen und einer dunklen Lache auf dem Weg erinnerte nichts mehr an die Szenen, die sich hier abgespielt hatten.

OCHSENFROSCH-TOUR

Erschüttert rannte Indy auf und davon. Ihr Bruder war ein seelenloser Killer-Golem. Sie eine Irre mit Drogenproblemen. Und wie sich Ziehsohn Schneuzi entwickeln würde, wusste der Himmel. Im Überholen schnappte sie sich den überrascht protestierenden Welpen und lief weiter. Nur weg von hier, so weit die Beine sie trugen …

Honeyball knurrte verärgert, als Indy an ihm vorbeisauste. Irgendwie machte hier jeder, was er wollte. So konnte er nicht arbeiten. Eine kopflose Flucht in unbekanntem Gebiet war gefährlich. Noch dazu mit einem Kind. »Stehen bleiben!«, bellte er aufgebracht. »Niemand überholt den Leithund!«

Mit einem Hechtsprung warf er sich nach vorn und packte die Katze am Schweif, um sie zu bremsen.

Die Maine Coon legte panisch noch einen Zahn zu. Wie ein durchgehendes Pferd schleifte sie Honeyball am Schwanzende über Stock und Stein – quer durch hochstiebendes Laub und nassen Sand.

Der Papillon krallte sich erbittert mit beiden Vorderpfoten fest. Er würde ganz sicher nicht aufgeben und loslassen. Mit einiger Mühe brachte er die Hinterpfoten unter sich. Wie ein Wasserskiläufer surfte er in Schlangenlinien hinter Indy her. Die preschte unbeirrt weiter. Direkt hinein in eine graue Nebelwand.

Sofort verschwammen die Konturen, Indys Orientierung versagte. Wo war sie? Wie eine Irre schaute sie nach rechts und links. Suchte hektisch einen Ausweg aus der dicken Brühe. Schneuzi strampelte und jaulte zwischen ihren zusammengebissenen Zähnen: »Lass mich los, Mama!«

»Mama«, das Zauberwort brachte die Rasende halbwegs wieder zur Besinnung.

»Ruhig, Mädchen«, schnaufte Honeyball und ließ den wild schlagenden Katzenschwanz fahren. »Was hat dich denn geritten?« Er leckte seinen durchs Schleifen mitgenommenen Unterleib und sog Luft zwischen den Zähnen ein, als er seine glühenden Hinterpfoten im feuchten Sand kühlte.

»DU!« Wie eine Furie fuhr Indy herum und baute sich vor dem Schoßhund auf. »Was hast du mit meinem Bruder gemacht?«

Mit ausdrucksloser Miene entgegnete der BND-Agent: »Nichts! Wo denkst du hin? Ich hab ihm zum Abschied über die Schulter gespuckt und viel Glück gewünscht«, log er dreist. »Komm mal runter von deinem irren Trip! Alles okay.«

»Nichts ist okay!«, zischte Indy, zog aber ihre Krallen ein. »Ian ist total ausgetickt, und mir scheint, du hattest deine Pfoten im Spiel.«

Honeyball schüttelte herablassend den Kopf. »Humbug. Reg dich ab. Sag mir lieber, wo wir hier sind. Woher kommt auf einmal der dichte Nebel? Man sieht ja kaum die Pfote vor Augen!«

Recht hatte er. Durch Indys Eskapade waren sie schlagartig im Nirgendwo gelandet. Der beinahe stofflich gewordene Nebel umhüllte sie komplett. In alle Richtungen sahen sie trotz des hellen Mondlichtes nur noch wenige Zentimeter weit. Selbst die Geräusche des Waldes waren verstummt. Es roch nach Wasser. Waren sie in einer Art Ursuppe gestrandet?

»Viel Feuchtigkeit, viel Nebel«, erklärte Xplode atemlos und hielt sich die Seite. Nur mit Volldampf hatten er und Kilo

Foxtrott zu den beiden aufschließen können. »Hier grenzt die Havel an den Grunewald. Logisch ist da überall Wasser.« Er hielt sich ein Nasenloch zu und schnaubte auf den Boden. »Du hast uns direkt ins Teufelsfenn geführt, Blödmiez. Hier sind schon ganz andere reingelaufen und nie wieder rausgekommen. Echt. An deiner Stelle würde ich nicht so lange auf der Stelle stehen. Der Boden ist so nass, dass du ratzfatz einsinkst.«

Erschrocken schaute Indy zu Boden. Tatsächlich, eine tiefe Pfütze bildete sich um ihre Beine. Sie watete rasch vorwärts und schüttelte angewidert die Pfoten aus.

»Außerdem frisst hier jeder jeden«, ergänzte Xplode und kicherte irre. »Selbst die Pflanzen können töten!« Er wies auf klebrigen Sonnentau zu ihren Pfoten, der sich um eine heftig zappelnde Fliege schloss. »Viel Glück beim Überleben. Du kannst es brauchen.«

»Brrrooooaaam«, schallte es da wie bestellt aus dem Nebel. Die Verirrten zuckten zusammen.

»Was war das?«, keuchte Kilo Foxtrott.

»Brrooaam. Brrooaam. Brrooaam. Brrooaam. Brrooaam. Brrooaam«, echote es von vielen Stimmen in einer Lautstärke, dass ihnen die Ohren bebten.

»Boah, Brüller! Muss ja echt groß sein«, staunte Schneuzi. »Brrrroooaaam!«

»Ich hoffe, es ist nicht das, wofür ich es halte«, schrie Xplode gegen den einsetzenden Lärm an. »Falls das wirklich Ochsenfrösche sind, haben wir verschissen. Schrebergärtner holten sie einst aus Amerika – als Deko für die Teiche. Die grünen Jungs sind dann reihenweise abgehauen und gründeten große Clans in der freien Natur.« Er kratzte sich am Ohr. »Sehr erfolgreich, wie man hört. Diese Giganten verdrängen einheimische Frösche, weil sie so gute Jäger sind. Fressen alles, was sie überwältigen können: Artgenossen, Nagetiere und sogar Schlangen. Aber am liebsten mögen sie Vögel!«, unkte er in Richtung Kilo Foxtrott. »Deshalb können sie auch besonders hoch springen. Mit ihren kräftigen Kiefern zermatschen sie ihre Opfer mit einem Happs. Ich frage mich, ob sie inzwischen vielleicht sogar Reißzähne entwickelt haben«, sinnierte er und fletschte seine gelben Beißer.

Mit ängstlich aufgerissenen Augen trippelte Kilo Foxtrott zu Honeyball und kraxelte zur Sicherheit auf dessen Rücken.

»Glaub nicht alles, was der Bekloppte sagt«, brummte der Papillon. »Trotzdem sollten wir von hier verschwinden.« Geduckt schlich er rückwärts, weg vom lauten Quaken. Der Boden unter seinen Füßen waberte dunkel. Schon beim dritten Schritt brach er ein. Mitten durch zähen Froschlaich. Den Vogel riss er mit.

Die Rufe der Ochsenfrösche erstarben. Plötzlich herrschte Totenstille auf dem Wasser. Hund und Vogel versuchten verzweifelt, in der gelartigen Substanz Fuß zu fassen, entfernten sich dadurch aber immer weiter vom sicheren Ufer. Dank des Gestrampels machten sie nun auch den Rest der Ochsenfrösche auf sich aufmerksam.

»Brrooooooam. Ewek. Ork!«

»Ach du grüne Neune, das Angriffssignal«, übersetzte Xplode für alle, die es nicht wissen wollten. »Die Riesenlurchis sind bestimmt mutiert. Man hört ja immer wieder was von chemieverseuchten Abwässern. In den Berliner Kanälen werden sie bis zu zwei Meter groß –«

»Indy, hau doch bitte mal der Ratte auf die Schnauze!«, bellte Honeyball, der mit hektischem Hundegepaddel beschäftigt war. »Das hält ja kein Schwein aus, was der da quatscht.«

Die KGB-Agentin ließ sich nicht lange bitten. Mit einem lässigen Pfotenhieb schleuderte sie Xplode meterhoch in die Luft. Der hatte dadurch plötzlich freie Sicht und brüllte den Schwimmern zu: »Hui, passt auf, da kommt ein Krokodil!«

»Ja klar, und meine Oma stammt von sibirischen Tigern ab«, ätzte Indy. Sie glaubte dem Geschichtenonkel kein Wort. Aber Schneuzi hatte es auch gesehen: Etwas großes Grünes mit klauenbewehrten Beinen und einem Schwimmschwanz glitt durch das Wasser, direkt auf Honeyball und Kilo Foxtrott zu. Ohne zu zögern, ging Schneuzi tief, trippelte mit den Hinterpfoten auf dem Boden und spannte die Schenkel an. Und bevor seine Mutter Miau sagen konnte, stürzte er sich mit einem Hechtsprung über die Köpfe von Hund und Spatz hinweg ins Wasser – direkt auf den riesigen Lurch. Gezielt packte er das Tier am Nacken und biss der sich windenden Vorstufe zu einem Frosch mehrfach kräftig in den bekiemten Hals … bis sie endlich stillhielt. Stolz wie Oskar schleppte er das Tier durchs Wasser, das beinahe größer als er selbst war. Gemeinsam mit Honeyball und dem Spatz kämpfte er sich zum Ufer und krabbelte triefnass an Land.

Indy konnte nicht anders, sie war stolz auf ihren Sohn. »Saubere Arbeit!«, lobte sie Schneuzi und tätschelte ihm den Kopf. Der kleine Kater strahlte vor Freude.

»Ja, ganz toll, Schneuzi«, kam es ironisch von Xplode. Er begutachtete das erlegte Tier, hob dessen schlaffe Klauenhand und ließ sie mit dramatischer Geste zu Boden plumpsen. »Tot! Das war bestimmt das Kind vom Chef. Frösche lieben ihre Brut wie sizilianische Mafiabosse. Da werden die sicher megaerfreut sein, dass du ihren nächsten Paten gekillt hast.«

»Halt endlich die Schnauze!«, meckerte Indy. Hektisch änderte sie ihre Position, weil sie ständig einsank. »Du nervst –«

Xplode hob abrupt die Pfote und stoppte so ihre Predigt. »Psssst. Hört ihr das?«

Die Kameraden strengten ihre Ohren an, doch da war … nichts.

Das Froschkonzert hatte aufgehört.

»Als sie gequakt haben, wusste man wenigstens, wo sie sind«, flüsterte Kilo Foxtrott, schüttelte sich das Wasser aus dem Gefieder und drehte sich angespannt einmal um die eigene Achse.

Überall nur milchiger Nebel, aus dem vereinzelte Schilfspitzen ragten wie schlanke Dolche. Reglos lag das Wasser da. Die Stille war unheimlich. Keine Insekten summten, kein Wind wehte, nichts. Die Schwüle machte das Atmen schwer.

»Dicke Luft«, quäkte Xplode. »Ich möchte nicht in eurer Haut stecken.«

»Luftblasen auf zwei Uhr!«, rief Kilo Foxtrott alarmiert. Unter der Wasseroberfläche schienen jetzt mehrere Quellen zu brodeln. Nur dass sie sich allesamt auf sie zubewegten.

»Sie kommen!«, miaute Indy und stellte sich Rücken an Rücken mit Honeyball in Kampfposition. Durch das höhere Gewicht sackten sie tief in die weiche Kuhle ab, die mit Wasser volllief. »Sie kommen von allen Seiten!«

EIERTANZ

»Steht still!«, befahl der Wurm und streckte den Kopf aus Honeyballs Anhänger. Wie immer kam er zum Vorschein, sobald es eng wurde. »Frosch spürt je.de Be.we.gung. Brüllt laut, weil hört schlecht.«

Das leuchtete ein. »Was sollen wir tun, Dreipunkteins?«, wisperte Honeyball dem halben Regenwurm zu. »Ohne Orientierung laufen wir direkt in die offenen Rachen der Großmäuler.« Nervös zog er seine Pfoten aus dem Schlick, die immer wieder einsanken.

»Lass mich run.ter. Kann Was.ser spü.ren. Ge.he vor. Su.che tro.cke.nen Bo.den.«

»Gute Idee«, brummte Honeyball, der jetzt bis zur Hüfte im Modder versunken war. Ihr knochenloser Scout hatte seine Fähigkeiten oft genug unter Beweis gestellt. Auf ihn war Verlass. »Bitte leg los!«

Der Guerillakämpfer verließ den Totenkopfanhänger und tastete sich im Nebel voran, als ob er nie etwas anderes getan hätte. Trotz seiner geringen Größe legte er ein ordentliches

Tempo vor. Sacht, ganz sacht folgten ihm die anderen auf Pfoten- und Krallenspitzen wie bei einem Eiertanz, um möglichst wenige Erschütterungen zu verursachen. Nach einigen Metern brach das »Brrroooam« wieder los. Genau an der Stelle, an der sie kurz zuvor noch gestanden hatten. Glück gehabt. Im Gänsemarsch schlichen sie ihrem Führer hinterher. Jeder mit dem Kopf am Schwanz des Vorgängers, um den Anschluss nicht zu verlieren.

»Du stinkst wie 'n totes Frettchen am Arsch!«, moserte Xplode, der hinter Schneuzi das Schlusslicht bildete. Dessen Brechdurchfall roch man noch immer, er strömte ihm aus allen Poren, trotz des kürzlichen Bades.

»Selber!«, knurrte der kleine Kater und ließ die Kanalratte vorgehen. Zur Abwechslung schnupperte er interessiert am Rattenpöter und leckte über dessen Flanke.

»Halt Abstand, Jungchen«, ätzte Xplode und schlug mit seinem Schwanzstummel aus. »Such dir was anderes zum Fressen. Sonst erzähl ich's meinem Bruder!«

»Such!«, das brauchte man Schneuzi nicht zweimal sagen. Der Befehl aktivierte einen angeborenen Automatismus: Das Abenteuer rief nach ihm. Unbemerkt ließ er sich zurückfallen und verschwand im Nebel.

Endlich sah der Trupp wieder Land. Der Nebel dünnte aus. Unter der bodenkundigen Leitung von Dreipunkteins betraten sie festes Gelände. Das Konzert hinter ihnen wurde deutlich leiser. Anscheinend verfolgten die Riesenfrösche sie nicht über ihr Territorium hinaus.

»Puuh, das war knapp«, stöhnte Indy. Mit der schlammigen Pfote putzte sie sich über die Stirn. »Danke, Dreipunkteins. Ohne dich hätten die uns voll erwischt. In Zukunft achte ich besser auf den Weg – und auf … Schneuzi? Wo ist der Kleine?«, fragte sie erschrocken.

Mit unschuldiger Miene pfiff Xplode vor sich hin. Dafür kassierte er prompt einen Prankenhieb. »Aua!«, empörte er sich. »Ich habe doch gar nichts gemacht!«

»Genau. Du hast nicht aufgepasst«, fauchte Indy. »Du warst hinter ihm als Kolonnensicherung. Wo also ist mein Sohn abgeblieben?«

»Ich bin nicht der Aufpasser für deine Blage!«, antwortete Xplode ärgerlich und rieb sich die schmerzende Stelle. »Bin *ich* seine Mama oder was?«

Herausfordernd schauten sich Nager und Katze in die Augen. Das alte Jäger-und-Beute-Schema erhob sein hässliches Haupt.

»Ich fress dich, wenn du nicht sagst, wo er ist!«, drohte Indy.

»Versuch's doch!«, zischte Xplode und griff in den Rucksack mit Sprengstoff.

»Entspannt euch mal!« Kilo Foxtrott trat zwischen die Kontrahenten und unterbrach den bösen Zwist. »Schluss jetzt, das bringt doch nichts. Zank können wir nicht gebrauchen. Indy, sei vernünftig. Dein Bruder hat sich geopfert, damit wir fliehen können. Er würde nicht wollen, dass wir uns auf den letzten Metern in die Wolle kriegen.«

Indys Wut verrauchte wie ein Strohfeuer. Sie ließ den Kopf hängen, knickte ein und klagte: »Du hast ja recht. Das Schlimme ist: Es liegt an mir. Ich kriege es nicht hin, den Kleinen zu beschützen. Ich kann nicht mal auf mich selbst aufpassen. Als Mutter bin ich eine totale Niete. Deshalb bin ich Agentin geworden. Eine Einzelgängerin ohne Freunde.«

»Nicht mehr«, tröstete sie Kilo Foxtrott und legte der Katze den Flügel an die Wange. »*Wir* sind deine Freunde, und wir passen aufeinander auf. Dein Schneuzi ist wild und unberechenbar. Niemand von uns könnte ihn halten. Aber er kann nicht weit weg sein. Wir werden ihn gemeinsam suchen und finden. Das verspreche ich dir.«

Indy schniefte gerührt.

Zur Bekräftigung breitete der Spatz seine Schwingen aus und flatterte torkelnd in die Höhe. Tapfer verbiss er sich den stechenden Schmerz wegen des verstauchten Flügels und flog hart an der Nebelfront hin und her. Mit Adleraugen versuchte er, den Dunst zu durchdringen. Dabei flötete er leise: »Miiieeez, miieez, miieez. Komm, Schneuzi, komm zu deiner Mama!«

Die anderen taten es ihm nach und patrouillierten an der Sichtgrenze. Xplode nahm die Suche leicht und trällerte fröhlich »Baby, Come Back« – bis er zum dritten Mal eine gewischt bekam.

»Ich glaube, ich sehe was!«, zwitscherte Kilo Foxtrott erleichtert, als sich ein dunkler Schatten aus dem Dunst schälte. Schneuzi sprang ihnen direkt vor die Füße. Mit blutverschmiertem Maul, aus dem ein riesiger Froschschenkel hing.

12

DRACULAS TURM

Erleichtert lief Indy zu ihrem Ziehsohn und gab ihm eine Kopfnuss. »Mach das nie wieder!«, schimpfte sie und zog den Kleinen am Ohr. »Es kann noch so viel schiefgehen, wenn du allein jagst.«

Unbeeindruckt kratzte Schneuzi sich mit der Hinterpfote am Ohr und kaute auf dem Schenkel herum. Er nuschelte etwas Unverständliches, das sich verdächtig nach Widerworten anhörte. Seine Ziehmutter sah ihn an und seufzte. »Putz dich wenigstens!«

Tatsächlich. Schneuzi sah aus wie ein Allradfahrzeug, das mit Vollgas kreuz und quer durch den Matsch gepresch war. Er war bis zu den Ohren eingesaut. Voller Stolz auf den neuerlichen Jagderfolg strahlten die blauen Augen über seiner verschmierten Schnauze. Die Mama wider Willen konnte dem Kleinen einfach nicht böse sein.

»Schmuddelkind«, neckte ihn Xplode.

»Zyklopenhamster«, konterte Schneuzi mit Blick auf Xplodes silberne Maske.

Die Ratte rollte wie wild mit dem gesunden Auge und blies die Backen auf. Dann stellte sie sich auf die Hinterbeine, beugte den Rumpf, spannte die schmächtigen Muskeln an und benahm sich wie ein Bodybuilder bei einer Muskel-Show. Honeyball konnte nicht mehr. Er prustete vor Lachen los. Die Anspannung löste sich. Auch Kilo Foxtrott und der Wurm ließen Dampf ab. Schließlich lachte selbst Indy lauthals mit. Sie hatten tierisches Glück gehabt. Niemand war verletzt worden.

Honeyball fasste sich als Erster. Siedend heiß fiel ihm ein, dass Maxim ja immer noch den USB-Stick um den Hals trug.

Inklusive der Beweise gegen Sumo, die sie unter Lebensgefahr errungen hatten.

»Im Ernst«, hechelte er und wischte sich eine Lachträne aus dem Auge. »Wir müssen zurück, Ian und Maxim helfen. Vielleicht sind sie noch zu retten.«

Ernüchtert hielten die anderen nun ebenfalls inne und sahen verlegen zu Boden. Wie hatten sie das aus den Augen verlieren können? Indy hatte ihren Bruder nichtsdestoweniger keine Sekunde lang vergessen. Behände sprang sie auf, trotz ihrer schmerzenden Rippen. »Worauf warten wir noch? Ohne die beiden kehre ich nicht nach Berlin zurück.«

»Start frei!«, bestätigte Kilo Foxtrott. Wie der Wind stieg er empor in die warme Nachtluft zu den vom Mond dramatisch beleuchteten Wolken. »Ich fliege vor und kundschafte die Lage aus. Wenn die Luft rein ist, gebe ich euch ein Zeichen und rufe zweimal ›Kuckuck‹.«

Dreipunkteins machte es sich im Totenkopfanhänger gemütlich und ließ sich durch die Gegend schaukeln. Der Bodenkontakt hatte ihm gutgetan. Endlich wieder Wurm sein, nah bei Mutter Erde, in seinem ureigenen Element. Nach dem anstrengenden Endspurt hatte er jetzt Pause. Der Wenigborster krümmte sich für ein kleines Schläfchen zusammen. Er würde wach werden, falls das Team in Not geriet.

Xplodes Pfoten waren durchgelaufen, ständig hinkte er hinterher. Endlich erbarmte sich Honeyball und erlaubte der Ratte, auf seinen Rücken zu steigen. Das hob die Laune des Nagers beträchtlich. Nach kurzem Herumschnüffeln fand der BND-Agent die Witterung wieder. Die Spur verlief in der gleichen Richtung, die auch der Luftaufklärer eingeschlagen hatte. Bestand noch Hoffnung? Honeyball wünschte sich wirklich, dass die Kater noch lebten.

Knack.

Irritiert sah er sich um. Altes Holz knarrte leise – die morschen Knochen der Bäume. Eine leichte Brise bog die Wipfel und brachte das Laub zum Rauschen. Dunstschwaden durchzogen die Luft.

Hooouuuuu.

Ein Tier klagte weit entfernt. Fast wie ein Wolf. Honeyball schüttelte das gesträubte Fell glatt. Der Wald war ihm unheimlich. Auf Dauer taugten seine gepflegten Pfoten nicht für den rauen Boden der Natur. Als Diplomat, Agent und Großstadthund kannte er sich besser auf dem politischen Parkett aus.

Knack. Knack. Krach.

Die Ohren des Pinschers schnellten in die Höhe. Definitiv keine Naturgeräusche. Das erkannte jetzt selbst ein Wildnis-Dummie wie er. Da trampelte jemand achtlos durch den Forst. Zweibeine mit schweren Schuhen. Schon hörte er aus der Ferne ihre Stimmen. Lautlos gab er seinem Team ein Pfotenzeichen, in Deckung zu gehen.

Sofort verschmolzen die Tiere mit den Schatten des Waldes und tarnten sich mit dem, was sie im Umkreis fanden. Laub, abgebrochene Zweige, eine alte Tüte, in die Indy mit der Kralle drei Löcher zum Atmen und Durchsehen schlitzte. Für ungeübte Augen wurden sie praktisch unsichtbar.

»Bloß weg von diesem irren Vieh«, hörten sie das erste Zweibein sagen. »Das ist doch kein Tier mehr!«

»Hauptsache, er folgt uns nicht«, meinte der Zweite, sah sich furchtsam um und überholte seinen Kumpan.

»Wir haben gottlob nur den Auftrag, die Gescheckte und das Katzenjunge zu fangen«, rief der ihm hinterher. »Das wäre längst geglückt, hätte der sich nicht eingemischt.«

»Ich brauch das Kopfgeld für neue Felgen. Aber langsam frage ich mich, ob es das wert ist. Voll der Hungerlohn. Echt. Vor allem, wenn man bedenkt, was die Katze mit den Forschern gemacht hat«, meinte der, der nun vorauslief. Mit voller Wucht kickte er einen Tannenzapfen beiseite. »Scheiß-Experimente. Hoffentlich ist die nicht genauso durchgeknallt wie der Kater!«

»Quatsch, das ist 'ne stinknormale Katze, die ihr Junges verteidigt. Die beiden holen wir uns doch mit links«, knurrte der andere und schloss auf. »Ich möchte wetten, dass die hier langgekommen sind. Sieh mal, die komische Schleifspur.« Er bückte sich und untersuchte Honeyballs Surfer-Fährte. Durch seine schwarze Kleidung war er im nächtlichen Wald kaum zu erkennen.

»Die müssen hier irgendwo sein«, bestätigte sein Kumpan, der einen Dreitagebart trug, wie man im Mondlicht ausmachen konnte. »Ohne den Killerkater hätten wir die beiden erwischt. Mann! Der hat mir echt Angst gemacht. Hast du so was wie ihn schon mal gesehen?« Er zog ein großes Jagdmesser aus der schwarzen Lederscheide, die er um den Oberschenkel geschnallt trug.

»Noch nie«, antwortete der andere, der auf den Knöcheln seiner rechten vier Finger groß das Wort »Hass« tätowiert hatte, und sah sich um. »Der war schneller als alles, was ich je erlebt habe. Ich konnte nichts machen. Erklär mal in der Einsatzzentrale, wo unsere Waffen abgeblieben sind – das glaubt uns doch kein Mensch.«

Der mit dem Messer nickte düster. »Wenn wir ohne die beiden zurückkommen, ergeht es uns noch schlechter, dann reißt uns der Chef den Kopf ab. Kacke! – He, warte mal …« Geräuschvoll schnüffelte er in die Luft. »Riecht das hier nach dem kleinen Schisser, oder täusch ich mich?«

Sein Kollege stoppte und schnupperte in die Richtung, in der sich der Trupp verbarg. »Du hast recht. Stinkt übel nach Jauche.« Er machte zwei Schritte auf Schneuzis Versteck zu.

Dem Katerjungen gingen die Nerven durch. Er wollte nicht wieder zurück ins Labor zu den bösen Weißkitteln. Aufheulend sprang er auf die Pfoten und flüchtete einen kleinen Pfad entlang.

»Da isser!«, rief der Bärtige begeistert. »Na warte, Bursche!« Mit gezücktem Messer rannten die Männer ihm hinterher.

231

Indy fluchte und schnellte wie ein Springteufel aus der Tüte. Sie konnte den Jungen nicht alleinlassen. Nicht schon wieder. Sie folgte den Häschern auf der Pfote.

Honeyball überlegte kurz. Der Weg zu Ian und Maxim war frei. Und damit auch der Zugang zum USB-Stick. Sollte er ihn sich einfach holen? Doch er hatte nicht mit Xplode gerechnet. Der hockte schon wieder auf seinem Rücken und gab ihm die Fersen. Offenbar hielt er ihn für sein neues Reittier.

»Ey, Kumpel, was ist?«, schimpfte die Ratte und riss an den langen Ohrfransen des Papillons. »Brauchst du 'ne Extra-Einladung?«

Widerwillig schüttelte Honeyball den Kopf und lief hinter Indy her. Besonders eilig hatte er es nicht, ins Kreuzfeuer der Typen zu geraten, wenn die sich umdrehten.

Schneuzi rannte um sein Leben. Die großen Tatzen trommelten auf den Boden und schleuderten Erde nach hinten weg. Bald wurde der Pfad breiter und mündete in einen Vorplatz, an dessen Ende ein baufälliger Turm stand. Durch die zersprungenen Fenster lugte der Vollmond. Vergeblich versuchte das bleiche Licht, den Nachtdunst mit seinen Strahlenfächern zu durchdringen. Spätestens am Unterholz der hohen Fichten, die den Platz wie eine Mauer umgaben, war Schluss. Kein Durchkommen. Zögernd lief Schneuzi auf den alten Turm zu. Er sah streng und wehrhaft aus. Draculas Schloss war Disneyland dagegen. Der mächtige Sockel mit einer breiten Treppe in der Mitte führte zum viereckigen Turm aus rotem Backstein. Mehr als dreißig Meter hoch, gekrönt von einem umlaufenden Balkon mit Spitzdach. Darunter prangte ein mächtiger schwarzer Adler, auf ein Emailleschild gebannt. Finster schaute er auf die Besucher hinab, als ob sie ihn persönlich dort festgenagelt hätten. Weiter unten stand in großen Lettern zu lesen:

KOENIG WILHELM I ZUM GEDAECHTNIS

Schneuzi schrak zurück und rührte sich nicht von der Stelle. Winselnd saß er mitten in einem Lichtfleck, den der Vollmond malte. Er fühlte sich komisch, in seinem Körper rumorte es. Der Grunewaldturm flößte ihm höllischen Respekt ein.

Indy preschte heran. »Raus aus dem Licht«, fauchte sie. »Du bist ein perfektes Ziel!« Sie packte den Kleinen am Genick und jagte verbissen auf das Gebäude zu. Vorne den stocksteifen Welpen im Maul, hinten die Häscher auf den Pfoten. Mit langen Sätzen sprang sie durch den offen stehenden schmiedeeisernen Torflügel der weiträumigen Umzäunung, dann die Podeststufen hinauf zum monumentalen Spitzbogeneingang. Im dahinterliegenden Gedenkraum für König Wilhelm hoffte sie, Schutz zu finden.

»Wir haben sie!«, brüllte der Bärtige begeistert. »Alle beide!«

»Hol die Fangschlinge raus. Sie sitzen in der Falle.«

KÖNIGSMORD

Verzweifelt sah sich Indy in der Gedenkhalle um. Denkbar schlechte Bedingungen. Hier bot sich kein Unterschlupf. Die kunstvoll gemeißelte weiße Marmorstatue im Zentrum beherrschte auf ihrem hohen Sockel den Raum. Drei schmale, deckenhohe Spitzbogenfenster, nur durch einen dünnen Steg getrennt, durchbrachen die rote Backstein-Rückwand. Mondlicht fiel durch die alten Gelbglas-Scheiben und erhellte unerwartet warm die Gesichtszüge des Königs. Sternförmig verlegte Rautenfliesen in Karmesinrot, Schwarz und Weiß zierten den Boden in freundlicher Ordnung. Ein Luftzug suchte sich den Weg unter der Zugangstür zum Turm hindurch nach oben. Mit sanften Fingern strich er im Vorüberwehen an den letzten Blattgoldfetzen entlang, die von längst vergangenem Reichtum kündeten.

Die alte Pracht täuschte Indy jedoch nicht darüber hinweg, dass sie und Schneuzi in der Falle saßen. Die Tür zum Turm war fest verschlossen. Alle Erker offen. Viel Freiraum, wenig Schutz. Schon polterten die Zweibein-Jäger die Treppe hinauf und verstellten den einzigen Fluchtweg. Es blieb ihnen nur eine Möglichkeit: Indy grub ihre Krallen fest in den Marmor und erklomm die Statue. Keine einfache Sache mit dem großen Schneuzi im Maul. In König Wilhelms angewinkelter Armbeuge machte sie schnaufend halt und entließ ihr Junges aus dem mütterlichen Biss. »Hangel dich am Backenbart entlang auf den Kopf«, miaute sie. »Da oben bist du sicher.« Sie machte sich bereit, die menschlichen Emporkömmlinge von hier aus in Schach zu halten, falls sie sich heraufwagen sollten.

Wie befohlen kletterte der eben noch so toughe Schneuzi mit zitternden Beinen auf Wilhelms Haupt und krallte sich dort fest. So wirkte der König recht verwegen – wie ein Trapper, der eine keck aufgesetzte Fellmütze mit Schwanz trug.

Der Bärtige erschien im Eingang, er klemmte sein Messer zwischen die Zähne und enterte den Sockel. Sobald er die Katze in Reichweite vor sich hatte, stach er heftig zu. Aus Angst wollte er kurzen Prozess mit ihr machen. Blitzschnell wechselte Indy ihre Position. Das schwere Messer drang mit Wucht in den spröden Marmor und sprengte mit einem hässlichen Geräusch kleine Splitter heraus. Ein Querschläger traf den anderen Häscher, der gerade an der Fangschlinge nestelte, am Hals.

»Pass doch auf, du Idiot!«, brüllte der Getroffene und wischte sich das Blut weg.

Der Bärtige mit dem Messer spuckte wütend aus. Wieder hieb er wie ein Wahnsinniger nach der Katze, die der scharfen Klinge geschmeidig auswich. Auf diese Weise stach der Angreifer immer mehr Scharten in die breite Brust des Königs, dessen Armeerock bald so durchlöchert war wie nach einem Kugelhagel.

»Der König ist tot! Lang lebe Bastet!«, kreischte Indy und ging zum Gegenangriff über. Mit ausgefahrenen Krallen schlug sie dem Mann das Bowie-Messer aus der Hand. Es flog quer durch den Raum und schlitterte unter der verschlossenen Turmtür durch. Ha! Die Katzengöttin war mit ihr. Noch während die Kämpferin sich in ihrem Erfolg sonnte, dämmerte ihr, dass sie etwas Wichtiges vergessen hatte. Wo war der zweite Jäger? Im selben Moment legte sich eine Würgeschlinge um ihren Hals.

»Hab ich dich, du Luder!«, knurrte der HASS-Typ triumphierend und zog die Stahlschlaufe zu.

Luft! Instinktiv griff sich Indy an den Hals, um die Schlinge zu lockern. Ein Anfängerfehler! So verlor sie den Halt an Wilhelms Waffenrock. Der Fänger ruckte einmal kräftig am Draht, und die Agentin stürzte nach unten wie ein Stein.

Jetzt wurde es eng. Ihr Widersacher trat mit seinem Stiefel auf das zugezogene Schlingenende neben Indys Hals und nagelte die Katze damit am Boden fest. Mit letzter Kraft warf sie sich herum und fuhr die Klauen aus. »…ony…ball«, röchelte sie. Warum half ihr der Kollege nicht? Er musste doch ganz in der Nähe sein. Sie kämpfte auf den Fliesen um ihr Leben.

Wie eine Furie kratzte und biss sie alles, was in ihre Reichweite kam. Schließlich ging ihr die Luft aus. König Wilhelm trug jetzt einen mächtigen Afrolook. Sie hörte böses Wolfsgeheul. Erst seltsam hell, dann dunkel. Als ob das Tier im Stimmbruch war. Ein Schatten stürzte sich von oben auf ihren Peiniger und räumte auf. Indy sah Sterne, krampfhaft rang sie nach Luft.

Hustend richtete sich die Maine Coon auf. Beide Kerle hockten an die Wand gepresst da, die Beine bis unters Kinn gezogen. Einer hatte sich in die Hose gemacht, so wie das roch. Schneuzi stand breitbeinig vor ihm und knurrte wütend.

»Lauf, Mama!«, grollte er in tieferer Tonlage, als sie je zuvor von ihm gehört hatte. Sie konnte im Gegenlicht nur seinen Umriss mit dem gesträubten, borstigen Fell erkennen. Doch ihr Junges wirkte deutlich größer als normal. Etwas Fremdes, sehr Gefährliches ging von ihm aus. »Lauf!«, wiederholte er.

Das tätowierte Zweibein nutzte den Moment der Unachtsamkeit. Mit einem wütenden Schrei griff er aus der Hocke an und warf sich auf ihr Kind. Indy sah die Aktion schon im Ansatz voraus. Die Agentin mit Lizenz zum Töten stürzte vorwärts, sprang und warf den hasserfüllten Menschen, der Schneuzi am Kragen packte, aus der Bahn. In grimmiger Umklammerung stürzten die drei Kämpfer durch das zersplitternde Glasfenster nach draußen auf das den Turm umgebende Podest. Noch im Fallen zog Indy Schneuzi zu sich hoch. So kam der Jäger zwischen die Katzen und den harten Boden.

Rummms.

Schneller als ihr menschliches Prallkissen waren die Katzen wieder auf den Beinen und hechteten um den Turm herum, zurück zum schmiedeeisernen Eingangstor der Umzäunung. Am offenen Torflügel saß Honeyball und reinigte sich seelenruhig die korallenrot lackierten Krallen. Er ignorierte die zeternde Ratte, die neben ihm einen Affentanz aufführte.

Sobald Mutter und Sohn hindurch waren, warf Honeyball gelangweilt den Torflügel mit den langen Stahlspitzen zu, der laut krachend einrastete. Dann rammte er den Befestigungs-Splint in den Boden, zauberte eine kleine Packung Sekundenkleber aus dem Halsband und drückte sie im Verschlussmechanismus aus.

Gerade rechtzeitig. Der Verfolger knallte in vollem Tempo gegen das Gitter. Erbost rüttelte er daran herum und fluchte derb.

Den Papillon beeindruckte das nur geringfügig. Entspannt hob er das Bein und strullerte gegen die Stäbe, dass es nach allen Seiten spritzte.

Prompt zog sich der Gefangene zurück. In sicherer Entfernung griff er in seine Hosentasche. Er zog ein Butterfly-Klappmesser heraus, wirbelte damit herum und warf es durch die Gitterstreben nach dem Hund. Wenige Zentimeter neben Honeyball blieb es zitternd im Boden stecken. Der Schoßhund gähnte hinter vorgehaltener Pfote und kratzte mit den Hinterbeinen etwas Erde drüber.

»Und, wollen wir mal?«, fragte er. »Wer kommt mit – die Kater retten?«

TOT ODER LEBENDIG

Kilo Foxtrott flog über den Grunewald zum letzten Rastplatz am Wegesrand. Sein verletzter Flügel machte das bald nicht mehr mit. Die Verstauchung war kurz vor einem Belastungsbruch. Doch die Kater brauchten Hilfe, das spürte er instinktiv. Die Lichtung, dort hatte er Ian und Maxim zum letzten Mal gesehen. Bodennebel behinderte seine Sicht. Kein Katzenschwanz zu sehen. Er ging runter und kreiste ohne Flügelschlag. Nicht mal Kampfspuren. Nur eine einsame Fährte, die zum Wanderweg führte. Im Tiefflug glitt er darüber hinweg und erzeugte mit seinen gefiederten Tragflächen feine Wirbel im Dunst.

Da! Herausgerissene Stofffetzen ließen auf ein erbittertes Gefecht schließen. Ein dunkler Fleck, noch feucht. Der Spatz roch Eisen – ein süßlicher Duft. Frisches Blut. Der Boden war übersät mit groben Stiefelabdrücken. Darunter wenige Katzenpfoten. Eine verschlurfte Pantoffelspur mit Hundetapsen an der rechten Seite überlagerte das Bild. Die beiden Spaziergänger mussten deutlich später hier entlanggekommen sein. Außerdem war da noch eine verwaschene Schleifspur – rechtwinklig runter vom Weg. Merkwürdig.

Der Vogel landete. Er folgte seinem Instinkt. Zuerst fand er eine Stelle, an der ein Hund sein Geschäft hinterlassen hatte. Dann sah er ihn, gleich daneben: Sein Freund lag da wie ein Häufchen Elend. Steif wie ein Brett. War das schon Totenstarre – oder lebte er noch? Kilo Foxtrott hüpfte zaghaft näher und beobachtete aufmerksam den Brustkorb.

Uff, Ian atmete! Er hätte jubilieren können. Sicher hatte der geplagte Kater nur wieder einen Anfall. Der Spatz hüpfte auf Ians Brustgeschirr und durchsuchte die Taschen. In diesem Zustand konnte er ihm allerdings weder Tabletten noch Energieriegel reinwürgen. Am Ende erstickte der Kater noch daran. Das Riechsalz könnte diesmal helfen. Er schraubte das Fläschchen auf und hielt es dem Maine Coon unter die Nase.

Keine Reaktion.

Doch dann, nach bangen Sekunden, kam Leben in den Kadaver. Die blauen Lippen färbten sich rosa und fingen an zu beben. Würgend schnappte Ian nach Luft und drehte die Schnauze weg vom beißenden Gestank des Fläschchens. Er war wieder da! Kilo Foxtrott machte vor Freude einen Luftsprung und landete neben dem überstreckten Katerkopf. Ian schnaufte schwer und drohte wieder wegzusacken. »Bleib bei mir!«, drängte der Spatz. Fest zog er an den Schnurrhaaren seines Freundes. »Was ist mit Maxim?«

Unverwandt schaute ihn der Maine-Coon-Kater an. Als ob er alles vergessen hätte, auch ihn.

»Tot?«, flüsterte er schwach. »Ich … weiß nicht.«

Kilo Foxtrott sträubten sich die Federn. »Reiß dich zusammen!«, pfiff er den siechenden Kater an. »Maxim ist wie Unkraut, der vergeht nicht! Wo hast du ihn zuletzt gesehen?«

»Lass … Zeit«, krächzte Ian. »Gleich … da.« Er verdrehte die Augen vor Erschöpfung. Der Neustart seines Nervensystems hatte begonnen.

»Hühnerkacke. Wir haben keine Zeit! Maxim ist angeschossen worden. Vielleicht stirbt er in diesem Moment. Irgendwo – ganz allein. Hau mir jetzt nicht ab!«

Der Spatz konnte zetern, wie er wollte. Ian sagte keinen Piep mehr. Da half auch kein Riechsalz.

Musste er den Norweger eben selbst finden. Kurzerhand erhob er sich torkelnd in die Lüfte und flog abermals Weg und Lichtung ab. Vergeblich. Zunehmend verzweifelt untersuchte Kilo Foxtrott jeden Zentimeter. Er landete, der Flügel tat zu weh. Kein Hinweis auf den Verbleib des weißen Riesen. Es war zum Federnausraufen. Als er erschöpft über alternativen Suchmöglichkeiten brütete, hörte er aus der Ferne einen Ruf. Schneuzi. Erleichtert antwortete der Spatz: »Kuckuck … kuckuck!«

Schützenhilfe konnte er jetzt gut gebrauchen.

Aufgeregt preschte der kleine Kater heran. Er sah aus wie ein wildes Tier. »Wo ist Ian?«, fragte er. Der Onkel hatte es ihm angetan.

Foxtrott zeigte mit schmerzverzerrtem Schnabel zum Busch. »Warte, es geht ihm …«

Weg war der Kleine. Seufzend begrüßte der Spatz die restliche iCats-Truppe und erstattete Bericht: »Ian ist okay. Nur einer seiner Anfälle. Schneuzi ist bei ihm. Aber ich kann Maxim nicht finden. Er *muss* doch hier irgendwo sein! So ein großer Kater löst sich nicht in Luft auf«, schloss er bedrückt.

Bei Indy machte es klick. Sie erinnerte sich an den grauenvollen Abschied von ihrem Bruder. Und an Maxims letzte Ruhestätte. »Er liegt unter Baumwurzeln begraben«, maunzte sie. »Ian hat ihn verscharrt. Aber ich kann nicht genau sagen, wo.«

Ohne ein weiteres Wort schwärmten Honeyball, Indy, Kilo Foxtrott und Xplode vom Zentrum der Lichtung in alle vier Himmelsrichtungen aus, so als ob sie es jahrelang trainiert hätten. Im Uhrzeigersinn vorgehend, filzten sie jede einzelne Baumwurzel in ihrem jeweiligen Viertel. Endlich ertönte der befreiende Ruf der Ratte: »Kommt her! Hier liegt er. Helft mir, ihn auszubuddeln.«

Bangen Herzens eilten sie zum Wurzelgeflecht, unter dem

der Kater lag. Xplode hatte bereits Kopf und Hals freige-
scharrt, sodass man die bleiche Schnauze sehen konnte. Mit
vereinten Kräften gruben sie Maxim aus und zogen ihn an
den Pfoten auf die Lichtung. Das weiße Fell war aschgrau.
Still und stumm lag er da. Hier hob sich kein Brustkorb mehr.
Honeyball prüfte, ob die Atemwege frei waren, und blies dem
Norweger in die Schnauze. Verstohlen schielte er nach dem
USB-Stick, den der Kater um den Hals trug. Als er gerade
danach greifen wollte, stürzte sich Indy auf Maxims Brust
und tretelte heftig mit den Pfoten darauf herum. Herzdruckmassage. Als sie trotz maximaler Anstrengung keinen Erfolg
erkennen konnte, haute sie dem weißen Kater wütend eine
rein. Wieder und wieder. Immer mit der Pfote auf den Kopf.
Völlig außer sich. »Wach endlich auf, du Scheiß-Simulant!«,
brüllte sie.

Xplode faltete die kleinen Rattenpfötchen und senkte den
Kopf. Gemeinsam mit seinem toten Bruder betete er für Maxim. Ian torkelte auf Schneuzi gestützt heran, der ihn irgendwie wach gekriegt hatte, sank kraftlos neben dem gefallenen
Kameraden ins feuchte Laub und ließ den Kopf hängen. Er
trauerte um seinen besten Freund, den er vielleicht auf dem
Gewissen hatte. War Maxim am Ende erstickt, weil Ian ihn zu
hastig vergrub? Wie sollte er mit diesem Wissen weiterleben?

Da durchzuckte ihn die Erkenntnis wie ein elektrischer
Schlag. Sämtliche Schnurrhaare stellten sich auf, und ein weiterer Sinn nahm seinen Dienst auf. Der hochsensible Kater
spürte eine Irritation in der verloschenen Aura des Norwegers. In ihrem Zentrum pulsierte ganz schwach ein kleines
rotes Licht … wie ein Leuchtfeuer auf weiter See. Zitternd,
unregelmäßig, furchtsam. Als wüsste es nicht, ob es hier am
richtigen Ort war.

Ians banges Tasten auf der linken Brustseite des Liegenden
brachte Gewissheit. »Sein Herz schlägt noch«, flüsterte er
heiser. »Maxim lebt.«

Durch des Norwegers Glieder ging ein Krampfen. Er

zuckte wie in einem schlechten Traum. Der Wind drehte, und der Bodennebel verzog sich auf leisen Sohlen. Widerwillig gaben die Geister ihr Opfer frei. Auf einmal wirkte die Luft sommerlich. Funkelnde Sterne tauchten am Firmament auf.

Xplode zog die Pfötchen auseinander, knuffte seinen Bruder in die Seite und rieb die silberne Maske auf seiner Schnauze sauber. Indy fiel ein Wackerstein vom Herzen. Behutsam leckte sie dem weißen Kater über Nase und Kopf, um den Schmutz zu entfernen.

Maxim schlug die Augen auf. Er sah in die perfekte Nacht. Genau über ihm grüßte der Große Bär vom Sternenzelt. Hinter den Baumspitzen lugte ein makelloser Vollmond hervor und badete das weiche Wattewolken-Gras, auf dem er lag, in sanftem Licht. Alle seine Freunde standen um ihn herum und beteten ihn an. Zur Krönung leckte ihm sein Schätzchen das Ohr.

»Klasse, Püppi!«, krächzte Maxim. Er sah Indy direkt in die ungläubig aufgerissenen, feucht glänzenden Augen. »Das kannst du verdammt gut. Mach weiter so!«

Der Kater war im siebten Himmel.

Wie es weitergeht ...

Wird Maxim von Indy, seiner großen Liebe, erhört? Schafft es die Gemeinschaft, den Verfolgern zu entkommen und die brisanten Daten zu veröffentlichen? Oder dreht das iCats-Team eine unfreiwillige Ehrenrunde in der Tierversuchsanstalt Faule Spree? Was hat Schneuzis Ohrmarke zu bedeuten, und warum bezeichnet Honeyball Ian ständig als den Schläfer? Und wer zum Hund sind eigentlich die Nachtragendsten Schnüffler Amerikas? Fragen über Fragen.

Weitere Infos, Bilder, Interviews und Abenteuer finden Sie unter www.i-cats.de, bei Facebook unter iCats.katzenkrimi oder auf der Autorenseite von Kerstin Fielstedde. Wer der Schreibgehilfin der iCats mal gehörig seine Meinung sagen möchte, kann das jederzeit tun unter kerstin@i-cats.de. Jede Art von Leserkritik ist herzlich willkommen.

Wer jetzt immer noch nicht genug hat: »Kamikatze« eignet sich bestens als Geschenk für Tierfreunde. Nicht nur in Taschenbuchform, sondern auch als E-Book, bei dem sich Schriftgröße und Helligkeit selbst für Fehlsichtige augenfreundlich einstellen lassen.

Für die Mobilen, die ständig voll in Action sind, gibt es in den üblichen Portalen alle Kapitel einzeln als Hörspiel-Files für Handy und Tablet. Mit tollen Sprechern, spannendem Krimi-Sound und guter Musik. Letztere erhalten Sie auch separat als entspannte »Katzenmusik« auf dem Klavier. Beides ist ideal, wenn Sie beim Autofahren, Bügeln oder Training Unterhaltung brauchen. Die iCats begleiten Sie in jeder Lebenslage. Sie sind da. Sie müssen sich nur umsehen ...

Wer ist wer?

INDY

Die charismatische Top-Agentin des Katzengeheimbundes KGB und Schwester von Ian ist im Besitz eines übergesunden Selbstbewusstseins und aller Fellfarben. Meisterin der Tarnung. Stammt aus gutem Hause. Wegen ihrer verschleppten Putzallergie wirkt sie meist ungepflegt. Wird seit geheimen Ermittlungen in der Unterwelt vermisst.

IAN

Der rot-creme getigerte Maine-Coon-Kater leidet an einer mysteriösen Krankheit mit Blackouts. Hohes Ruhebedürfnis in den eigenen vier Wänden. Hochintelligent und selbstbeherrscht. Besonderer Familiensinn. Jüngere Hälfte der iCats.

MAXIM

Vom Pech verfolgter Norweger-Waldkatzen-Albino mit herausragenden IT-Fähigkeiten. Straßenkater mit breitem Wissen, goldenem Herzen und dem Hang zu peinlichen Missgeschicken.

SCHNEUZI

Dauerverschnupfter, im Versuchslabor gezeugter Jungkater. Wählt die widerstrebende Indy als Adoptivmutter. Wird von ihr als Agentennachwuchs ausgebildet und muss noch viel lernen.

HONEYBALL

Schoßhund der Papillon-Rasse mit Doppelleben. Privat ein Modezar mit weltweitem Imperium. Undercoveragent des BND (Bund Neugieriger Dobermänner) für Spezialaufträge. Gute Vernetzung und Hightech-Gadgets inklusive. Kennt und schätzt Indy durch die Kooperation mit dem KGB.

KILO FOXTROTT

Mehrsprachiger Spatz mit Geburtsort Afrika. Legendäres Fliegerass und Kundschafter für Geheimoperationen. Arbeitet als Luftaufklärer und sucht Indy im Auftrag des anonymen BND-Chefs Alpha.

DREIPUNKTEINS

Gemäßigtes Mitglied der Guerilla-Fighter unter der Leitung von Regenwurmchef Big Leader. Ehemaliges Hinterteil von Regenwurmaktivist Drei. Eigenständig seit verhängnisvollem Spatenstich bei einer Grundsteinlegung. Besinnt sich auf das Wesentliche und hat hohen Anteil am Erfolg des Teams.

PROFESSOR SUMO

Schwergewichtiger König der Unterwelt mit Hang zum Größenwahn. Durch einen teuflischen Plan will der Maulwurf die Regierungsgewalt an sich reißen. Befehligt ein Heer von Ratten und seine Pudel-Security mittels neuester Technologie, totaler Überwachung und brutaler Methoden.

XPLODE

Körperlich und geistig schwer lädierte Minensuchratte. Sprengstoffexperte aus dem Afghanistankrieg mit totem Bruder als Lehrmeister, den er als Rucksack mit sich trägt. Dank bester Ortskenntnis lotst der Überläufer aus Sumos Armee das iCats-Team auf abseitigen Wegen durch den Untergrund.

KILLER-KIDS

Unsozialisierte Rattenkinder, die sich ein Spiel daraus machen, Sumos Gegner zu töten. Playstation- und Wii-trainiert.

SASHIMI-BRÜDER

Teilrasierte Königspudel-Brüder Bruce (schwarz) und Lee (weiß). Als Welpen mit der Mutter aus polnischer Qualzucht geflohen. Im Grunewald verwildert, von Sumo entdeckt und mit Bruce-Lee-Videos konditioniert. Seitdem perfekt geschult in Martial Arts. Rasanter Aufstieg zu Sumos Sicherheitschefs.

SCHLUCKI UND KOMA

Sächsisch sprechendes Orakel des Ostens. Mutierte Fischzwillinge mit der kurzfristigen Fähigkeit, die Trennung von Raum und Zeit aufzuheben. Leben als Randexistenzen im Giftmüllteich bei der Autobahn und sagen Ratsuchenden rabiat die Zukunft voraus.

Organisationen

ICATS

Steht zum einen für die Maine-Coon-Geschwister Indy und Ian, die aus einem I-Wurf stammen. ›iCats‹ – ›ichKatzen‹ – berücksichtigt außerdem, ähnlich wie ›iRobot‹, die außergewöhnliche Tierperspektive, aus der die Reihe geschrieben ist. Nicht zuletzt deutet das ›i‹ auch auf neue Informationstechnologien (IT) hin, derer sich die Tiere mit leichter Pfote bedienen. Das iCats-Team erhält während seiner Abenteuer Unterstützung von weiteren schrägen Typen aus der tierischen Nahrungskette. Obwohl sie sich zum Fressen gernhaben, arbeiten die Spezialisten hervorragend zusammen und bleiben einander langfristig verbunden.

KGB

Der Katzengeheimbund stellt sich der hehren Aufgabe, politische Skandale und unerklärliche Verbrechen in der Zweibein-Welt restlos aufzudecken.

BND

Als ehemalige Hundestaffel kooperiert der Bund Neugieriger Dobermänner eng mit seinen menschlichen Kollegen. So ist er immer bestens informiert. Zweibeine und Tiere sind stets in der Pflicht, feindliche Großangriffe rechtzeitig abzuwehren.

FLOP

Im Finanzministerium für Liegenschaften und offizielle Prachtbauten liegen unzählige Bau-Leichen im Keller.

249

Nachwort

Liebe Leserinnen und Leser, an dieser Stelle freue ich mich über Ihr ungebrochenes Interesse, immer noch weiterzulesen. Ich gebe hiermit zu, alle handelnden Persönlichkeiten und Institutionen frei von der Leber weg erfunden zu haben. Außer Indy und Ian natürlich. Die haben mich mit sanfter Pfote gezwungen, ihre Geschichte aufzuschreiben. Sollte sich also jemand angesprochen oder gar verletzt fühlen, tut es mir leid. Das war wirklich nicht von den Katzen beabsichtigt.

Tatsache ist, dass im Hintergrund der Geschichte viele Zahlen, Daten und Fakten mitschwingen, die der Realität entsprechen, obwohl es unglaublich klingt. Wie etwa die Angaben zu den Bauskandalen: Das verantwortliche Regierungsamt, im Buch »FLoP« genannt, hatte zum Zeitpunkt der Recherchen tatsächlich die oberste Führungsposition in seinem Organigramm mit N. N. markiert. Nomen nominandum: ein Platzhalter für (noch) unbekannte Personen. Das ist mittlerweile korrigiert worden.

Ebenso ist eine Vergaberüge erhoben worden, wie der Presse zu entnehmen war. Und ja, es gibt in Berlin eine Tierversuchsanstalt mit langer Tradition, die mit den Vorkommnissen in »Kamikatze« aber rein gar nichts zu tun hat.

Minensuchratten werden wegen ihrer Intelligenz, Riechfähigkeit und Leichtigkeit übrigens tatsächlich im Krieg eingesetzt. Anders als bei Hunden reicht ihr Gewicht meist nicht aus, um eine Mine auszulösen.

Vertikale Farmen werden bereits erprobt. Rotterdam ist hier ganz vorne mit dabei. Beim Thema Klangfeldsynthese und mittels Virtual Reality gesteuerte Simulationssessel wird man bald nur noch müde mit den Schultern zucken. Schnee von gestern. Per Sprachbefehl gesteuerte digitale Assistenten werden unser Leben noch ordentlich in die Mangel nehmen. Da bin ich sicher. Es geht gerade erst los mit Siri, Alexa, Google und wie sie alle heißen. Der Geist ist aus der Flasche. Da mich die zukünftigen Auswirkungen von innovativen Techniken und Services auf die Gesellschaft schon immer interessiert haben, möchte ich meine Leser auf unterhaltsame Art darauf aufmerksam machen.

Darum auch iCats. »I« steht im IT-Bereich für »Information«. Sie ist das täglich Brot der iCats-Agenten, besonders von Maxim. Dass meine beiden Süßen aus einem I-Wurf stammen und daher ihre Namen haben, wurde bereits erwähnt. Außerdem heißt »I« auf Englisch »ich«. Ich, die Katze. Jeder, der einem dieser unglaublichen Tiere nahesteht, wird schon versucht haben, dessen Gedanken und Gefühle zu entschlüsseln. Hoffnungslos. Katzen werden mir ein ewiges Rätsel bleiben. Aber wenigstens spekulieren darf ich ja über ihre wahren Absichten.

Übrigens sind die Charaktere und Fähigkeiten unserer iCats wirklich so wie im Buch. Ian ist ein Klickerkönig und zwingt mich, mindestens zweimal am Tag mit ihm zu trainieren. Ihm macht es tierischen Spaß, ständig gelobt zu werden. Er ist ja auch ein Mann – allerdings kastriert. Bleibt noch das Fressen: Bei seinem Hängebäuchlein mag das eine oder andere Leckerchen zu viel eine Rolle gespielt haben.

Indy dagegen pellt sich auf Lob ein Ei. Man könnte auch sagen: Sie hat keinerlei Unrechtsbewusstsein. Erlaubt ist, was Spaß macht. Und da sie anlässlich des runden Geburtstages meines Mannes aus Jux einen langen Faden verschluckt hatte, musste sie einmal der Länge nach aufgeschnitten werden. Die Katze wurde praktisch komplett entkernt und wieder zusammengeflickt. Die OP-Kosten muss sie jetzt über ihre Abenteuer wieder reinholen. Geschieht ihr recht.

Diese leidvolle Erfahrung hindert sie aber nicht, quietschvergnügt ihrem Bruder eine reinzuhauen, falls der zu frech wird. Aus dem beidseitig herausgerissenen Fell könnten wir mittlerweile zwei weitere Katzen stricken.

Gleich am dritten Tag nach ihrer Ankunft hat sie übrigens erst sich selbst eine Rippe und dann drei Monate später Ian als Weihnachtsgeschenk die Pfote gebrochen. Super, Indy! Seitdem gibt es auch keine Übertöpfe mehr auf dem Fenstersims.

Wer mehr über die lieben Kleinen erfahren möchte, kann bei www.i-cats.de, bei facebook.com unter meiner Autorenseite oder besser noch bei icats.katzenkrimi nachsehen. Dort sind immer brandaktuelle Posts von den Katzen zu finden. Falls unser neunmalkluger Ian das Passwort von meinem Handy knackt, wird er demnächst noch anfangen zu twittern. Sämtliche Katzen- und Hunde-Intelligenzspielzeuge hat er jedenfalls in einem Rutsch erledigt.

Kein Wunder, denn wer die Katzenkeilschrift beherrscht, ist den meisten intelligenten Lebewesen weit voraus. Die Schrift ist übrigens international verständlich, da sie auf Basis der Brailleschrift entwickelt wurde. Man munkelt, dass ihre Kenntnis demnächst globale Einstellungsvoraussetzung für KGB-Agenten werden wird. Aber das nur unter uns …

KATZENKEILSCHRIFT

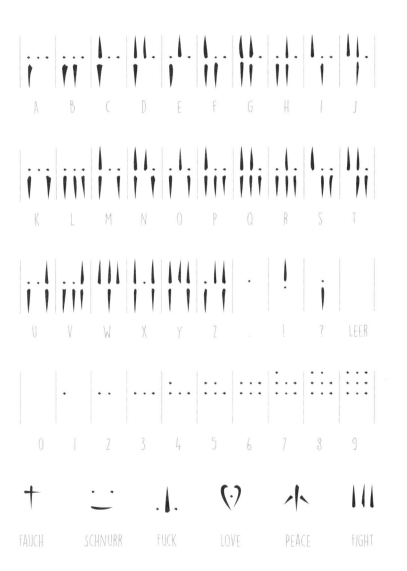

Danksagung

Neben meinen Lesern gilt der größte Dank natürlich Ian und seiner Schwester, die unser Familienleben so unerwartet bereichert haben. Ohne Indys aufregende »Selbstmordversuche« und mein ständiges Bangen um ihr Leben beim Tierarzt wäre ich nie Schriftstellerin geworden. Zum Glück hat sich unsere Kamikatze dank ihres eigens für sie gebauten Outdoor-Paradieses inzwischen beruhigt. Sie wollte einfach nur raus, die kleine Wilde.

Hierzu fallen mir gleich noch unsere Lieblingsnachbarn ein, die unerschrocken ihre abgeknickten Rosen hochbinden, nachdem die Katze drauf gelandet ist. Und nein, wir werfen unsere vierbeinige Freundin nicht mutwillig über das Geländer, um Ulrike und Karl Heinz mal wieder beim Frühstück auf der Terrasse zu überraschen. Dank des komplett mit Katzennetz eingehüllten Balkons hört das jetzt auf.

Mein nächster Dank gilt meinen drei sehr, sehr guten Freundinnen, die trotz ihrer nicht vorhandenen Freizeit mein Manuskript gelesen und mir unbezahlbare Tipps gegeben haben: Danke, Elke, für den Hinweis, dass Katzen keine Knie haben. Jedenfalls nicht da, wo man sie vermutet. Da weiß man doch sofort, dass du dich medizinisch voll auskennst. Ohne dich, Holgi, und Ians Vorbild Carlos hätten wir uns nie getraut, überhaupt Katzeneltern zu werden.

Maike. Deine fachlichen psychologischen Tipps und deine einfühlsame Art sind unersetzlich und mir eine sehr große Unterstützung. Du hast das Buch und auch mich einen ganz entscheidenden Schritt vorangebracht.

Und Susann, meine weit gereiste Pferde-, Hunde- und Katzenflüsterin. Wenn sich eine auskennt mit dem Verhalten von Tieren, dann du. Natürlich hat sich das auf mein Patenkind Sina vererbt. Der Tierfreund fällt nicht weit vom Stamm.

Vivian, falls du hier suchst, deine Dienste werden ausgiebig in Band zwei gewürdigt. Trotzdem jetzt schon Dank für dein kritisches Auge auf das neue Ende.

Lilla, liebste aller Zeichnerinnen, die ich je getroffen habe. In dir habe ich unverhofft eine Künstlerfreundin gefunden, die ebenso wie ich in mehreren Disziplinen zu Hause ist. Danke für deine unendliche Geduld bei der Umsetzung meiner schrägen Ideen, denen du Federstrich für Federstrich gefühlvoll Leben eingehaucht hast. Durch meine pingelige Detailversessenheit musstest du vieles doppelt und dreifach zeichnen. Voller Herzblut und Vertrauen hast du dich durchgebissen. Unsere Zusammenarbeit hat sich gelohnt. Sieh nur, was daraus geworden ist: Für mich sind deine Bilder Meisterwerke – voll von den Gefühlen meiner kleinen Helden. Mehr geht nicht. Ich danke dir aus tiefstem Herzen.

Außerdem möchte ich mich auch bei meinem allerbesten Ehemann bedanken. Obwohl er als Wissenschaftler nie wirklich verstanden hat, wer alles warum noch mal bei »Kamikatze« mitspielt, hat er doch von Anfang an fest an mich und das Buch geglaubt. Danke im Voraus für dein Angebot, mich für Lesungen bis ans Ende der Welt zu bringen. Hauptsache, ich bin beschäftigt und komme nicht auf dumme Gedanken.

Ein besonderer Dank geht an meine Eltern Jürgen und Marianne, die natürlich nur ihre besten Eigenschaften an mich vererbten und immer für mich da sind, wenn es brennt. Ihr seid die besten Katzenhüter, die es gibt.

Frau Löwa sei Dank, dass sie meinen Mann öffentlich mit den Worten »Es geht um Leben und Tod« aus der Vorlesung geholt hat, als Indy unters Messer musste. Und natürlich danke ich sehr für die kundigen Übersetzungen von Schluckis und Komas Prophezeiungen ins Sächsische.

Lobend erwähnt sei noch die Tierarzt-Zunft: Mein Dank gebührt an dieser Stelle besonders der Tierklinik Greven. Die fähigen Ärztinnen haben Indy dem Tod buchstäblich in letzter Sekunde von der Schippe geholt. Ohne sie würde unser kleiner Wildfang längst nicht mehr leben.

Vielen, vielen Dank euch allen und auch denen, die ich im Eifer des Gefechts vergessen haben sollte. Eure Verdienste werden im nächsten Band ausgiebig gewürdigt. Versprochen!